DESVIOS DO DESTINO

DANIELLE ROLLINS

DESVIOS DO DESTINO

Tradução de Laura Pohl

Rocco

Título original
TWISTED FATES

Copyright do texto © 2020 *by* Danielle Rollins

Todos os direitos reservados.
Nenhuma parte desta obra pode ser reproduzida ou transmitida por meio eletrônico, mecânico, fotocópia ou sob qualquer outra forma sem a prévia autorização do editor.

Edição brasileira publicada mediante
acordo com HarperCollins Children's Books, uma
divisão da HarperCollins Publishers.

Direitos para a língua portuguesa reservados
com exclusividade para o Brasil à
EDITORA ROCCO LTDA.
Rua Evaristo da Veiga, 65 – 11º andar
Passeio Corporate – Torre 1
20031-040 – Rio de Janeiro – RJ
Tel.: (21) 3525-2000 – Fax: (21) 3525-2001
rocco@rocco.com.br | www.rocco.com.br

Printed in Brazil/Impresso no Brasil

Preparação de originais
PAULA LEMOS

CIP-BRASIL. CATALOGAÇÃO NA PUBLICAÇÃO
SINDICATO NACIONAL DOS EDITORES DE LIVROS, RJ

R658d

    Rollins, Danielle
        Desvios do destino / Danielle Rollins ; tradução Laura Pohl. - 1. ed. - Rio de Janeiro : Rocco, 2023.
        (Estrelas escuras ; 2)

    Tradução de: Twisted fates
    ISBN 978-65-5532-381-8
    ISBN 978-65-5595-223-0 (recurso eletrônico)

    1. Ficção americana. I. Pohl, Laura. II. Título. III. Série.

23-85978
        CDD: 813
        CDU: 82-3(73)

Meri Gleice Rodrigues de Souza - Bibliotecária - CRB-7/6439

O texto deste livro obedece às normas do
Acordo Ortográfico da Língua Portuguesa.

PARTE UM

Outrora limitada às histórias de fantasia e ficção científica, a viagem no tempo agora é simplesmente um problema de engenharia.
— Michio Kaku

1

DOROTHY

18 DE MARÇO DE 1990, BOSTON

Dorothy estava sentada no banco do carona de um Dodge Daytona vermelho, os dedos tamborilando nas pernas. Roman tinha dirigido até ali e agora estava recostado na porta do motorista, fitando as ruas escuras pelo para-brisa.

O interior do carro não era particularmente agradável. O ar estava rançoso e cheirava a batatas fritas velhas e gasolina. Não tinham se dado ao trabalho de ligar o aquecedor, e uma brisa fria entrava pelas janelas, fazendo os pelos nos braços de Dorothy se arrepiarem.

Ah, e o rádio não funcionava. Se quisessem ouvir música, precisavam tocar a fita que estava presa no aparelho, o single "Cold Hearted" de Paula Abdul. Já tinham escutado essa música ao menos cinquenta vezes nos últimos dias.

"*He's a cold-hearted snake*", pensou Dorothy, cantando a música mentalmente. Deve ter começado a cantarolar baixinho, porque Roman a encarou, irritado.

Ela olhou o relógio no painel, vendo os números vermelhos piscarem de 1h18 para 1h19 da manhã.

Depois, olhou pelo retrovisor, estudando o reflexo da rua. Havia uma festa comemorando o Dia de São Patrício em um prédio a alguns metros de distância, mas à essa altura a maior parte dos convidados já tinha ido embora. Nos últimos vinte minutos, a porta permanecera fechada. Agora a rua estava vazia, o que restou da chuva brilhando no asfalto.

O coração de Dorothy acelerou. Ela respirou fundo e demoradamente, o nariz se franzindo com o cheiro de batata frita.

— Está na hora — disse, esticando o braço para tocar a porta.

Roman se virou para ela.

— Conserte o bigode antes.

Dorothy virou o espelho para ver o próprio rosto. O bigode de cera era parte do disfarce, mas aquela porcaria nunca ficava no lugar.

Ela o pressionou, fazendo uma careta ao sentir a cola. A pele acima da boca coçava.

— Melhor?

— Você é bonita demais para se passar por homem — disse Roman, analisando-a.

Dorothy franziu a boca soltando o bigode de novo. Isso só podia ser uma piada ou algo assim. Ela costumava ser bonita, antes de cair de uma máquina do tempo e ser sugada através do tempo e do espaço. Seu cabelo ficara inteiro branco, e um pedaço de ferro havia cortado seu rosto, deixando-a com uma cicatriz retorcida que ia da têmpora até o canto da boca, passando por um dos olhos e pelo nariz. Bonita não era mais uma palavra que alguém usaria para descrevê-la.

Agora, ela era…

Interessante.

— Eu poderia dizer o mesmo de você — falou ela. *Isso* não era piada. Roman era mais bonito do que qualquer homem tinha o direito de ser, com seus olhos azuis frios e pele escura, e um cabelo preto bagunçado que parecia proposital até mesmo quando o vento o enchia de nós.

— *Touché* — disse Roman.

Roman tinha deixado um bigode de verdade crescer para aquela noite, e estava usando um par de óculos falsos de aro dourado para parecer mais velho. Ele os deixava empoleirados no nariz para que pudesse olhar por cima das lentes, a sobrancelha erguida de forma sedutora.

Aquilo o fazia parecer mais uma versão cinematográfica de um professor de faculdade do que um policial.

Dorothy já tinha passado da fase de se espantar com a beleza de Roman. Ela fez um barulho de nojo que o levou a olhar o reflexo na janela do carro, as sobrancelhas franzidas de preocupação.

— Está demais? — perguntou ele, tirando um fio da testa.

— Você não vai encontrar admiradores em um museu vazio à uma da manhã — disse Dorothy.

— Ah, mas tem as câmeras de segurança. E você não falou que haveria um retrato falado da polícia?

— Você quer ficar bonito para o *retrato falado*?

— Quando fizerem um filme sobre esse roubo, gostaria de ser interpretado pelo Clark Gable.

Apesar de tudo, Dorothy sorriu. Ninguém poderia acusar seu parceiro de falsa modéstia.

— Você está confundindo as datas — disse ela, abrindo a porta do carro. — Clark Gable morreu em 1960. Estamos em 1990. — Ela hesitou, fingindo pensar. — Que tal o Ben Affleck?

Roman lançou um olhar mortal para ela.

Eles saíram do carro e atravessaram a rua, parando do lado de fora de um portão de ferro fundido. Havia um prédio de tijolos logo além das árvores, pouco mais do que uma sombra escura sob as fracas luzes amarelas.

Museu Isabella Stewart Gardner, pensou Dorothy, erguendo o olhar. Ela franziu o cenho. Nas fotos, parecia muito maior.

Uma caixa preta estava pendurada na parede de tijolos do lado de fora dos portões. Um ano atrás, Dorothy não saberia identificar aquilo como um interfone, mas agora ela se aproximou, apertando o botão.

Houve um ruído de estática, e então a voz de um homem:

— Posso ajudar?

— Somos da polícia de Boston — disse Roman. — Estamos aqui para verificar um problema no pátio.

Ele mostrou um pequeno distintivo dourado para a câmera que Dorothy avisou que estaria acima da cerca. O segurança do outro lado veria exatamente o que ela queria que visse: dois policiais de Boston, vestidos com uniformes azuis bem passados.

O interfone emitiu um grunhido raivoso para avisar que a cerca de segurança havia sido destravada.

Dorothy sentiu os ombros formigarem com uma sensação familiar de *déjà vu*. Ela tinha os retratos falados dos ladrões grudados no espelho, lá no Fairmont. Eram só rascunhos, mas ela estava convencida de que o menor dos dois ladrões era ela, vestida como um homem. Ela lera todas as notícias que encontrara sobre o roubo, e todas elas diziam a mesma coisa: os ladrões nunca tinham sido pegos.

Fazia sentido. Se os ladrões fossem viajantes do tempo, nunca *poderiam* ser pegos.

Em silêncio, eles passaram pela calçada em direção à entrada do museu. Dorothy olhou para as panteras de pedra idênticas que guardavam as portas da frente e sentiu um arrepio de empolgação. Já tinha visto as panteras em fotos, mas agora estavam ali, bem na sua frente. Ela nunca se acostumava com essa adrenalina, quando as coisas que vira em artigos de jornal de repente tornavam-se realidade.

Eles abriram a porta da frente sem bater e entraram, os passos ecoando no mármore. Havia um segurança, um homem negro mais velho, em pé atrás de uma mesa. Era alto e de ombros largos, a barba salpicada de grisalho. Os olhos dele se estreitaram, desconfiados, ao ver os dois.

Aquele devia ser Aaron Roberts.

— Eu, hum, na verdade não estou autorizado a deixar ninguém entrar — disse Roberts, piscando. — Mas vocês disseram que são da polícia?

Roman assentiu.

— Fez a coisa certa, filho. Recebemos relatos de algo estranho acontecendo no pátio e precisamos verificar. Poderia... — Roman hesitou, inclinando a cabeça. — Bem, isso é estranho.

O segurança estremeceu e olhou para trás como se esperasse que alguém brotasse das sombras.

— Perdão, o que é estranho?

— Você se parece muito com um homem que estivemos procurando. — Roman esfregou o queixo e indicou o segurança com a cabeça, olhando para Dorothy. — Ele não parece o Dean Morris?

O nome era inventado. Ninguém o mencionava em nenhum dos relatórios, livros ou artigos, então precisaram inventar. O segurança piscou, surpreso.

— Morris? — murmurou ele.

— Se importa de se afastar da mesa e me mostrar um documento de identificação? — perguntou Roman.

Aquilo era essencial. Havia um botão embaixo da mesa que acionava o alarme. Era o único no prédio. Assim que tirassem o segurança de perto daquele botão, estariam seguros.

Aaron Roberts saiu de trás da mesa.

— Não sou esse tal de Dean — disse ele, abrindo a carteira. Ele pegou a habilitação e mostrou a Roman. — Está vendo?

Roman mal olhou o documento.

— Claro que não é. — Ele tirou um par de algemas do cinto, indicando a parede com a cabeça. — Só por precaução, que tal ficar de frente para a parede, sr. Roberts? Só até descobrirmos o que está acontecendo.

O segurança se virou automaticamente.

— Mas eu não fiz nada.

— Não se preocupe, filho. Se continuar cooperando, não vai ter problemas.

Roman prendeu as algemas nos pulsos de Roberts.

Dorothy reprimiu um sorriso. Era divertido ouvir Roman chamar um homem mais velho do que ele de "filho".

— Que merda é essa? — murmurou uma voz atrás dele.

Segurança número dois, pensou Dorothy. Estava acontecendo exatamente como ela lera, exatamente como planejara. Parecia um pouco brincar de ser Deus.

Ela queria sorrir, mas mordeu a parte interna da bochecha para se impedir. Mexer os lábios parecia entortar o bigode, e ela não podia arriscar estragar o disfarce, não quando estavam tão perto do objetivo.

Nada do que ela lera mencionava o nome do segundo segurança ou qualquer coisa sobre ele, então ela não sabia o que esperar até aquele instante. Ela se virou...

E suspirou, aliviada. O rapaz era só pouco mais velho do que eles, com braços longos e desajeitados e uma constelação de espinhas cobrindo a testa. Não seria uma ameaça.

Ele olhou para Roberts.

— Aaron...?

— Houve algum tipo de agitação — murmurou Roberts. Então, franzindo o cenho, acrescentou: — Você não me revistou. Não devia ter...

— Senhor, preciso que venha aqui e fique ao lado do seu parceiro — interrompeu Roman. — Vamos precisar verificar seus nomes antes de darmos continuidade.

O segurança número dois estava encarando Dorothy, os olhos estreitos.

— Senhor? — disse Roman mais uma vez, dando um passo.

O segurança apontou para Dorothy.

— O bigode dele está caindo.

Droga.

Roman pareceu enrijecer no mesmo instante em que Dorothy levou os dedos ao rosto. De fato, o maldito bigode estava torto. O primeiro impulso dela foi consertá-lo, mas já era tarde demais. O segundo segurança já estava balançando a cabeça, se afastando. O olhar dele disparou para a mesa. Onde estava o alarme.

Dorothy sentiu o olhar de Roman em sua direção e conseguiu ouvir o que ele estava pensando tão claramente quanto se ele tivesse pronunciado as palavras em voz alta. *Não é para acontecer assim.*

A história supostamente estava do lado deles. Dorothy tinha passado tanto tempo se preparando. Noite após noite adormecendo em cima de livros velhos como se fossem travesseiros. Hora após hora olhando para uma tela de computador até as palavras virarem um borrão e uma dor de cabeça esmagar o crânio. Não iriam ser pegos. Não *poderiam* ser pegos.

Em um reflexo, Dorothy deu um passo entre o segurança e o alarme. Ele era maior do que ela, e ela viu os olhos dele estreitarem enquanto avaliava seu corpo, medindo a oponente. Estava pensando que conseguiria tirá-la do caminho.

Bem, ele poderia *tentar*.

Dorothy aprendera muitas coisas durante esse último ano que passara com o Cirko Sombrio, mas talvez a mais útil fosse a localização do esôfago. Havia um ponto no corpo humano onde o esôfago aparecia por entre os ossos da clavícula, frágil, fraco, e se ela por acaso enfiasse os dedos naquele lugar, conseguiria fazer com que um homem com o dobro do seu tamanho implorasse por misericórdia.

Aquele homem não era o dobro do tamanho de Dorothy, mas ainda assim ele avançou para cima dela, e então ela calmamente enfiou dois dedos naquele ponto exato bem abaixo do pescoço e os enganchou para dentro.

Ele se sobressaltou, arfando, segurando o pescoço.

— Mas o quê...

Dorothy aproveitou aquele momento de surpresa para virá-lo, prendendo os braços dele atrás das costas. Ele se debateu, vermelho e de olhos arregalados, tentando ver o rosto dela.

E então ele a olhou, olhou *de verdade*, e ela o viu examinar a cicatriz. O cabelo branco.

— Jesus. — Ele engasgou. — Você não é...

Antes que ele pudesse terminar, ela ergueu o braço dele para provocar dor.

— Cuidado! — avisou o segurança, mas não relutou quando ela prendeu as algemas nele. — Você nem é da polícia, é?

— Nem de longe — disse Dorothy. Ela o empurrou contra a parede, ao lado do parceiro. Agora que estavam algemados, não eram mais uma ameaça. — Isso é um assalto. Vocês ainda não sabem disso, mas será o maior roubo da história.

Dorothy e Roman levaram os seguranças para o porão, algemando-os a alguns canos, e então enrolaram as mãos, pés e cabeças com fita crepe. Em seguida, subiram novamente para o Salão Holandês.

Dorothy praticamente memorizara o lugar. Passara horas examinando fotos, perguntando-se se o chão de azulejo a faria tropeçar nas botas grandes demais, se o som das vozes atravessaria as janelas altas e arqueadas até o pátio abaixo, se conseguiriam enxergar naquela escuridão quase total.

O feixe da lanterna iluminava as paredes de brocado verde e as molduras douradas que enquadravam as obras de arte mais famosas da história. Cadeiras e móveis de madeira haviam sido empurrados para as paredes, como se alguém houvesse deixado o centro do salão pronto para um baile. Dorothy sorriu um pouco ao pensar nisso. Era a década de 1990. O tipo de dança em que ela estava pensando já não era popular havia mais de cem anos, e o absurdo que o substituíra...

Bem, para ela, parecia muito mais com convulsões do que com dança.

— Temos pouco mais de uma hora — disse ela para Roman, que ia até um quadro de Vermeer.

— Você é quem manda. — Roman tirou um estilete do bolso e começou a cortar a pintura para tirá-la da moldura.

Isabella Stewart Gardner comprara aquele Vermeer em 1892, pelo preço de 29 mil francos. Dorothy se lembrava disso de sua pesquisa. Agora, valia milhões.

Ela inclinou a cabeça para o lado, estudando o quadro. Era menor do que ela esperava. Por que tudo era tão menor na vida real?

Eles pegaram pinturas de Vermeer, Rembrandt, Degas e Manet, além de um vaso chinês antigo e um florão de bronze de uma águia que costumava ficar empoleirada acima da bandeira napoleônica (a bandeira permaneceu presa à parede, teimosa, não importando o quanto tentassem retirá-la).

Finalmente, Roman olhou o relógio.

— Já faz setenta e nove minutos.

— Tudo bem — disse Dorothy, guardando a última pintura na bolsa. — Vamos.

Ele estreitou os olhos.

— E os seguranças?

— A polícia vai chegar daqui a seis horas. Com certeza vão soltar os dois.

— Você é terrível — disse Roman, mas sorriu entretido, de uma forma que dizia a Dorothy que ele aprovava.

— Vamos — disse ela, encaixando a bolsa no ombro e indo na direção das portas do museu.

A *Corvo Negro* esperava por eles em um parque ali perto, o corpo em formato de bala e a cauda escondidos pelos galhos de árvores, pela grama alta e pelas sombras compridas da noite. Roman guardou as obras de arte roubadas no compartimento de carga enquanto Dorothy subia na cabine e começava a verificação pré-voo. Roman passara o último ano ensinando-a a voar na máquina do tempo. Ela ainda não conseguia manejar a nave tão bem quanto ele, mas estava melhorando.

— *Flaps* da asa — murmurou ela para si, os dedos voando pelo painel de controle. E o carburador precisava ficar na posição certa, com o acelerador aberto. Ela verificou o medidor de ME e viu que estava cheio. Estavam voltando no tempo quase todos os dias havia semanas, e mesmo assim ainda não tinham ficado sem combustível. Que estranho.

Ela se acomodou de volta no assento, ainda olhando o medidor. A máquina do tempo tinha sido construída por Roman, a partir do modelo que roubara do Professor Zacharias Walker, o inventor da viagem no tempo. Só que uma máquina do tempo explodiria no segundo em que entrasse em uma fenda se não possuísse matéria exótica — ou ME — para estabilizar os ventos voláteis do túnel. E Dorothy havia providenciado a substância.

Ela sentiu um arroubo de orgulho quando aquela memória surgiu em sua mente, estranha como sempre:

Meu nome é Quinn Fox... Tenho algo de que você precisa.

Essas foram as palavras que selaram seu destino um ano e duas semanas atrás. Momentos antes, ela estivera a bordo de outra máquina do tempo, implorando a um piloto de olhos dourados que a deixasse ficar em Nova Seattle, com ele, em vez de voltar para sua antiga vida em 1913.

E então uma tempestade a arrancara dali e a soprara pelas paredes de tempo e de fumaça. Ela caíra nas docas aos pés de Roman um ano antes de conhecer aquele piloto de olhos dourados, Ash, e mais de cem anos depois da morte da mãe e de todas as pessoas que ela conhecia.

Dorothy ainda conseguia sentir o frio das docas quando acordara, e conseguia se lembrar do medo que invadira seu peito quando percebeu o quanto estava sozinha. Ela só tivera duas opções: a primeira era oferecer a Roman a única coisa de valor que tinha, a matéria exótica que permitiria que ele viajasse no tempo. Trabalhar com Roman significava se juntar ao Cirko Sombrio, uma gangue local notoriamente violenta. Significava que ela mesma se tornaria impiedosa.

Mas a outra opção era tentar navegar os horrores de Nova Seattle sozinha.

Dorothy não passara muito tempo no futuro, mas até mesmo ela sabia que coisas ruins aconteciam com uma menina que aparecia em um lugar estranho sem família, amigos ou aliados. No fim, não tivera escolha.

E, se às vezes ainda pensava no piloto de olhos dourados, perguntando-se o que poderia ter acontecido se tivesse explicado para ele quem ela era e de que época tinha vindo...

Bem, aí tudo que precisava fazer era se lembrar da primeira vez que ela e Ash se encontraram, em um jardim de igreja em 1913. Ela conseguia se lembrar perfeitamente do desdém naqueles olhos, do som de sua voz quando ele dissera que não, não poderia ajudá-la.

Ela não conseguia parar de pensar naquele *não*. Não aguentaria ouvi-lo de novo, não depois de tudo que acontecera entre os dois.

E então, com o tempo, ela se acostumara a afastar aquelas outras memórias, as mais doces.

Ela fizera sua escolha. Não dava para voltar atrás.

2

ASH

5 DE NOVEMBRO DE 2077, NOVA SEATTLE

Em Nova Seattle, era quase crepúsculo. O céu tinha um tom verde-água apagado, da mesma cor da sopa de ervilha que Ash costumava receber durante o racionamento de comida da guerra. Ele quase conseguia sentir o peso do céu, como um aviso do que estava por vir.

Sete dias, pensou ele, tenso.

O Professor Walker dissera uma vez que era possível ter pré-lembranças até um ano adiante no futuro. Era a parte de "até um ano no futuro" em que Ash estava se concentrando recentemente. Porque ele vira a pré-lembrança da própria morte pela primeira vez havia 358 dias.

O que significava que, na melhor das hipóteses, ele tinha sete dias de vida. Provavelmente menos.

Me ajude a encontrar Dorothy, e me entrego sem lutar.

Chandra estava inquieta enquanto os seguranças revistavam Ash. Seria mais fácil ignorar o céu tempestuoso se estivessem em qualquer outro lugar que não as docas no canal Aurora, a área mais violenta de Nova Seattle. A cidade sempre tivera comércio sexual, mas o terremoto escancarara o segmento, fazendo-o parecer quase legítimo. Agora os motéis perto do que costumava ser a rodovia Aurora anunciavam com orgulho o que vendiam.

A garoa grudara o cabelo de Chandra na nuca, fazendo as gotas de chuva escorrerem da pele escura. Ela manteve os olhos fixos nos seguranças, os lábios apertados para não tremerem. Os dois homens pareciam mais blocos de granito do que pessoas. Suas feições eram afiadas e duras, os olhos quase pretos sob aquela estranha luz esverdeada. As gotículas cintilavam nos fuzis que levavam pendurados às costas.

Dedos retorcidos entraram no bolso de Ash e vasculharam as costuras da jaqueta à procura de armas.

Ele deixou os olhos se demorarem nos rifles por um instante antes de erguê-los de volta ao céu.

"Céu de tornado", como diria sua mãe.

Ele conseguia imaginá-la naquele momento, na varanda de casa, puxando um dos cigarros Camel do pai de Ash do maço. Ela colocaria o cigarro entre os dentes, acendendo-o atrás da mão em concha, enquanto observava o céu com os olhos semicerrados.

"A tempestade vai chegar logo", ela avisaria, sacudindo o fósforo para apagá-lo.

Mas ela não entraria em casa. Legítimos nativos de Nebraska não fugiam de tornados, não até que as nuvens ficassem pretas, formando um paredão do céu à terra. Não até que a chuva começasse a cair lateralmente e o vento ficasse forte o suficiente para empurrar uma pessoa.

Ash ficou pensando na imagem da mãe naquele instante, destemida, fitando o céu do tornado. Não era a coragem que a mantinha na varanda enquanto a tempestade se aproximava. Era a teimosia pura e feroz. Nas profundezas de seu sangue, algo a fazia acreditar que poderia assustar a tempestade, impedi-la de tomar o que era dela. Aquele mesmo sangue corria pelas veias de Ash, para o bem ou para o mal.

Só que Dorothy nunca foi sua, disse uma vozinha no fundo da sua mente. *E você nem sabe se ela sobreviveu.*

Ash estremeceu, como se a voz fosse uma mosquinha zumbindo no ouvido. Um dos seguranças olhou para ele, franzindo o cenho. Ash cerrou a mandíbula, mantendo os olhos no horizonte, até o segurança grunhir e continuar a revistá-lo.

Era verdade: Dorothy nunca tinha sido dele. Só que ela se perdera durante a missão *dele*. Ele concordara em levá-la de volta no tempo, para o ano de 1980, em busca do Professor Zacharias Walker, o velho mentor de Ash. Ele sabia que seria perigoso viajar pela fenda com um suprimento tão pequeno de matéria exótica, e tinha feito isso mesmo assim. E então, quando a ME começara a falhar, Dorothy arriscara a própria vida para trocar a matéria exótica da *Segunda Estrela* no meio do voo, salvando todos eles.

E então a nave havia batido. E Dorothy havia sumido dentro da fenda.

Não acho que ela morreu, dissera Zora nos dias que se seguiram à queda da nave. *Ela estava com a ME... Talvez só esteja alguns meses na nossa frente.*

Não era uma esperança completamente tola. A fenda era volátil, com ventos que chegavam a cem nós, e tempestades que avassalavam constantemente as paredes nebulosas do túnel, mas a matéria exótica que Dorothy estivera segurando poderia ter criado um tipo de bolha protetora ao redor dela, resguardando-a do clima inclemente da fenda. Ash nunca ouvira falar de um ser humano sobrevivendo à fenda sem uma máquina do tempo, mas ele precisava acreditar que era possível. Ele simplesmente não conseguia suportar pensar na outra hipótese.

Eles perderam contato com Dorothy apenas segundos antes de aterrissarem de volta em 2077. Se ela tivesse sobrevivido, poderia já estar ali, em algum lugar, naquela cidade perdida. Ash só precisava encontrá-la antes de qualquer outra pessoa.

— Ele está limpo — disse o segurança, abaixando as mãos.

O outro segurança grunhiu, virando-se para Chandra.

— E ela?

Chandra se encolheu sob os olhos famintos dele, repuxando a camiseta. Era pequena demais de propósito, para mostrar seu corpo. Apesar de ser uma parte essencial do plano, as bochechas de Ash queimaram quando ele viu um pedaço de pele nua pelo canto do olho. Ele passara a maior parte da tarde fingindo que o corpo dela terminava no pescoço.

— Você sabe como é o Mac. Ele não quer que a gente toque na mercadoria. — O primeiro segurança assentiu, fazendo um aceno com o queixo quadrado. — Deixa eles passarem.

Mercadoria. Ash nunca tivera consciência de quantos músculos tinha no rosto, e de como era difícil se concentrar em todos ao mesmo tempo, forçando-os a ficarem parados quando tudo que queriam era fazer uma careta diante daquele comentário terrível.

Não uma garota, não um ser humano.

Mercadoria.

Ele sentia que nunca havia odiado alguém o tanto que odiava Mac naquele instante. Não o conhecia pessoalmente, mas conhecia sua reputação. Infelizmente. Todo mundo em Nova Seattle já tinha ouvido falar de Mac Murphy, dono do prostíbulo mais sujo da cidade. Ele era asqueroso como um sapo, tanto na aparência quanto na forma como afetava o mundo ao seu redor. Ash gostaria que fosse fisicamente possível esmagá-lo com um pisão. O mundo seria um lugar melhor se Mac Murphy fosse apenas uma gosminha verde sob a sola do seu sapato.

Fez-se um momento de silêncio, e então o segundo segurança deu um passo para o lado, umedecendo os lábios.

— Pode ir, querida — disse ele, os olhos em Chandra.

— Mexa-se — murmurou Ash, a voz baixa, cutucando Chandra para ela seguir.

Ela tropeçou, os ombros encolhidos quase até as orelhas.

— Ai, Deus — disse ela, andando com mais firmeza. Ela tentou mais uma vez puxar a camiseta para baixo, como se pudesse fazer o tecido aumentar pela força do pensamento.

Ash inclinou a cabeça conforme passavam pelos terríveis homens armados. Tomou cuidado para não ir rápido demais, mantendo os ombros relaxados como se tudo aquilo fosse normal. Algo que ele fazia todo dia.

O céu verde se iluminou. Um trovão retumbou ao longe.

Não é um agouro, Ash disse para si mesmo.

Continue andando.

O prostíbulo de Mac ficava escondido ao fim de uma doca, como um animal esperando para dar o bote na presa. Costumava ser um motel, o tipo de lugar com uma placa de néon e quartos que poderiam ser alugados por hora. Já era horrível mesmo antes das enchentes; agora, era o próprio inferno. Apenas os dois últimos andares ficavam acima do nível da água, uma cobertura espessa de mofo preto subindo pelas paredes amarelas desbotadas. Não havia vidros nas janelas, mas Mac as cobrira com papelão e cobertores velhos para manter o pouco de calor que conseguia dentro do prédio. O resto das janelas permanecia aberto, como dentes quebrados.

O próprio Mac estava sentado em uma cadeira carcomida por traças dentro do primeiro quarto do motel perto da doca, os pés apoiados em uma escrivaninha improvisada, que era apenas um pedaço de madeira mofado equilibrado em blocos de cimento. A porta estava aberta, presa por um tijolo, e Mac exibia um cigarro pendurado entre os dentes. Era um homem baixo, de peitoral largo, e realmente parecia um sapo: os olhos separados demais, os lábios grandes e rachados. Ash quase esperava que a língua dele escapasse da boca para agarrar uma mosca que voasse por perto.

Mac chupou o grosso lábio inferior, o cigarro pendendo.

— Tem negócios a tratar aqui, filho?

Os olhos dele se demoraram na camiseta de Chandra, e Ash sentiu uma onda de raiva revirar o estômago.

— Ouvi dizer que pagam por garotas — respondeu Ash, se esforçando ao máximo para manter a voz firme.

Chandra olhou para o chão, os ombros ainda encolhidos. Ela fungou de um jeito de dar pena, e Ash ficou orgulhoso. Sabia que ela estava assustada, mas ao menos aquilo ali era puro teatro. Na verdade, toda a situação fazia Ash se lembrar de uma série de TV sobre o Velho Oeste que ela estivera assistindo na semana anterior. Foi por isso que ele pediu a ajuda de Chandra nessa pequena missão. Zora era uma péssima atriz.

Mac se inclinou na cadeira, avaliando Chandra. Depois de um instante, disse:

— Ela não é grandes coisas.

Ash precisou reunir cada migalha de sua força de vontade para não arrancar aquele cigarro da boca do homem.

Ele viu Chandra franzindo os lábios e deu uma cotovelada nela, que rapidamente transformou a raiva em um soluço. As mãos dela estavam fechadas em punho contra a boca, lágrimas silenciosas escorrendo.

Mac voltou a deixar a cadeira reta nas quatro pernas.

— Mas tem gosto pra tudo por aqui. Alguns dos meus clientes preferem umas garotas diferentes. Eu posso te dar uns... — Ele fez uma pausa, tirando algo dos dentes com a unha. E então deu de ombros e tentou: — Cinquenta contos?

Ash engoliu em seco, mal ouvindo o preço. Ele se preparou para dizer a fala que tinha ensaiado:

— Podemos fazer uma troca?

As palavras fizeram seu estômago revirar. Pessoas não eram coisas para serem trocadas. Ou pelo menos não deveriam ser. Porém, ali estava ele.

Mac estreitou os olhos e Ash sentiu os músculos dos ombros retesarem. Estaria sendo reconhecido? Antes do megaterremoto, o rosto de Ash tinha aparecido em notícias aqui e ali. Ele estava diferente agora, o cabelo mais comprido e bagunçado. Não tinha se dado ao trabalho de fazer a barba desde o desaparecimento de Dorothy.

Ainda assim, havia pessoas naquele lugar que talvez se lembrassem do jovem piloto que fora trazido do passado por um cientista maluco. Ash estava contando que Mac não fosse uma dessas pessoas. Ele não parecia do tipo que acompanhava as notícias.

Os olhos de Mac se demoraram sobre ele mais um instante.

— Você não é um dos meus clientes de sempre?

Mac parecia estar tentando entender de onde o reconhecia.

Ash ficou tenso.

— Não, senhor, não sou — respondeu. — Mas vou no Bar do Prego de vez em quando.

O Bar do Prego era um bar ao fim do canal Aurora que Mac era conhecido por frequentar. Mac assentiu, aparentemente satisfeito com aquela explicação.

Ash soltou o ar, aliviado.

— Ouvi dizer que você arranjou uma garota nova. Bonita, de cabelo castanho.

Ouvi dizer que ela mordeu o último cara que tentou tocar nela, pensou Ash, mas não disse isso em voz alta.

Foi o detalhe da mordida que chamou sua atenção. Ele estivera em um boteco qualquer nas periferias da cidade quando vira um cara repuxar a manga, mostrando dois vergões inchados no formato de meia-lua no braço.

— Dentes — dissera ele. — A putinha nova do Murphy é foda.

Dorothy, pensara Ash. Conseguia facilmente imaginá-la mordendo o braço de qualquer homem que tentasse tocar nela sem permissão.

De acordo com o cara das marcas de dentes, a putinha nova tinha aparecido em uma área perigosa da cidade havia cerca de um mês, sozinha e perdida, mas linda que só. Não dissera a ninguém seu nome verdadeiro, mas Mac a chamara de Esperança, e *olha, que irônico, né? Sacou? Porque ela não tinha esperança nenhuma, haha*.

Ash oferecera bebidas e amendoim para o cara até ter certeza de que tinha arrancado todas as informações da história.

E então o levara atrás do bar para meter a porrada nele até deixá-lo inconsciente.

Porque *fala sério*.

O rosto de Mac exibia um sorriso torto com vários dentes apodrecidos.

— Ah, sim, temos uma garota nova, mas ela vale um pouquinho mais que cinquenta contos. — Ele fez uma pausa, como se estivesse considerando. — Talvez o dobro. E olha que estou sendo generoso, já que você é cliente novo e tal.

Ash estava esperando por isso. Ele vasculhou o casaco, pausando quando encontrou o envelope que tinha escondido na costura.

Ali estavam todas as suas economias. Cerca de setenta e cinco dólares. Notas amassadas e oleosas que não pareciam valer nada.

Como é que ele entregaria um envelope e receberia uma pessoa em troca?

O rosto de Dorothy apareceu na sua mente naquele instante. Ele a viu como estivera naqueles últimos momentos antes de sair da nave e desaparecer na tempestade. O cabelo embaraçado, o rosto manchado de graxa.

Em poucos segundos, sentiu o nojo se transformar em esperança. *Que seja ela*, rezou ele. *Que seja fácil assim.*

Ele colocou o envelope na mesa bamba, os dedos formigando quando afastou a mão.

Mac agarrou o dinheiro e contou as notas, ávido.

— Parece tudo certo. — Ele enfiou o envelope nas calças e chamou Chandra com a cabeça. — Vem comigo, boneca.

— Ela fica aqui — disse Ash, rápido demais.

Mac hesitou, as sobrancelhas erguidas. Ele pareceu suspeitar de algo pela primeira vez desde que Ash entrou.

— Em que momento você começou a dar ordens no meu negócio? — perguntou, a voz firme.

Calma, pensou Ash, um arrepio de medo subindo pela coluna. Não estava lidando apenas com um ego frágil, como o do cara do boteco. O ódio de Mac era mais forte.

Mac era um pano encharcado de gasolina — uma única fagulha e ele poderia explodir.

Ash mediu as palavras antes de dizer:

— Quero ver a garota primeiro, antes de entregar o resto do pagamento.

Mac deu de ombros casualmente, mas a desconfiança permaneceu em seus olhos.

— Como queira.

Ele saiu da sala, assobiando.

Chandra manteve a cabeça baixa até o homem asqueroso ir embora. E então se endireitou, jogando o cabelo escuro por cima do ombro, os olhos fervorosos.

— Quando é que eu vou poder atirar nele?

Ash olhou para ela. Ela estava com uma arma escondida na calça, embaixo da meia. Era o único lugar onde ele poderia se certificar de que não procurariam. Afinal, os guardas não tinham permissão de inspecionar as garotas novas antes de Mac. Era uma falha no sistema que Ash ficava feliz de explorar.

— Depois que ele trouxer a Dorothy — disse Ash. — Aí você pode atirar até nas bolas dele, se quiser.

Chandra piscou lentamente, talvez imaginando essa cena exata. Então disse, com um sorriso:

— Ótimo.

Quinze minutos se passaram antes de Ash ouvir passos se aproximando do quarto de motel. A pele atrás das orelhas formigou. Ele posicionou o corpo entre Chandra e a porta.

— Agora você está todo protetor — murmurou Chandra, irritada.

Ash engoliu o nó repentino na garganta.

— Fica quieta.

— Só estou dizendo que você poderia ter bancado o herói antes, sabe, quando o Mac estava me assediando sexualmente com os olhos.

Ash lançou um olhar de aviso a ela, e Chandra fingiu passar um zíper na boca.

Mac passou pela janela primeiro. As cortinas estavam fechadas, mas Ash reconheceu a cabeça redonda através do tecido amarelo. Uma sombra menor o seguia. Uma garota, pequena e toda encolhida.

Ash ficou sem fôlego.

Mac entrou no quarto.

— Aqui está — disse ele, o lábio curvado em algo que deve ter pensado ser um sorriso. — A puta mais bonita de toda Nova Seattle!

A garota apareceu na porta. Estava fitando os próprios pés, os cabelos escuros cobrindo o rosto.

— E aí? — Mac olhou da garota para Ash, na expectativa. — O que achou?

A voz fez a garota erguer a cabeça, e o cabelo escuro abriu-se como uma cortina, revelando a pele pálida feito porcelana, os lábios curvados e os olhos de boneca. Ash notou que a menina não deveria ter mais do que catorze anos, e sentiu a esperança desaparecer. Não era Dorothy.

Um hematoma marcava a pele ao redor do olho esquerdo dela. Ele se perguntou se tinha sido punição por morder o último homem que estivera no lugar dele.

Mac disse alguma outra coisa, mas Ash não prestou atenção. O sangue pulsava nos ouvidos, tão alto que ele não conseguia ouvir mais nada.

— Chandra — disse ele, tentando sem sucesso afastar a emoção da voz. — Agora.

Ela impeliu-se para a frente, fingindo um súbito acesso de tosse. Ela era mais rápida do que Ash esperava, tanto que ele se perguntou se ela estivera praticando no quarto do prédio escolar. Mac mal teve tempo de fechar a cara e murmurar algo sobre garotas doentes antes que a mão dela alcançasse o tornozelo, os dedos se fechando ao redor da arma escondida na meia.

Ela levantou, um olho fechado enquanto mirava.

— Nossa. — Mac ergueu as mãos, se afastando. Ele olhou para Ash. — O que é isso? Achei que estávamos fazendo negócios na boa-fé aqui.

— Ô, cara de sapo — disse Chandra. — Tá olhando pra ele por quê? Eu é que tô com a arma.

Ash deu de ombros.

— Parece que você deveria estar falando com ela.

Os lábios de Mac estremeceram, como se a ideia o enojasse.

— Você deixa uma garota dar as cartas do seu jogo, amigão?

— Com a maior frequência possível — disse Ash. — Agora...

— Espera aí. Eu conheço você. — Os olhos minúsculos de Mac viraram para Chandra, estreitando-se. — É, e você também. São daquele grupo de viajantes no tempo, né? Os da cronologia sei lá o quê?

Ele estava falando sobre a Agência de Proteção Cronológica, um time de viajantes no tempo retirados da história e trazidos para Nova Seattle dois anos antes para trabalharem ao lado do falecido Professor Zacharias Walker.

Mac sorriu e balançou a cabeça devagar.

— Um pessoal apareceu aqui procurando você e seus amigos mês passado. Vocês se escondem bem. É de propósito?

— É, sim — disse Ash, a voz ficando mais dura. — Ficamos meio cansados de receber gente na nossa porta pedindo uma viagem para conhecer os dinossauros.

— É mesmo? — Mac mordiscou o lábio rachado, sorrindo de leve. — Então não aceitam pedidos? Nem de, digamos, comerciantes locais? O pagamento seria bom.

Comerciantes locais. Isso fez o estômago de Ash revirar.

— Não vamos levar você de volta no tempo, se é isso que está pedindo.

— Posso fazer valer seu trabalho.

— Não, obrigado.

Os olhos de Mac pousaram na escrivaninha improvisada embaixo da janela. Ash seguiu o olhar dele até encontrar uma pequena pistola.

— Se você se mexer, eu atiro. — Chandra colocou o dedo no gatilho da arma. — Cadê o resto das meninas?

Mac deu um passo na direção da escrivaninha.

— Se acham mesmo que eu vou...

Chandra atirou, a bala acertando a coxa do cafetão. Ele uivou de dor, caindo de joelhos. Sangue escorreu pelo chão.

— Eu estava mirando um pouco mais alto que a sua perna — disse Chandra. — Quer que eu tente de novo?

— Ela não é muito boa com esse negócio — disse Ash.

Mac enfiou o punho na boca, mordendo os nós dos dedos. Uma lágrima saiu do olho e escorreu pela bochecha. A outra mão apertava a perna, o sangue jorrando entre os dedos.

— Estão... estão lá em cima — arfou ele, estremecendo. — No quarto 3C.

Ash olhou para Chandra, quase esperando que atirasse de novo, mas ela só guardou a arma no cós da calça, olhando feio para Mac enquanto saía do quarto. A menina de cabelos escuros hesitou por um segundo, depois a seguiu.

Ash inclinou o queixo para o cafetão que sangrava no piso.

— Foi um prazer fazer negócios com você.

Os gemidos de Mac seguiram Ash pelo corredor; seus ouvidos ainda pareciam estalar quando ele chegou nas escadas.

Olhando de fora, o quarto 3C parecia inundado. A água passava pelo buraco da porta e o batente de madeira parecia podre. Ash baixou a mão para a maçaneta e forçou a madeira com o ombro, esperando que a porta apenas desmoronasse sob sua força, mas não teve sorte.

— Droga — murmurou ele, relaxando o ombro. A cortina ao lado da porta tremulou quando uma das garotas olhou para fora.

— Deixa que eu faço isso — disse a menina de cabelos escuros. A voz era mais profunda do que Ash esperava, fazendo ela parecer bem mais velha do que ele havia pensado.

A menina passou por ele e bateu na porta.

— Mira — disse. — Sou eu. Abre a porta.

Uma pausa, e então a porta se abriu. Uma garota ruiva cheia de sardas os encarou. Os olhos passaram ansiosamente entre Ash e Chandra.

— Quem são esses, Esperança? — A voz dela era fraca.

— Não sei — disse ela. Então, com uma tentativa de sorriso: — Eles atiraram em Mac.

— Atiraram? — Mira escancarou mais a porta.

Atrás dela, Ash viu um quarto de teto baixo, iluminado por velas bruxuleantes espalhadas. Algumas garotas estavam esparramadas em colchões sem lençol, vestidas com calças de moletom e camisas largas de flanela, jogando baralho. Uma estava sentada diante de um espelho rachado, tentando cachear o cabelo com o dedo.

Mira olhou para Ash.

— Então nosso novo cafetão vai ser você?

— Quê? — Ash sentiu as orelhas esquentarem. — Não. *Meu Deus*, não.

— Você atirou no Mac.

— Na verdade, fui *eu* que atirei — interrompeu Chandra. — Agora eu sou a nova cafetina?

— Ninguém vai ser o novo cafetão de ninguém — disse Ash.

Mira não pareceu convencida.

— Então você atirou no Mac só porque é bonzinho? — Os olhos dela percorreram o corpo de Ash, avaliando. — Ninguém faz nada sem esperar algo em troca.

— Estamos procurando alguém. Uma garota. Pequena, com cabelos castanhos compridos. — Ash indicou Esperança com a cabeça. — Como ela.

O canto da boca de Mira se curvou.

— Não existe ninguém como ela, meu amigo.

Ela começou a fechar a porta.

— Espera. — Ash colocou o pé entre a porta e o batente. Ele sentiu o coração pulsar na garganta. Não poderia ser esse o fim. — *Por favor*.

Os olhos de Mira suavizaram.

— Todos nós perdemos alguém. Sinto muito.

Ash soltou a respiração, aturdido, o ar saindo em um jorro irregular. A decepção parecia uma sensação física, como se algo tivesse sido arrancado dele.

Tinha tanta certeza de que ela estaria ali.

Ele se lembrou da esperança que sentiu quando ouviu a história do cara no boteco. Já haviam se passado quase três semanas desde o desaparecimento de Dorothy. Foram dezenove noites, cada uma preenchida por horas e mais horas de escuridão. Ash passara cada minuto daquela escuridão encarando o teto acima da cama, imaginando todos os cenários possíveis em que poderia tê-la salvo.

A esperança de que ela poderia estar ali havia sido um bálsamo por um tempo, entorpecendo sua dor, fazendo com que ele pudesse planejar algo. Era muito mais fácil entrar armado em um bordel do que era encarar a realidade.

E a realidade era que Dorothy se fora. Perdida no tempo.

E Ash não sabia onde começar a procurá-la.

Ele tirou o pé da porta.

— Mac está sangrando bastante no andar de cima. Se alguma de vocês quiser fugir, a hora é agora.

Nenhuma das garotas se mexeu. Elas se entreolharam, e então encararam Ash novamente.

Mina inclinou a cabeça.

— Para onde mais a gente iria?

Quando Ash não respondeu, ela puxou Esperança de volta para o quarto e fechou a porta.

3

DOROTHY

5 DE NOVEMBRO DE 2077, NOVA SEATTLE

Três semanas atrás, Dorothy raptara a si mesma.

Bem, na verdade, sua versão do passado.

O tempo era um círculo. Ela aprendera isso um ano antes, e ainda estava aprendendo e reaprendendo, mesmo agora. Quando voltara para os anos 1990 para roubar as obras de arte do Museu Isabella Stewart Gardner, ela soubera que conseguiria porque *já tinha* conseguido; o roubo entrara para a história como o mais impressionante de todos os tempos. Era perturbador pensar nisso, mas, às vezes, as coisas que alguém fazia no passado não aconteciam de verdade até que o futuro chegasse, e as coisas que alguém não achava que tivessem acontecido já estavam acontecendo no passado de outra pessoa.

Por exemplo, quando Dorothy chegara a Nova Seattle, ela ouvira falar dessa garota misteriosa, Quinn Fox, mas foi só depois que voltou no tempo que percebeu que *ela* era Quinn Fox. Sempre fora Quinn Fox.

Só que ainda havia trabalho a fazer. Certas coisas precisavam ser organizadas para que tudo acontecesse da forma correta. Roman precisava garantir que Dorothy estivesse carregando a matéria exótica antes de ser derrubada da nave de Ash, só para começar. E isso significava que ela e Roman precisavam raptar sua versão do passado e colocar a ideia de voltar no tempo na cabeça dela.

Era um plano... elaborado. Mas Dorothy estivera inteiramente preparada para a tediosa tarefa de deixar pistas para sua versão do passado seguir, manipulando Roman e deixando dicas e dissimulando as suspeitas...

No entanto, ela não estivera preparada para ver a si mesma. Aquilo tinha sido um choque. Continuava revivendo o instante que tinha acontecido, o calor abafado do quarto de hotel e o cheiro de mofo e umidade e alguma outra coisa, um aroma levemente floral que fizera seu nariz retorcer, lembrando-a da mãe.

— E nossa nova convidada? — ela perguntara a Roman.

A conversa tinha sido encenada, naturalmente. Precisavam que a Dorothy do passado pensasse que iriam matá-la, o que a faria roubar o diário do Professor (que haviam convenientemente deixado em uma gaveta para que ela o encontrasse) e pular da janela, assim entregando o diário para Ash e seus amigos.

— Traga-me qualquer pertence valioso que encontrar e se livre do corpo — dissera ela. — Precisamos do quarto vazio essa noite.

Dorothy ainda conseguia se lembrar do quanto ficara aterrorizada ao ouvir aquelas palavras pela primeira vez: *se livre do corpo*. Como se fosse apenas algo a ser jogado fora, uma tarefa. Ela imaginara um único tiro nas costas enquanto estava fugindo, o corpo perdendo os sentidos, e então mergulhando em uma escuridão espessa e profunda. Parada ali, dizendo aquelas palavras, ela sentira o sangue correr mais forte e um gosto amargo no fundo da garganta. Ela não era mais aquela garota. Nunca mais se sentiria impotente.

Então talvez tivesse sido por isso que ela olhara, para provar a si mesma que tinha mudado. Ouvira o farfalhar de tecido suave atrás dela e virara por instinto, acidentalmente olhando para o próprio rosto.

Era seu rosto antigo, ainda sem estar destroçado pela queda de uma máquina do tempo ou por um ano passado com uma gangue cruel. A pele era imaculada, o cabelo, castanho-escuro. O primeiro pensamento que Dorothy tivera ao se ver era que não era surpreendente que continuasse sendo raptada: ela mais parecia uma boneca do que uma pessoa de verdade, e era tão mais nova do que Dorothy conseguia se lembrar de um dia ter sido. E tão inocente.

Assim que pensara isso, a palavra ficara presa em sua mente, como um verso de música que não conseguia parar de cantar. *Inocente, inocente...* Será que alguma vez já fora inocente? Ela era uma ladra e uma farsante antes mesmo de se tornar Quinn Fox. Roubara dinheiro e corações, enganara homens para que acreditassem que ela os queria e então desaparecera, deixando-os sozinhos com as próprias feridas. *Inocente* nunca teria sido uma palavra que usaria para se descrever, e ela não teria acreditado se a prova não estivesse bem ali.

E então ela sentira um calafrio ao perceber que, inocente ou não, a garota que ela era já não existia mais. Quinn Fox a matara.

Dorothy soltou os cabelos, deixando os cachos brancos caírem sobre seus ombros. Ela tirou o uniforme de polícia roubado e o trocou pelo seu casaco escuro de sempre, puxando o capuz sobre a cabeça para ocultar a maior parte do rosto e puxando as mangas para baixo para esconder as adagas presas aos braços.

Ainda faltavam os lábios. Ela pegou um potinho no bolso do casaco e tirou a tampa, revelando uma mistura vermelha como sangue, que passou nos lábios sem se importar de consultar um espelho. Seria melhor se ficasse borrado.

Não era sangue de verdade — era carmim misturado com óleo, como as prostitutas de sua época costumavam usar —, mas parecia, o que era o objetivo.

Roman estreitou os olhos, observando a transformação dela enquanto pilotava a *Corvo Negro* pelas águas agitadas. Tinham parado do lado de fora da fenda para mudar de lugar, ele pilotando a nave enquanto ela se trocava no assento do passageiro. Ele parecia estar se segurando para não comentar alguma coisa.

— O que foi? — perguntou ela, pressionando os lábios com força para fazer a mistura vermelha escorrer. Pelo reflexo na janela, conseguia ver que estava pálida, parecendo um cadáver. — Não ficou bom?

— Você está ótima — disse Roman, e então fez uma pausa, como se contemplasse a resposta. — Não, desculpe, quero dizer que está assustadora. Eu costumo confundir as duas coisas.

Dorothy sorriu. *Assustadora*. Ele falava aquilo como um elogio. Os dois tinham se esforçado muito para fazê-la parecer assustadora. Dorothy já experimentara o futuro dali a um ano, mas nunca tinha visto o rosto de Quinn Fox, então ela e Roman passaram semanas trabalhando no disfarce antes de decidir pela pele esbranquiçada, o casaco escuro e os lábios vermelhos. Era a primeira parte do plano para assumir o controle do Cirko Sombrio. Era um enigma: *como assustar pessoas assustadoras?*

Fácil. É só se tornar assustador também.

Os primeiros dias de Dorothy no Cirko Sombrio agora pareciam um borrão. Ela estivera muito machucada, o rosto uma confusão de sangue e carne mutilada. Lembrava-se das vozes desconfiadas que zumbiam ao seu redor quando Roman a levou pelos corredores do Fairmont pela primeira vez. Ele a embrulhara no casaco, avisando que deveria manter os ferimentos escondidos dos outros.

— Não podem saber que você está machucada — dissera ele. Dorothy ficara espantada ao ouvir o nervosismo na voz dele e ao ver que os olhos, normalmente vibrantes, estavam ofuscados pelo medo. — Eles não gostam de fraqueza.

Eles. Eram as Aberrações do Cirko, os membros notoriamente cruéis da gangue que controlava a cidade. Dorothy ainda se lembrava da primeira vez que os vira navegando pelas águas de Nova Seattle naquele barco a motor, machados e bestas pendurados nas costas, uivando e apontando as armas para o céu.

Eram assustadores, com certeza — mas Roman era o pior de todos. Era chamado de Corvo, e era como o rei dos ladrões: charmoso, manipulador e sem medo de ninguém.

O Roman que estivera ali com ela não tinha nada a ver com isso. Ainda era bonito, mas era magrelo e arisco, como um cão de rua vasculhando lixeiras por comida. O casaco não tinha o corvo costurado, sua marca registrada. E havia a barba triste e rala que ele estava tentando deixar crescer...

Dorothy fizera uma careta ao olhar. Aquela barba precisaria ser raspada.

— Eu não sou fraca — dissera ela, a voz afiada como uma lâmina. — E nem você. Eu vi o futuro, e nele nós não tememos o Cirko Sombrio. Nós o lideramos.

O medo nos olhos de Roman dera lugar a um brilho. Pela primeira vez, parecera o Corvo que Dorothy conhecera.

Ele apenas perguntara:

— Como?

Sorrindo, Dorothy contara seu plano.

Ela deveria ter percebido naquela noite que tornar-se a famosa Quinn Fox não seria tão simples quanto adotar um novo pseudônimo. Havia coisas que ela precisaria fazer para ganhar a confiança do Cirko Sombrio. Coisas terríveis.

— Você parece pequena demais — Roman sibilara para ela com frequência no início, quando ela ainda percorria os corredores do Fairmont de cabeça baixa, os ombros retesados. — Parece que vai quebrar.

Ela estremecera ao ouvir aquilo. *Quebrar*. Isso fazia com que se lembrasse de ter sido raptada por um homem bêbado no bar quando era criança. Fazia com que se sentisse impotente, e ela jurara que nunca mais se sentiria dessa forma.

Ainda assim, fora obrigada a admitir que Roman tinha razão. Ela era bem menor do que todo mundo no Cirko Sombrio. As outras Aberrações olhavam para ela como se fossem devorá-la. Como se ela fosse um *lanchinho*. Às vezes, ela pensava que os ouvia lambendo os beiços quando passava por eles.

O problema não era só o tamanho. O ferimento estava demorando mais que o esperado para sarar. Parecia chamar atenção: vermelho, bruto, dolorido. Sangrava constantemente. Dorothy passara a maior parte do tempo enfurnada nos banheiros, trocando ataduras e limpando a carne mutilada para evitar uma infecção. Depois de uma sugestão de Roman, ela começara a cobrir o rosto em carne viva com um capuz baixo para que as outras Aberrações não descobrissem o tamanho da ferida — e o quanto ela estava *vulnerável*. Só que isso apenas aumentara a desconfiança sobre o que ela podia estar escondendo.

Pior: aumentara a *curiosidade*.

Não havia muitas mulheres no Cirko Sombrio. Só por isso, Dorothy já chamava atenção demais. As Aberrações sussurravam sobre que aparência estaria escondendo debaixo daquele capuz sempre presente. Ela sentia o peso dos olhares enquanto andava pelos corredores, e sabia que era apenas questão de tempo até que a curiosidade deles falasse mais alto.

E então, certa noite, havia acontecido.

Enquanto ela se esgueirava de volta para Fairmont, um menino — uma nova Aberração do Cirko, que ela não reconhecia — surgira das sombras e a agarrara. Por um momento de pânico, ela pensara que tinha sido um erro, que talvez ele estivesse procurando outra pessoa ou simplesmente trombando com ela na pressa de sair.

Mas aí ela ouvira o som dos amigos dele escondidos no corredor, rindo e o incentivando, e soubera que não havia sido erro nenhum. Havia sido uma armadilha.

Estiveram esperando por ela.

O garoto a pegara com brutalidade e a empurrara contra a parede, um braço encaixado acima da clavícula para impedi-la de se mexer e o outro agarrando a cintura, os dedos cutucando a pele dolorosamente.

— Olha só como ela se debate — dissera ele, a respiração azeda tão perto dela, perto demais. — Não falei que isso seria divertido?

Divertido? Ele pensava que aquilo era *divertido?* Dorothy não tivera tempo de recuperar o fôlego. Sabia que, se não tomasse uma atitude naquele instante, aquilo aconteceria de novo e de novo e de novo. Ela era pequena, frágil, uma *diversão*. Todos em Fairmont a veriam como um alvo fácil, alguém de quem tirar vantagem. Sua nova realidade seria fugir de garotos como aquele, lutando contra mãos que a agarravam e hálitos fedorentos.

Então, ela fizera a única coisa que conseguira pensar em fazer.

Ela o mordera. Bem no rosto.

E conseguira arrancar um bom pedaço de pele, deixando para trás uma marca feia e profunda. O garoto a soltara, caindo de joelhos, uivando, enquanto o sangue escorria pelo queixo dela.

Ela não se dera ao trabalho de limpar o sangue, dizendo apenas:

— Não gosto de ser tocada.

O garoto ganhara o apelido de Lua Cheia depois daquilo, em homenagem à cratera que ela deixara em sua bochecha. E então, os rumores sobre Quinn Fox oficialmente começaram.

A maioria deles viera de Roman. Ele dizia que não deveriam se aproximar demais de Quinn, pois ela gostava um pouco demais do sabor de carne humana. Foi de grande ajuda que ela sempre tivesse cheiro de sangue, cortesia do ferimento que ainda sarava. E havia o próprio Lua Cheia como evidência, andando por aí com a marca dos dentes dela na bochecha, um aviso em carne viva.

Roman mantivera os boatos circulando, certificando-se de que cada um fosse mais aterrorizante que o anterior. Ele dizia que Quinn não sabia sorrir, que ela tinha sido mantida em um armário até os doze anos, que tinha crescido sem ver nenhum rosto humano e isso a transformara em algo… bizarro.

Ele dizia que as emoções humanas que ela conseguia expressar eram pura farsa, e que ela usava um capuz sobre a cabeça para esconder suas expressões faciais inexistentes.

Dizia que ela conseguia descobrir os segredos de qualquer um pelo olhar.

Que ela conseguia matar um homem apenas com as mãos.

Com um dedo.

Com um *olhar*.

Dorothy se sentira uma tola por não ter pensado nisso antes. Quinn Fox era uma canibal. Foi uma das primeiras coisas que ela aprendera sobre Nova Seattle.

Eu vou para um lugar onde há cidades inteiras perdidas debaixo d'água e gangues que roubam velhinhas quando elas vão ao mercado e uma menina que se alimenta de carne humana.

Ash dissera isso a ela quando eles se conheceram na clareira atrás da igreja onde ela supostamente deveria se casar. Só que na época ele era um piloto bonito de olhos dourados, com cheiro de fumaça de fogueira e lugares distantes. Ela pensara que ele estava exagerando. Nem mesmo nos seus maiores devaneios pensaria que a menina seria ela.

Se Dorothy ainda mantinha alguma esperança de retornar a Ash e seus amigos, desaparecera assim que os boatos sobre ela se espalharam. Ela vira Ash mais uma vez, mas já era tarde. Ela já se tornara Quinn Fox, canibal, líder do Cirko Sombrio.

E ele a odiava.

4
ASH

O céu cor de ervilha seguiu Ash e Chandra até os fundos do motel, onde o barco os esperava balançando nas águas negras.

Aquela estranha luminosidade pairava acima deles como um mau agouro enquanto Ash puxava a corda — uma, duas, três vezes — até o motor finalmente rugir.

As nuvens pareciam segurar o fôlego enquanto os dois subiam no barco velho e se afastavam do motel de Mac, seguindo pelo canal estreito, os prédios baixos os ladeando-os.

Não é um agouro, Ash repetiu para si mesmo, desviando o olhar do céu.

Eles passaram por mais meia dúzia de motéis idênticos aos de Mac. Lugares escuros e devastados com janelas cobertas e seguranças armados na porta. Ash se obrigou a imaginar as pessoas atrás de todas aquelas janelas. Os rostos assustados, arrasados. A maioria menor de idade. A maioria ali contra a própria vontade.

No entanto, por mais que tentasse, Ash não conseguia imaginar nada. O rosto de Dorothy teimava em ocupar sua mente. Dorothy assustada, Dorothy rindo, Dorothy erguendo o olhar para ele, se inclinando para beijá-lo...

Ele sacudiu a cabeça, enojado consigo mesmo. Aquela realidade deveria incomodá-lo mais do que incomodava. Ele não deveria ter sido capaz de simplesmente deixar aquelas meninas lá, assim como não deveria ser capaz de passar por esses lugares sem parar, sem tentar ajudar.

Às vezes, ele sentia que sua capacidade de empatia era uma jarra de vidro que já estava cheia até a borda com a preocupação por Dorothy, por si e seus amigos; se tentasse enfiar mais alguma coisa lá dentro, o vidro estilhaçaria.

Ele não gostava do que isso dizia sobre si, mas já conseguia sentir as rachaduras se formando. Então, manteve o olhar à frente, prendendo a respiração até passar por todos os motéis.

O barco saiu do canal indo para um bairro que antigamente era chamado de Queen Anne, e agora era só Aurora do Oeste. Ash tinha acabado de ver a ponta da Space Needle no horizonte, o disco enorme e enferrujado descansando no topo da água como um barco...

E então o chão tremeu, lançando uma parede de água cinzenta sobre ele, escondendo a estrutura por um momento.

Ash sentiu o estômago embrulhar quando a água entrou no barco. Chandra agarrou seu braço, as unhas atravessando a jaqueta de couro e alcançando a pele.

Não, pensou ele. *Não agora*.

E então o tremor parou, abrupto, apesar de as águas acinzentadas e escuras continuarem a se assomar.

Chandra soltou o braço dele.

— É o terceiro essa semana — comentou, arfando.

— Quarto — corrigiu Ash. Houvera um terremoto no meio da noite, tão pequeno que quase não o acordara.

Chandra balançou a cabeça.

— Bizarro.

Ash engoliu em seco, mas não disse nada. Eles tinham se acostumado aos sismos nos últimos anos, desde que um terremoto gigantesco atingira a costa oeste em 2073, seguido de outro ainda maior em 2075. O de 2075 causara um tsunami, deixando a cidade de Seattle submersa. O terremoto da falha de Cascadia — ou o megaterremoto, como era chamado — atingira 9.3 pontos na escala Richter, facilmente o evento mais devastador que o país já vira. Com aquilo, a costa oeste tinha sido praticamente devastada. Quase quarenta mil pessoas tinham morrido.

Os tremores foram ficando mais frequentes desde o megaterremoto, mas ultimamente parecia que estavam acontecendo dia sim, dia não. Eram sempre pequenos, e mal lançavam ondas grandes o bastante para atingir as paredes do prédio escolar onde Ash e seus amigos moravam, ou a Taverna do Dante, seu bar favorito. Ainda assim, deixavam os nervos de Ash à flor da pele.

— Já, já estaremos em casa — disse ele a Chandra, puxando a corda do motor mais uma vez.

A velha oficina do Professor Zacharias Walker erguia-se no horizonte como uma miragem. Consistia em um telhado descombinado sob laterais feitas de peças de madeira antiga, pneus e latão. Ash observou a estrutura se destacar nas sombras e desejou, como sempre, encontrar o Professor atrás daquelas janelas encharcadas de chuva.

O Professor Walker descobrira a viagem no tempo. Ele construíra duas máquinas do tempo — a *Segunda Estrela* e a *Estrela Escura* — e então voltara no tempo para buscar Jonathan Asher, Chandrakala Samhita e Willis Henry de pontos diferentes da história, levando-os para Nova Seattle em 2075 e formando um time que, de brincadeira, chamara de Agência de Proteção Cronológica. O objetivo era viajar no tempo juntos, descobrindo os mistérios do passado.

E então o megaterremoto destruíra a cidade. E, poucos meses depois, o Professor pegara a *Estrela Escura* e desaparecera no tempo sem contar a ninguém para que ano ia, nem o motivo da viagem. Ash passara meses procurando por ele antes de encontrar o velho diário do Professor e finalmente descobrir para onde tinha ido — uma velha base militar chamada Forte Hunter, em 1980, onde planejara estudar a causa estrutural dos terremotos que destruíram Seattle e mataram sua esposa, Natasha.

Ou ao menos era o que tentara fazer. O Professor tinha sido morto logo depois de aterrissar no Forte Hunter, executado por soldados que suspeitaram que ele havia roubado segredos militares valiosos. Ash e seus amigos haviam tentado segui-lo de volta no tempo, mas a missão fora um fracasso. A viagem destruíra a única máquina do tempo restante, a *Segunda Estrela*, e quase custara a vida de Ash e de Zora. Se Ash pressionasse a pele da barriga, ainda conseguia sentir um pedaço de metal alojado logo abaixo das costelas. Era tudo que restava de sua velha máquina do tempo.

A pior parte havia sido quando ele encontrou os registros do Professor no Forte Hunter, que pareciam indicar a ocorrência futura de mais dois enormes terremotos. Só que esses terremotos não destruiriam uma única cidade. Tinham o potencial de destruir tudo que sobrara da costa oeste. Talvez o país inteiro.

A luz brilhava atrás das janelas da oficina, o que significava que Zora ainda estava acordada. Ultimamente, ela mal saía da oficina do pai. Havia colocado um colchonete em um cantinho e se lavava com um pano úmido e uma jarra de água em vez de tomar banho. Pelo que Ash sabia, ela sobrevivia de queijos-quentes e café queimado, e passava o tempo todo relendo as anotações do pai, tentando compreender a pesquisa, procurando uma forma de impedir que os terremotos ocorressem.

Ao ver a luz, Ash sentiu uma mistura profunda de decepção e esperança. Era uma emoção nova, dolorosa e otimista ao mesmo tempo. Ele queria que Zora simplesmente desistisse, mas ao mesmo tempo torcia para que ela fizesse alguma descoberta.

Ou talvez não fosse uma emoção nova. Talvez a esperança sempre tornasse a decepção pior.

A porta da oficina se abriu para cima, a água chapinhando ao redor da madeira conforme se mexia, e então parou, as engrenagens rangendo. Ash fez uma careta, apertando o botão do controle remoto de novo. Como a porta continuou no lugar, ele pilotou o barco para mais perto a fim de puxar a corrente manualmente.

A única eletricidade em Nova Seattle vinha dos poucos painéis solares ainda restantes na cidade. Poucos haviam sobrevivido ao megaterremoto, por isso eram incrivelmente valiosos. A maioria das pessoas que Ash conhecia tinha vendido os seus anos antes, seja por dinheiro ou em troca de comida, mas o Professor insistia para que ficassem com o dele na oficina. Pelo menos até pouco tempo atrás eles conseguiam trazer comida de volta do passado.

Infelizmente, os painéis haviam começado a falhar. Não foram feitos para durar para sempre, e Ash estremecia só de pensar no que aconteceria quando parassem de vez. A cidade mal funcionava como estava.

Ele atracou o barco na garagem. Zora estava sentada de pernas cruzadas no deque, franzindo o cenho para uma pilha de anotações do pai. A luz que Ash enxergara vinha das velas alinhadas na parede, não da lâmpada pendurada no teto.

— A energia está caindo o dia todo. — Ela ergueu o olhar, passando os olhos no barco de Ash, onde havia apenas dois passageiros, não três. Ela hesitou antes de perguntar: — Não tiveram sorte com o Mac, então?

— O que você acha? — Ash não olhou para ela, mas desligou o motor, talvez com força demais. Irritado, ele perguntou: — E você?

Como resposta, Zora simplesmente amassou uma folha de caderno e jogou nele. Ela errou a mira, e os dois ficaram em silêncio enquanto assistiam o papel afundar nas águas sombrias.

— Espero que aquele papel não fosse importante — disse Willis.

Estava sentado em um banquinho no canto mais escuro atrás de Zora, a pele e o cabelo pálidos parecendo se misturar com o ambiente, apesar de seu enorme tamanho. Estava entalhando alguma coisa. O naco de madeira mais parecia um palitinho naquelas mãos monstruosas.

— Era uma lista de compras de dois anos atrás. — Zora afastou as tranças escuras da testa. — Ovos, leite e strudel de torradeira. Só Deus sabe por que ele guardou isso.

— Strudel de torradeira? Meu Deus, se lembram de antes do terremoto, quando dava pra simplesmente ir no mercado e comprar strudel de torradeira? — Chandra levantou e saiu, grunhindo enquanto o barco balançava sob seus pés.

Havia algumas lojas e barraquinhas de comércio ilegal, mas todas se atinham ao essencial: água potável, peixe, barrinhas de proteína. Se quisessem outra coisa, era necessário procurar um entreposto comercial oficial no Centro, e esses eram caros.

— Eu amava aquelas edições limitadas de strudel de açúcar mascavo — continuou Chandra. — Caramba, era tão bom. Eu acabava com eles de madrugada enquanto todo mundo estava dormindo.

Willis estreitou os olhos.

— É por isso que nunca tinha.

— Não olhe pra mim como se você não tivesse roubado as latas de LaCroix da cozinha e escondido tudo debaixo da cama. — Chandra se inclinou sobre o deque, encarando lamentosa o ponto onde a lista de compras desaparecera. — Você deveria guardar essas coisas. É histórico. Memórias de antes da enchente. Pode ser valioso um dia.

Ash se agachou ao lado de Zora e fitou a pilha de papéis velhos que representava a última esperança de salvar aquela cidade desesperada e afogada.

Não inspirava confiança alguma. Impressões feitas com o laptop de Roman estavam empilhadas em cima de cadernos velhos, tudo misturado a listas e desenhos do escritório do Professor e páginas arrancadas do diário. Parecia que Zora também estava anotando coisas. Ash reconheceu a caligrafia dela em um pedaço de papel no topo da pilha e virou a cabeça para ler o que ela tinha escrito.

O que significa toda essa merda?!

Ele fez uma careta. Que decepção.

— Não estamos mais perto de entender a parte matemática, então?

— Será? Será que eu me graduei em física teórica desde a última vez que você me viu? Acho que não. — Zora grunhiu e pressionou as pálpebras com os dedos. — Eu daria tudo por *um* único livro, mas não. Listas de compras velhas eu tenho de sobra. Mas livros?

Ash sabia que Zora não queria uma resposta. Ela estava reclamando da falta de livros fazia algumas semanas. O Professor costumava ter estantes e mais estantes de livros teóricos antes do terremoto, mas Zora não conseguiu localizar nenhum deles junto das anotações. Ela nunca tinha estudado física ou cálculo na escola, e já que a porcaria da internet discada tinha parado de funcionar na semana anterior, ela não tinha nenhum jeito de pesquisar.

Infelizmente, isso significava que a maioria das anotações do pai parecia sem nexo. Chandra tinha tentado ajudar resolvendo algumas das equações mais simples, mas, como ela sempre dizia, medicina não era a mesma coisa que ciência de viagem no tempo.

— Me chame se alguém precisar remover um rim — dissera ela. — Fora isso…

Então, ela dera de ombros, fazendo uma careta para as equações sem sentido.

— Que tipo de cientista guarda uma pilha de *lixo* no escritório? — murmurou Zora, pegando alguns dos papéis amassados. — Recibos, listas velhas, desenhos de joaninhas sapateando…

Zora esfregou os olhos com as mãos, deixando uma trilha de sujeira no nariz.

— Eu estava louca de achar que conseguia fazer isso sem ele. O mundo está condenado. *Nós* estamos condenados. Eu deveria só… desistir.

— Desista — murmurou Ash, quase para si mesmo, e de repente sentiu o peso daquele dia sobre os ombros.

As velhas janelas do motel, o sorriso malicioso de Mac, a cabeça de Mira inclinada para o lado.

Mas para onde mais a gente iria?

Ele passou a mão pelo rosto. *Sete dias.* No máximo, ele só tinha mais sete dias naquele lugar terrível e amaldiçoado.

Ah, como ele queria mais.

A raiva o invadiu — em um instante não estava lá e, no seguinte, parecia estar em todo lugar — e se misturou à decepção, à frustração e àquela maldita esperança da qual ele *ainda* não conseguia se livrar. Ele levantou e começou a amarrar o barco no deque, os movimentos bruscos. Parecia bom descontar aquela agressividade em alguma coisa, mesmo que fosse só uma corda.

De um jeito distante, ele notou que os outros haviam ficado em silêncio. Ele ergueu o olhar e viu Willis encolhido sobre seu entalhe, a faca imóvel, e Zora encarando os papéis do pai sem ler nada. Só Chandra o encarava abertamente. Ela nunca fora muito sutil.

— Que foi? — Ele não queria soar tão rude, e se odiou por isso.

Zora fungou.

— Você tá meio estranho.

— Eu tô ótimo.

Chandra bufou.

— Todos precisamos de um tempo — disse Willis, colocando a escultura em uma mesinha lateral. Agora que não estava mais escondida sob as mãos enormes, Ash conseguia ver a cabeça e os ombros de um homem sendo entalhados na madeira. — Vamos na Taverna do Dante?

Zora esticou os braços acima da cabeça, bocejando.

— Seria bom tomar uma bebida.

— E um banho? — disse Chandra, franzindo o nariz.

Zora a fuzilou com o olhar, e Chandra deu de ombros.

— Quando foi a última vez que você se lavou em um banheiro e não com essa jarrinha?

— Eu não ia comentar nada — disse Willis, baixinho.

Ash ainda estava segurando a corda. Tinha feito um nó tão apertado que as fibras estavam começando a se desfazer. Sua mão estava com marcas vermelhas.

A ideia de ir para a Taverna do Dante, sentar à mesa de sempre, beber e se forçar a rir das piadas de Willis ou das tristes tentativas de flerte de Chandra faziam com que uma dor entorpecente tomasse seu crânio. Ele estremeceu e tentou esfregar a têmpora para afastar a dor.

— Ash? — chamou Chandra, a voz cheia de preocupação. — Tá tudo bem? Eu sei que você tinha esperança...

Ash sentiu os músculos enrijecerem e sacudiu a cabeça.

— Preciso tomar um ar — disse ele, fechando o zíper da jaqueta até o queixo.

A expressão de Chandra desmoronou.

— Venha beber com a gente, Capitão — chamou Willis. — Vai ser legal.

— Vou só dar uma volta na quadra. — Ash saiu pela porta do outro lado da oficina. — Encontro vocês lá no Dante ou sei lá. Mas só mais tarde.

Willis começou a dizer mais alguma coisa, mas Zora ergueu a mão para interromper.

— Deixa ele ir.

Ela falou baixo, sem olhar para Ash. O que significava que estava irritada. Zora costumava reagir a emoções que não aprovava se irritando com as pessoas. Era um traço de personalidade com o qual Ash não estava com paciência para lidar agora.

Ash empurrou a porta da oficina e saiu para as docas. Um ar gélido atingiu suas bochechas e achatou a jaqueta contra o corpo dele.

Pensou no cabelo escuro de Dorothy. Nos olhos dela.

Precisava de um tempo sozinho.

Precisava pensar.

DIÁRIO DO PROFESSOR — 14 DE JUNHO DE 2074
11H47
A OFICINA

Hoje foi a primeira vez nessa semana que eu coloquei o pé para fora da oficina. Eu costumava sair pelo menos uma vez por dia, mas ultimamente, apesar de parecer irônico, eu simplesmente não tenho tido tempo.

As sessões diárias de treinamento com a NASA e meu time novo de exploradores, as reuniões com a ATACO, sem contar as entrevistas coletivas para manter o público informado sobre o que estamos fazendo. Passei a maior parte do dia de hoje em uma sessão de fotos. Uma *sessão de fotos*, sabe?

É decepcionante, no mínimo. Afinal, sou um cientista e gostaria de ter tempo para trabalhar. Só que o sucesso dos meus últimos experimentos me transformou em algum tipo de celebridade, o que nunca foi minha intenção. Me pego sentindo falta dos dias em que ninguém sabia quem eu era, quando a viagem no tempo era só um quebra-cabeça no qual eu não conseguia parar de pensar.

Sabe, naqueles dias, uma máquina do tempo nem era parte do meu plano. Na verdade, é um pouco inconveniente precisar me preocupar com um veículo inteiro quando preciso voltar no tempo, sem falar na questão do túnel e da matéria exótica, cujo suprimento é bastante limitado. Eu poderia ter tentado descobrir como viajar no tempo muito antes, na verdade, mas passei anos tentando arranjar um jeito de desviar desses problemas, e todas as tentativas foram fracassos enormes.

E, ainda assim, não consigo evitar olhar anotações antigas e me perguntar se deixei algo passar. Talvez a viagem no tempo sem um veículo, sem uma fenda ou matéria exótica seja possível, afinal...

Tudo isso me faz pensar em Nikola Tesla, sérvio-americano, inventor, engenheiro elétrico e mecânico, físico e futurista.

Tesla gastou muito tempo e dinheiro tentando desenvolver a transmissão de energia elétrica sem fio — em outras palavras, a bobina.

Sabe, a bobina. A bola de cobre que faiscava eletricidade. Basicamente, fez com que Tesla parecesse algum tipo de cientista maluco, e infelizmente ele nunca conseguiu fazê-la funcionar corretamente. Várias das teorias dele sobre energia e eletricidade se movendo pela crosta terrestre eram baseadas em uma ciência falha, e ele acabou perseguindo essa ideia de "energia livre" até acabar sem financiamento e com a reputação basicamente arruinada. É uma pena, porque ele era uma das pessoas mais inteligentes que o mundo já conheceu. Um gênio de verdade.

De qualquer forma, penso em Tesla agora porque ele passou bastante tempo observando o barulho eletrônico dos relâmpagos, e com isso concluiu que poderia usar o globo terrestre inteiro para conduzir energia elétrica de graça. Infelizmente, ele estava bastante errado, mas a ciência da hipótese não era ruim. Ele só estava errado sobre como a Terra reagiria àquela ciência.

A fenda, por outro lado, reage exatamente da forma que ele esperava.

Não vou entediar ninguém com os detalhes. Só é preciso saber que Tesla estava certo; ele só não sabia sobre o quê. A maioria dos cientistas hoje acredita que na verdade existem muitas outras fendas no mundo, mas estão soterradas nas profundezas da crosta terrestre. A teoria vigente é que a fenda do estuário de Puget só ficou visível por causa da movimentação das placas tectônicas e que, daqui a algumas centenas de anos e com mais erosão, mais túneis do tempo vão aparecer. Se isso for verdade, é possível que Tesla na verdade tenha conseguido conectar seus experimentos originais a algum tipo de fenda subterrânea que ele nem mesmo sabia que estava ali.

Então, para todos os efeitos, Tesla foi o primeiro viajante no tempo da história. Até dizem que ele contou ter visto o futuro. Uma vez, depois de ser atingido por um choque elétrico da bobina, ele disse: "Eu vi o passado, o presente e o futuro, tudo ao mesmo tempo."

Se isso for verdade, se ele tiver mesmo visto o passado, o presente e o futuro ao mesmo tempo, isso significa que ele de alguma forma viajou no tempo sem ter acesso a uma fenda, sem matéria exótica, e sem um veículo.

É essencial que eu fale com ele.

5
DOROTHY

A garagem do Fairmont estava escura e vazia quando eles aterrissaram. Roman e Dorothy pegaram as obras de arte roubadas do compartimento dos fundos da máquina do tempo e desceram as escadas em silêncio, parando na frente de uma pesada porta escondida no porão do Fairmont.

Roman pegou uma chave antiga do casaco, e Dorothy ouviu o clique do metal na fechadura. A porta se abriu, revelando uma escuridão mais profunda além.

Outro clique e a sala foi iluminada.

Como sempre, Dorothy sentiu a respiração falhar. Era difícil saber para onde olhar primeiro. Havia uma pilha de pergaminhos juntando poeira em um canto, roubados da Biblioteca de Alexandria momentos antes do cerco de 48 a.C. Os painéis da tapeçaria Bayeux estavam pendurados na parede à frente, mostrando a coroação de Guilherme, o Conquistador, no Natal de 1066. Em uma mesa abaixo estavam as joias da coroa do rei João, havia muito perdidas.

Dorothy sorriu ao olhar para as joias, lembrando-se da semana que ela e Roman haviam passado no estuário Wash em 1216. Havia sido muito discutido na história como o rei tolo tinha perdido suas posses, mas no fim das contas o baú que guardava as joias havia simplesmente *caído* da carruagem enquanto ele passava pela ponte de Sutton. Dorothy e Roman haviam esperado o rei e os soldados passarem para roubar a bagagem abandonada. Roman tinha usado a magnífica coroa no caminho inteiro de volta para casa.

— Já passou das nove e meia — disse ele, interrompendo a lembrança. — Está pronta para a transmissão?

Ah. A transmissão.

Ironicamente, foi Ash quem deu essa ideia para ela.

— Querem voltar no tempo — dissera ele sobre o Cirko Sombrio. — Eles acreditam que é a chave para resolver todos os nossos problemas.

Ele dissera aquilo como se fosse uma coisa idiota de se pensar, mas Dorothy discordara. Por que, sério, que tipo de problema não poderia ser resolvido com *viagem no tempo*?

Ela começara a pensar em que mudanças poderia fazer. No mínimo, a cidade precisava de energia elétrica e acesso a medicamentos e comida. Havia pessoas demais doentes e passando fome e frio.

Dorothy era uma golpista antes de aterrissar em Nova Seattle. Nunca fora muito de fazer caridade. Pela primeira vez na vida, porém, ela tinha esse poder. E sabia como consertar as coisas.

O problema era que as pessoas de Nova Seattle não gostavam do Cirko Sombrio. Lembravam-se deles como uma gangue violenta de marginais e ladrões que havia dominado a cidade logo depois do megaterremoto. Porém, Dorothy sabia que poderiam ser muito mais, e então, meses atrás, ela contara a Roman seu plano.

— Vamos falar diretamente com as pessoas. Podemos fazer um tipo de… transmissão. — Ela tropeçara na palavra *transmissão*, que aprendera recentemente. — Os moradores dessa cidade não percebem o que está sendo escondido deles. Não sabem que a viagem no tempo ainda é possível. Vou tentar trazê-los para nosso lado.

Os dois tinham construído um estúdio improvisado no canto do porão do Fairmont, com câmeras e holofotes que Dorothy e Roman tinham roubado de uma rede de televisão extinta em 2044. Montaram também um cenário com uma bandeira dos Estados Unidos rasgada que Roman insistia que passava uma ideia de rebeldia.

Dorothy, inocente, achou que aquela campanha seria fácil. Só aparecer na televisão (outra palavra nova!) e dizer às pessoas o que poderiam fazer. Mas é claro que era muito mais complicado do que isso. A desconfiança em relação ao Cirko era profunda. Precisaram de mais de duzentas transmissões — uma por noite — e muitos meses, quase um ano, para plantar as sementes. Porém, agora, estavam perto.

Dorothy se posicionou diante da bandeira. O brilho repentino dos holofotes a fez estreitar os olhos, mas ninguém conseguiria vê-la sob o capuz que escondia seu rosto. Roman ficou atrás do equipamento, nas sombras, e ela ouviu os sons dos botões sendo acionados enquanto ele ajustava tudo no painel.

— Três... — disse Roman, a voz soando cortante sob a opressão dos holofotes.

Dorothy respirou fundo.

— Dois...

Aqui vamos nós.

Roman ergueu um dedo e, depois de um instante, apontou para ela.

Já.

— Amigos — disse Dorothy, o coração batendo rápido e forte na garganta. — Não tentem ajustar suas televisões. Nossa transmissão está em todos os canais.

6
ASH

Ash normalmente evitava perambular por Nova Seattle à noite. Era de se esperar que encontrasse alguém nada amigável; alguma Aberração do Cirko procurando um alvo fácil ou algum imbecil que reconhecesse Ash dos dias antes do terremoto, a fim de puxar uma briga. A cidade só era segura para aqueles que tinham dinheiro para subornar os ladrões e marginais que perambulavam pelas docas ao escurecer. Ash não tinha, e mesmo que tivesse, era orgulhoso demais para pagar por sua própria segurança.

No entanto, aquela noite era diferente. Naquela noite, ele estava se sentindo muito vivo, mas também estranho, como se estivesse preso em um sonho do qual não conseguia acordar. Ele praticamente salivava só de pensar em dar um bom soco, em sentir os nós dos dedos atingindo algo duro e quente.

Porém, não tinha ninguém ali para brigar com ele. A pele formigava, inútil.

Ele andou até o fim do deque, parando na bifurcação. Um caminho levava para as águas escuras, rodeadas por árvores brancas fantasmagóricas e telhados cheios de musgo, enquanto o outro levava para o centro da cidade. Os prédios não estavam iluminados — a única eletricidade no centro era usada para ligar as televisões na transmissão diária —, mas Ash conseguia ver as silhuetas contra o céu escuro.

Ele quase sentiu vontade de rir. Nada poderia ser mais claro do que isso: havia um caminho bom e um ruim. Ele poderia virar à direita e perambular na escuridão por meia hora, se acalmar e, depois de um tempo, acabar na Taverna do Dante, onde seus amigos já estariam na segunda rodada de bebida.

Ou poderia virar à esquerda e seguir para o centro, onde as Aberrações do Cirko e as pessoas que os subornavam faziam a festa.

Ele ouviu o som distante de vozes. Aquilo acendeu sua raiva, a percepção de que havia pessoas naquela cidade que ainda podiam caminhar à noite sem sentir medo.

Sete dias, pensou ele.

Ele resmungou em voz alta:

— Dane-se.

Esquerda. Definitivamente à esquerda.

Ele enfiou as mãos nos bolsos da jaqueta e abaixou a cabeça para se proteger do vento cortante. Estava frio para novembro no noroeste do Pacífico, mas ele acabou gostando disso. Era um alívio bem-vindo à sensação que ardia dentro dele.

As vozes soaram mais altas conforme Ash se aproximava dos prédios. Um bando de jovens usando jaquetas de boa qualidade saiu de um bar aos tropeços.

— Não, *aquela* ali — disse um deles, a voz exasperada. — Ela tava te olhando, você não viu?

O amigo dele bufou.

— Sem chance.

— A gente podia voltar amanhã — disse o primeiro. — Falar com ela.

Ash desacelerou para deixá-los passar, irritado por razões que não saberia explicar. Talvez fosse porque eles claramente tinham dinheiro, talvez porque eram desagradáveis, mas não o bastante para puxar uma briga.

Eles só estavam... felizes.

Ash observou os rapazes, sentindo cada músculo do corpo se tensionar. As vozes foram sumindo conforme eles andavam pelas docas, e então Ash empurrou a porta do bar do qual tinham acabado de sair sem se dar ao trabalho de olhar para a placa acima.

Estava tudo escuro lá dentro, com as paredes pretas, os balcões de ferro e os banquinhos de couro preto. Uma televisão pairava acima do bar, desligada.

Um grupo de pessoas amontoava-se no espaço apertado, ombro a ombro, no escuro. Ele pensou ver alguém olhar para ele, mas não estava com energia para se preocupar se tinha sido reconhecido ou se eram simpatizantes do Cirko Sombrio de antes do megaterremoto.

Antes do desaparecimento do Professor, ele e seu time de viajantes no tempo haviam sido um pouco... controversos.

Alguns pensavam que o Professor era um gênio, o futuro da ciência e da tecnologia.

Outros pensavam que era um intelectual desequilibrado que se contentava em ficar concentrado em seus livros e experimentos enquanto o mundo ao redor era destruído.

Nenhum dos dois lados estava exatamente errado.

Ash passou pelo salão lotado, mantendo a cabeça baixa, e encontrou um banco vazio perto do bar.

Um balconista apareceu, encarando-o por um instante longo demais antes de perguntar, resignado:

— O que você quer?

— Cerveja? — disse Ash, os olhos arregalados lendo o menu escrito a giz acima da cabeça do balconista. — Vocês têm *cerveja*?

A maioria dos bares em Nova Seattle não tinha cerveja de verdade desde antes do megaterremoto. Ao menos os que Ash frequentava. Era caro demais.

O balconista hesitou, e os olhos percorreram a multidão atrás dele. Ash resistiu ao ímpeto de olhar para trás, checar se alguém o encarava, sussurrando. Já fazia um bom tempo desde que estivera em um bar que se recusasse a servi-lo.

— Qual é, cara, só uma — disse ele, vasculhando os bolsos da jaqueta. Uma cerveja custaria metade do dinheiro roubado de Mac depois do tiro de Chandra, mas naquele instante parecia valer a pena. — Eu prometo, vou me comportar...

A televisão pendurada acima do bar ligou, e Ash congelou, a mão ainda no bolso.

Uma figura soturna apareceu na tela. Usava um capuz que cobria o rosto e estava parada na frente de uma bandeira puída dos Estados Unidos, uma raposa pintada na frente do casaco.

— Amigos — disse Quinn, com a voz altamente distorcida. — Não tentem ajustar suas televisões. Nossa transmissão está em todos os canais.

— Ainda quer a cerveja? — perguntou o balconista.

Ash percebeu que estava paralisado, a mão ainda no envelope de dinheiro. Ele assentiu e entregou uma nota levemente úmida, os olhos grudados na tela.

Quinn continuou:

— Trago boas notícias. No último ano, o Cirko Sombrio tem tentado descobrir os segredos da viagem no tempo, segredos que há muito foram escondidos de nós pelo cientista Zacharias Walker. Hoje, fico feliz em anunciar que o Professor Walker foi derrotado. A viagem no tempo é finalmente nossa.

Toda a conversa no bar parou. Alguém deu um assobio e outro alguém gritou:

— Já estava na hora!

Ash percebeu que estava segurando o envelope de dinheiro com tanta força que as juntas começaram a doer. Ele o colocou de volta na jaqueta e estalou os dedos.

Ele sabia que o Cirko conseguia viajar no tempo, ou ao menos suspeitava. Já tinha visto a máquina do tempo deles, e pensava que tinha visto Roman e Quinn em 1980, no Forte Hunter.

Só que Ash nunca tinha entendido *como* eles conseguiram voltar no tempo sem matéria exótica, e durante as últimas semanas tinha conseguido deixar de lado essa questão. Sempre havia algo mais importante em que precisava se concentrar.

Agora, não mais.

— E então gostaríamos de convidar todos vocês para uma festividade — anunciou Quinn. — Amanhã à noite, o Cirko Sombrio dará um baile de máscaras no Hotel Fairmont, às sete da noite. Junte-se a nós e veja como usaremos a viagem no tempo para construir um presente melhor, um futuro melhor. Junte-se ao Cirko Sombrio, e nós mostraremos um mundo novo e melhor.

A imagem congelou e a transmissão foi encerrada.

As conversas voltaram à toda. Ash ouviu alguém dizer "Quinn Fox", mas as pessoas pareciam mais empolgadas do que assustadas. Pela primeira vez.

Alguém acrescentou, em um tom casual, como se repetisse algo em que não tinha certeza se ainda acreditava:

— Mas ela é a *canibal*, né?

E:

— Você não ouviu? Ela quer ajudar. Consertar as coisas.

Enquanto isso, outra conversa parecia acontecer ao mesmo tempo, essa sobre o Professor e a Agência de Proteção Cronológica. Sobre Ash.

— Que egoístas — dizia alguém. — Achando que poderiam ficar com a tecnologia só para eles.

— A viagem no tempo deveria ser de todo mundo — respondeu alguém. — Quinn Fox vai consertar isso.

Ash sentiu um arrepio, desligando-se da conversa. As pessoas se esqueciam rápido demais. Tudo que Quinn precisava fazer era pendurar uma cenoura em uma vara e, de repente, apagava os anos de violência causados pelo Cirko Sombrio.

Ele levou a mão ao rosto, lembrando-se do calor da lâmina de Quinn contra sua pele. Só falara pessoalmente com ela uma vez, em uma doca do lado de fora do Fairmont.

Vamos embora, dissera ele, dando um passo para trás.

E ela respondera:

Tarde demais para isso.

E então ela cortara sua bochecha com a merda de uma adaga.

Ele ainda conseguia sentir o metal na pele, a ardência dos nervos, a forma como o coração dele se sobressaltou com o choque e depois com a adrenalina. Não fora exatamente uma boa primeira impressão.

E ainda assim, de alguma forma, ele deveria se apaixonar por ela. As pré-lembranças não mentiam, e Ash via aquela pré-lembrança todas as vezes que entrava na fenda: uma menina de cabelos brancos em um barco, a água ao redor, as árvores brancas rompendo a escuridão. Ela o beijaria, e então o mataria. Ele a amaria, e ela o trairia.

Quinn Fox tinha cabelos brancos. Quinn Fox era aquela garota.

Ele fechou os olhos, engolindo o nó que se formara na garganta. Sentiu o sangue pulsar sob a pele, quente e acelerado.

A pré-lembrança era real, tão real quanto qualquer outra memória. Ele ainda conseguia sentir o cheiro salgado da água. O calor dos lábios de Quinn Fox.

Sem decidir nada de forma consciente, ele se inclinou e colocou a mão no bolso de trás. Os dedos se fecharam em torno da capa de couro antigo do diário.

O velho diário do Professor parecia ter passado por poucas e boas. Ash provavelmente havia folheado as páginas centenas de vezes naquelas últimas semanas, lendo e relendo os registros do seu mentor, procurando significados ocultos naquelas anedotas, desenhos e rabiscos. Ele não acreditava mais que pudesse impedir a pré-lembrança de se tornar realidade, mas teria se contentado com algo mais simples. Um conselho, talvez. Ou uma promessa de que tudo ficaria bem.

Ele bufou por entre os dentes, desejando que o Professor estivesse ali, sentado no banco ao seu lado.

Mas o Professor estava morto. Havia morrido no Forte Hunter, no dia 17 de março de 1980. Tudo o que restara dele era aquele diário antigo de couro.

Ash parou de folhear por um instante, ao encontrar um pedaço de papel rasgado saindo da encadernação. Parecia que uma página estava faltando, mas quando ele olhou mais de perto, notou que havia várias folhas arrancadas, como se alguém tivesse removido um registro inteiro. Ele passou os dedos pelo rasgo, franzindo a testa. Teria sido o Professor que arrancara aquilo? Por quê?

O balconista apareceu diante dele de repente, parecendo desconfiado.

— Olha, cara, deixei você tomar uma, mas...

— Eu vou tomar outra — interrompeu Ash.

Quando o balconista franziu o cenho, ele tirou o envelope de dinheiro do bolso da jaqueta e o colocou no balcão. Para que economizar se estaria morto em menos de uma semana?

Com cuidado, como se achasse que pudesse conter algo venenoso, o balconista abriu o envelope, a sobrancelha arqueada em surpresa enquanto contava as notas. Nada no mundo comprava amigos tão bem quanto dinheiro vivo. Ele colocou o envelope no bolso e se virou para pegar mais uma cerveja.

— Pode mandar ver — disse Ash.

DIÁRIO DO PROFESSOR — 27 DE AGOSTO DE 1899
16H24
ARREDORES DE COLORADO SPRINGS

Preciso escrever rápido, então vai ser um registro curto. Nikola Tesla acabou de correr de volta para casa para procurar uma garrafa de Bourbon, e eu não quero estar escrevendo em um caderninho quando ele voltar.

Ele é meio paranoico, o Nikola... não quero levantar suspeitas.

Estou sentado em um banco de madeira na estação de experimentos dele nos arredores de Colorado Springs. A área de trabalho principal é nada menos do que um celeiro monstruoso, contendo a maior bobina de Tesla que eu já vi. Há outros equipamentos também. Geradores e lâmpadas, entre outras coisas, mas pouco do que se poderia considerar "confortos caseiros". Perguntei a Nikola que horas ele parava para fazer a refeição, ou o que ele de fato comia, e ele me encarou como se eu fosse um marciano.

Essa é a outra questão. Ele não acredita no que digo sobre viagem no tempo. Na verdade, parece mais confortável com a ideia de que sou algum tipo de extraterrestre.

Acredito que seja culpa minha. Aterrissei um pouco perto demais do celeiro, ou seja, Nikola viu minha nave. O ser humano não fez viagens aéreas com sucesso até 1903, então estou quatro anos adiantado para estar zanzando por aí em uma máquina voadora. Tem também o fato de que meu avião parece um pouco avançado demais para a virada do século XIX. De qualquer forma, não foi sem motivo que ele começou a pensar em "alienígena".

Droga, acho que ele está voltando agora. Eu deveria esconder isso antes que ele me pegue...

7
DOROTHY

Os holofotes se apagaram, deixando Dorothy piscando na escuridão. Por um instante, ela só ouviu o clicar dos botões e os motores desligando.

Então, a risada de Roman.

— *Festividade?* Sério? Você tá começando a mostrar sua idade.

Dorothy esfregou os olhos.

— As pessoas não dizem mais *festividades*?

— Não nos últimos cem anos.

Roman saiu de trás do equipamento das câmeras, carregando o saco com as obras de arte roubadas. Ele o depositou no carrinho que já continha as joias perdidas do rei e retirou o Vermeer, inclinando a cabeça para estudá-lo. Soou espantado quando disse:

— Só de pensar que somos as primeiras pessoas em mais de duzentos anos que estão vendo essa pintura pessoalmente…

Dorothy se permitiu examinar a pintura. Era realmente incrível. Não apenas a arte, mas todas as coisas lindas que podiam ver, os lugares incríveis que podiam visitar. Às vezes, voltavam a um lugar ou tempo específico por necessidade, e outras simplesmente porque um dos dois queria testemunhar algo.

O Vermeer era algo que Dorothy quisera desesperadamente ver. Um sorriso repuxou seus lábios enquanto ela desviava o olhar.

Ela parou ao lado de Roman, erguendo o cetro do rei.

— Sabe, nunca entendi para que serve um cetro. É só um bastão para ficar segurando? Ou só outro lugar para colocar...

Alguém pigarreou, interrompendo-a. Ainda segurando o cetro, Dorothy se virou.

A menina parada na porta era alta e tinha ombros e quadris largos e um cabelo ruivo que descia em uma trança pelas costas. O rosto tinha tantas sardas que era difícil ver a cor da pele embaixo, mas os olhos eram castanho-escuros e vibrantes.

— Mira — disse Dorothy, surpresa.

Ela trabalhava no bordel de Mac Murphy. No geral, Mac não confiava em mulheres, mas Mira estava com ele desde antes da enchente, então ele com frequência permitia que ela fizesse algumas pequenas tarefas além dos deveres de sempre.

Só que Mac sempre lidava com o Cirko Sombrio pessoalmente. Algo devia ter acontecido para mandar Mira em seu lugar.

Dorothy olhou em volta, sentindo-se ansiosa de repente. Ninguém vira os tesouros ali embaixo exceto Roman e ela.

— Talvez devêssemos conversar no salão...

Mira inclinou a cabeça, entretida.

— Não vim atrás de nada disso — falou ela, com a voz rouca, mas o olhar de admiração se demorou nas joias.

— Então por que veio? — perguntou Roman.

— Mac estava... indisposto essa noite. — A voz era fria, mas Dorothy pensou ver um lampejo nos olhos dela, algo de diversão ou alegria. Havia uma história ali. — Ele me mandou buscar o pagamento.

O Cirko Sombrio ficava no Fairmont desde que o megaterremoto causara a enchente na cidade. Era uma bagunça, mas também era o único hotel na área central de Seattle que ainda era habitável e, portanto, era um imóvel extremamente valorizado. O Cirko havia conseguido manter o lugar por tanto tempo por meio de pagamentos a pessoas inescrupulosas, incluindo Mac.

Roman tirou um envelope da jaqueta e o entregou para Mira.

Ela assentiu, os lábios tensos enquanto contava as notas. Depois de um instante, ela parou, erguendo o olhar.

— Acho que faltou um pouco.

— Vamos compensar na semana que vem — prometeu Dorothy.

— Vão mesmo? — Mira colocou o envelope no bolso, sem parecer convencida. — É a terceira vez que entregam um valor menor do que o combinado. Estão dizendo por aí que ultimamente vocês estão mais interessados em bancar o Robin Hood do que em ganhar dinheiro.

Houve um segundo de silêncio desconfortável. Dorothy colocou o cetro real de volta na mesa. Mira acompanhou o movimento com os olhos.

Dorothy queria que isso pudesse ser resolvido assim fácil, só entregando o cetro — ou qualquer um dos outros tesouros — como pagamento. Porém, apesar de todos os itens ali serem inestimáveis, o valor *real* deles era muito pouco. Ninguém em Nova Seattle tinha dinheiro o bastante para trocar por joias e ouro.

Os recursos sempre foram escassos em Nova Seattle. Depois que o megaterremoto destruíra a maior parte da Costa Oeste, o governo dos Estados Unidos havia recuado as fronteiras, deixando que as cidades devastadas restantes ficassem por conta própria. Com toda a riqueza da nação concentrada em uma dúzia de estados no centro do país, a inflação ao longo das costas foi nas alturas.

Uma porção de arroz suficiente para alimentar uma pessoa por uma semana custava algumas centenas de dólares, e água potável e um suprimento de vitaminas para prevenir escorbuto custava algumas centenas mais. Fora que a maioria das pessoas em Nova Seattle não tinha fonte de renda nem forma de cultivar a própria comida.

Antes da chegada de Dorothy, o Cirko era uma gangue de ladrõezinhos. Havia pouco mais do que trinta membros, todos crianças e adolescentes, e a maioria passando fome. Eram como cães de rua, brigando uns com os outros, lutando por restos.

Dorothy os organizara. Ensinara alguns golpes simples, convencendo-os a trabalharem juntos. Ganhavam algumas centenas de dólares por semana roubando de qualquer pessoa idiota o bastante para estar nas docas depois de escurecer.

Ao menos *costumavam* ganhar. Era impossível fazer com que os cidadãos confiassem em uma gangue de ladrões quando estavam sendo assaltados todas as noites, então Dorothy pediu às Aberrações do Cirko que não roubassem mais. Ao menos por um tempo.

Não tinha sido uma medida popular. As Aberrações gostavam de dinheiro, e o dinheiro estava acabando.

— Mac me pediu para dar um recado — continuou Mira. — Ele quer o resto do dinheiro até amanhã à noite.

Sem deixar transparecer nada na voz, Roman perguntou:

— E se a gente não conseguir?

Dorothy olhou para ele sob o capuz, vendo apenas metade de seu rosto. Não havia maneira de conseguirem o dinheiro até amanhã, mas Mira não poderia confirmar isso pela expressão de Roman. A característica mais irritante dele era conseguir ficar ainda mais frio e controlado conforme a raiva aumentava.

Ele parecia calmo, com uma confiança despreocupada, mas Dorothy notou o músculo na mandíbula retesado. A única pista do que realmente sentia.

Mira o observou, a cabeça inclinada.

— Mac não disse, mas imagino que ele não vá ficar feliz. — Ela olhou para o equipamento de transmissão no canto, o lábio retorcido de uma forma que fez Dorothy pensar que ela estava assistindo das sombras enquanto Quinn Fox estava ao vivo para conclamar o povo de Nova Seattle. — Talvez ele apareça na sua festinha, aí vocês podem falar com ele.

Alguma coisa incomodou Dorothy. Aquilo era uma ameaça?

As Aberrações do Cirko eram fortes, mas Mac era mais. Ele ganhava dinheiro de verdade com os seus bordéis nojentos, e isso permitia que ele conseguisse algumas coisas do Centro.

Armas de fogo, para começar. E munição. A ideia de entrar em uma guerra fazia com que Dorothy sentisse um frio na espinha.

Mira se virou, e então passou pela porta e desapareceu.

— Bom — disse Roman. — Isso estraga todos os nossos planos.

8
ASH

Ash não tinha muita certeza de como havia voltado para casa. Em um instante, estava curvado sobre o bar, encarando os restos da bebida, e, no seguinte, estava pulando a janela do velho prédio escolar, sentindo um gosto amargo na língua.

Cerveja, percebeu ele, fazendo uma careta. Um monte de cerveja. Ele não se lembrava de pedir e nem de beber uma terceira (ou talvez quarta?), mas devia ter feito isso. Ainda sentia o gosto.

Ele cambaleou pelo corredor, apoiando um braço na parede para se endireitar enquanto tirava as botas.

Outro passo e ele bateu o dedão em um peso que Willis deixara no meio do caminho. Ele praguejou e ficou pulando em um pé só.

Houve um barulho de algo se mexendo, e então a voz de Zora ressoou:

— Ash? É você?

Ele apoiou o pé dolorido de volta no chão, estremecendo. Sentia cheiro de café. O que significava que ela estava acordada esperando por ele. Devia ser mais tarde do que ele pensava.

Ash mancou o resto do caminho pelo corredor, até a cozinha.

Zora estava apoiada na mesa, a expressão normalmente calma transformada em um semblante perturbado. Chandra estava sentada ao seu lado, girando algo que parecia uma pequena engrenagem cheia de graxa com uma determinação ferrenha, e Willis estava fazendo chá, o que parecia exagero. Ash já sentia o cheiro de café.

— Vocês ainda estão acordados — murmurou ele.

Chandra franziu o nariz e equilibrou a engrenagem entre os dedos.

— Você está bêbado?

Ela disse *bêbado* como se dissesse *idiota*.

Ash franziu o cenho. Será? Ele nunca tinha ficado bêbado antes, mas agora aparentava estar. Ele ia morrer naquela semana. Ficar bêbado parecia o tipo de coisa que deveria estar fazendo em sua última semana de vida.

— Estávamos falando sobre a transmissão — disse Zora.

Ash se sentou, apoiando o pé no joelho para analisar o machucado do dedão por baixo da meia puída.

— Vocês viram?

A chaleira começou a chiar, e Willis a tirou do fogão.

— A cidade inteira viu, Capitão — disse ele, pegando uma caneca lascada do armário em cima do fogão. — Todo mundo só fala disso.

— O Cirko Sombrio consegue viajar no tempo — murmurou Zora, esfregando o rosto. — Acho que já sabíamos disso, mas agora...

Ela parou de falar, mas Ash entendia. Parecia diferente agora que Quinn anunciara para a cidade toda. Uma parte dele ainda torcia para que o que vira no Forte Hunter fosse só um erro.

Chandra ergueu o olhar para Ash, espremendo os lábios.

— Espera, onde você passou a noite toda? Você disse que ia nos encontrar no Dante.

Ash piscou lentamente, bêbado. Todos os olhares pareciam estar nele, esperando uma explicação. Hesitante, respondeu:

— Eu... fui dar uma volta. — E então deu de ombros, como se isso fosse aliviar o peso. — Eu meio que acabei em um bar perto do Fairmont...

— Você foi até o Fairmont? — Chandra jogou a engrenagem com a qual brincava no chão. — Por quê?

— Ele provavelmente estava procurando a Quinn — respondeu Zora.

Chandra emitiu um ruído vago com a garganta. O bigode de Willis estremeceu enquanto ele se servia do chá. Nenhum dos dois parecia surpreso pelo que Zora tinha acabado de dizer.

— Você contou para eles? — perguntou Ash, irritado.

Depois do que aconteceu no Forte Hunter, ele contara a Zora que Quinn Fox era a garota da sua pré-lembrança, a pessoa que ia matá-lo. Ele *não* contara nada a Willis e Chandra, e, ainda assim, aparentemente eles sabiam.

Zora nem se deu ao trabalho de parecer culpada.

— É claro que contei. Guardar segredo é idiotice.

Ash ficou aturdido. Ele havia guardado segredo porque ficara envergonhado. Quinn Fox, a assassina do Cirko Sombrio. A canibal de Nova Seattle. Como é que ele poderia se apaixonar por *ela*?

E agora?

A raiva se esvaiu dele de repente. Foi só uma faísca de sentimento, não raiva de verdade. Era impossível ficar bravo com algo como um segredo quando ele só tinha mais alguns dias de vida. Além disso, Zora estava certa. Talvez guardar segredo fosse idiotice.

— Então você encontrou ela? — perguntou Chandra.

Ash piscou.

— Quê?

— Você foi até a cidade para encontrar Quinn, certo? — Ela ergueu as sobrancelhas. — E aí? Encontrou?

— Ele teria nos contado — disse Willis, mas não parecia convencido.

— Eu teria contado — garantiu Ash. — Chega de segredos.

— Certo — disse Willis, e Ash ouviu alívio na voz dele. — Você teria contado.

— Então ainda não encontrou com ela? — perguntou Chandra.

— Não.

— Mas você sabe que ela vai estar no baile de máscaras no Fairmont amanhã à noite, né? — Chandra lançou um olhar malandro para ele. — Isso significa que nós podemos ir?

— É claro que não — disse Zora, incrédula. — O objetivo é impedir que Ash encontre a canibal que vai assassinar ele, não entregar o idiota de bandeja para ela.

Desde que vira Zora surtar no telhado do Forte Hunter, Ash passara a ouvir as flutuações na voz dela com mais clareza, quando a raiva se transformava em medo. Ela soava assim agora, e esse foi o único motivo de conseguir responder calmamente em vez de começar uma briga.

— Na verdade — disse ele, os olhos desviando do rosto dela —, acho que já está mais do que na hora de eu ser apresentado a ela.

Zora respondeu com uma risada curta e áspera, como se ele tivesse contado uma piada ruim.

— Se encontrar com ela, você vai *morrer*.

Ash notou que ela não incluíra a parte sobre ele se apaixonar antes.

— Eu vou morrer de qualquer jeito.

Chandra tossiu contra a mão. Willis fez um barulho desnecessariamente alto com a colher no açucareiro.

Zora encarou Ash, o cenho franzido. Ele a observou engolir em seco, tentando se controlar.

— Eu não entendo — disse ela, firme. — Nós conversamos sobre isso. Vamos dar um jeito de consertar isso. Nós...

— Consertar o quê? Como você propõe que a gente mude uma lembrança?

— Ainda não é uma lembrança!

— Zor... Pelo amor de Deus, é *isso* que é uma pré-lembrança. Você não leu o diário do Professor? Ele viu o megaterremoto antes de acontecer. Viu por meses, e não fez nada porque não *podia* fazer nada. — Ash passou as mãos pelo cabelo. — Se fosse possível mudar, você não acha que ele teria feito isso? Não acha que ele teria feito qualquer coisa para salvar...

Ele se interrompeu, percebendo que tinha ido longe demais. Zora apenas o encarou, a expressão gélida e vazia.

A mãe de Zora, Natasha, morrera no mesmo terremoto gigantesco que arruinara Seattle, e o Professor tinha praticamente destruído a própria vida voltando no tempo de novo e de novo, tentando encontrar uma forma de trazê-la de volta.

Ash se sentiu cruel por mencionar o assunto dessa forma. Ele olhou para as mãos.

— Me desculpa.

Zora o encarou e por fim assentiu, e então se virou para a janela, os ombros rígidos.

— Sobre a festa — disse Chandra, depois de um segundo. — Você acha que tem que ir, né? Como se fosse o destino ou sei lá?

Ash ficou em silêncio por um instante. Ele imaginou Quinn encarando-o da televisão acima do bar — ou melhor, as sombras dentro do capuz onde o rosto de Quinn deveria estar. Ele se imaginou indo até ela na festa, tirando a arma do coldre, o dedo trêmulo contra o gatilho e…

Tudo estaria acabado, simples assim.

Ele poderia viver.

Porém, ele também queria outra coisa. Talvez mais. Na sua mente, ele puxava o capuz de Quinn para trás, e finalmente, *finalmente*, via seu rosto.

Seu peito doía só de pensar naquele desejo.

Como?, ele pensava, o coração batendo como um canhão. *Como é que eu me apaixono por ela?*

— Eu preciso ir — disse ele, olhando para Zora. — Preciso saber como isso acontece.

Zora não o encarava, mas um músculo em sua mandíbula se retesou.

— Tá bom — disse Chandra. — E a gente não pode ir com você? Podemos garantir que você não vai meter o louco, e se existir algum jeito de impedir que a pré-lembrança aconteça, é mais provável que consigamos descobrir se estivermos juntos.

Ash franziu o cenho. Isso não fazia parte do plano.

— Espera...

Chandra se virou para Zora, esperançosa.

— Você disse que precisava dos livros velhos do seu pai para entender toda a coisa da matemática, né? Os que estavam no escritório dele antes do terremoto?

Zora piscou, claramente surpresa pela mudança de assunto.

— Isso.

— Bom, *a gente* não consegue voltar no tempo, mas o Cirko Sombrio consegue, de algum modo. Ou eles encontraram mais matéria exótica ou encontraram outro jeito de voltar. De qualquer forma, acho que a gente deveria descobrir como estão fazendo isso. — Ela deu de ombros. — Talvez nos ajude a encontrar um jeito de fazer também.

— Na verdade, esse é um bom argumento — disse Willis.

Chandra se virou para ele.

— Não precisa falar *na verdade* como se isso fosse uma surpresa. Eu sou inteligente, merda.

— Nós não seríamos vistos? — perguntou Willis. Ele levou a xícara aos lábios e soprou com cuidado. — Roman vai estar lá, e da última vez que o vimos, ele estava bem no modo *atire primeiro e pergunte depois*.

— A cidade inteira vai estar lá — disse Chandra. — Por sorte, é um baile de máscaras, ou todo mundo reconheceria a gente.

— *Eu* não me misturo em qualquer multidão — disse Willis.

— Talvez você tenha que ficar aqui dessa vez — concordou Zora.

Ash a encarou e viu, incrédulo, que ela estava mesmo considerando aquilo. Ele se endireitou na cadeira.

— Zor...

Willis o interrompeu.

— E eu vou fazer o quê, ficar aqui remendando meias enquanto vocês todos vão na festa do ano? — Willis bufou. — Ah, sim, parece mesmo uma noite perfeita.

— Remendando meias? — repetiu Chandra.

— As pessoas costumavam fazer isso — murmurou Willis, infeliz, bebericando o chá.

Zora encarou Ash, que conseguia ver a guerra entre os dois lados do cérebro da amiga. Ela não queria que ele chegasse nem perto de Quinn, mas Chandra tinha um argumento convincente.

— Você não precisa fazer isso. — Ash se apressou em dizer. Então se virou para Willis e Chandra. — *Nenhum* de vocês precisa.

— Se você vai, nós vamos — disse Chandra simplesmente, e Willis assentiu.

Zora continuou quieta, mordiscando o lábio inferior. Depois de um instante, ela disse:

— Se eu fizer isso, se te ajudar a encontrá-la, você ao menos vai tentar mudar as coisas?

Ash engoliu em seco. Ele estava tão cansado de esperar. Tinha apenas sete dias. Sete dias para se apaixonar pela inimiga, sete dias para que ela o traísse. Não parecia tempo o bastante.

Parte dele ainda esperava por um milagre. A curiosidade falava mais alto, mas não significava que a esperança não estivesse presente.

Era só que, se não pudesse fazer nada para mudar o futuro, ao menos poderia enfrentá-lo.

Ele respirou fundo.

— Claro.

Zora o encarou por mais um instante.

— Então, acho que está resolvido.

9
DOROTHY

— Queria que você tirasse essa porcaria da cara — disse Roman enquanto subiam as escadarias do saguão principal do Fairmont. — Fica parecendo o Anjo da Morte.

Dorothy não precisava tirar o capuz para saber que Roman estava fazendo uma careta. Ela ergueu a mão ao rosto sem querer, os dedos roçando na pele machucada. A ferida já tinha um ano, mas a memória da dor ainda era clara. Ela sonhava com isso quase toda noite. Com frequência, acordava com o coração acelerado, certa de que os dedos ainda estavam encharcados de sangue, o rosto rasgado ao meio.

Ela ajeitou o capuz para que cobrisse mais o rosto.

— Consegue imaginar as histórias que as pessoas contariam? — perguntou. — A canibal de Nova Seattle que não tem metade do rosto. Os rumores sobre mim já são ruins o bastante.

— Estou falando sério. Amanhã à noite, nosso plano é convencer as pessoas de que somos seus salvadores. Não dá pra fazer isso se acharem que você é um monstro.

Houve uma pausa. Dorothy conseguia sentir os olhos de Roman nela e sabia que ele estava tentando decidir se deveria pedir desculpas por chamá-la de monstro ou se era melhor continuar insistindo.

Aquele era o paradoxo fundamental de sua nova identidade: ela precisava ser completamente aterrorizante para manter o Cirko Sombrio na linha, mas os rumores faziam com que ela não parecesse confiável para o resto da cidade.

Eram papéis impossíveis de equilibrar: salvadora e monstruosa, santa e diabólica.

— Não seja dramático — disse ela, tentando manter o tom casual. — Eu gosto de ser o monstro da cidade.

Roman a encarou e depois desviou o olhar, em silêncio. Dorothy sabia que ele enxergava além de sua indiferença. Ele parecia ler os pensamentos de alguém com apenas um olhar, o que era bem irritante, já que Dorothy nunca conseguia adivinhar os dele. Os olhos de Roman eram sempre rasos, pretos, distantes, a expressão exasperadamente vazia. Diferente dela, ele parecia controlar os membros do Cirko Sombrio facilmente, sem passar do ponto, sem ser visto como um monstro. Ele conseguia jogar charme para uma velhinha e aterrorizar uma Aberração do Cirko ao mesmo tempo.

Dorothy se virou, franzindo o nariz. Não parecia justo.

O andar principal do Fairmont era permanentemente úmido, tomado pela água barrenta que as pessoas traziam das docas presa nas solas das botas. Os móveis e as paredes estavam cobertos por um mofo preto que se espalhava.

Ainda assim, o velho hotel era lindo, mesmo em seu estado decrépito, com colunas de carvalho, paredes de brocado e pisos de ladrilhos. Havia uma piscina que, ironicamente, ficava embaixo d'água, o topo da claraboia em forma de domo aparecendo sob as ondas escuras. O resto do hotel ficava ao redor de um pátio, que também estava abaixo do nível da água, mas ainda era lindo de um jeito mórbido, com poltronas de veludo e abajures ornamentados flutuando para sempre nas águas paradas.

A melhor parte era a garagem do Fairmont. Parcialmente escondida pelas águas, parecia alagada para quem estava do lado de fora, o que a tornava um lugar perfeito para esconder uma enorme máquina do tempo. Dorothy não conhecia outro lugar em Nova Seattle como aquele. E, se Mac resolvesse cobrar a dívida, eles perderiam tudo.

— Sempre dá pra voltar a fazer o que fazíamos antes. — Roman limpou a umidade das botas quando entrou no corredor ao lado dela. — Podemos mandar um grupo de Aberrações pela rua hoje à noite.

Dorothy ficou em silêncio por um instante, pensativa. Roman estava certo. Se mandassem um grupo de Aberrações fazer a limpa nas docas, provavelmente conseguiriam roubar o suficiente para satisfazer Mac pela manhã. Mas isso significava jogar fora tudo que ela tentava construir com as transmissões. Voltariam para onde estavam um ano antes.

— Não — disse ela por fim. — Não podemos fazer isso.

Os corredores abertos que rodeavam o pátio inundado não estavam lotados àquela hora, mas Dorothy viu várias Aberrações do Cirko do outro lado do salão. Ela sentiu a mudança no ar quando a viram na entrada. Ouviu os sussurros baixos enquanto se inclinavam na direção uns dos outros.

Viu quem acabou de entrar?

Os lábios dela se curvaram em um sorriso ensaiado. Um sorriso diferente daquele que ela treinara com a mãe, doce e bonito, feito para atrair. O sorriso de agora era como uma lâmina afiada. Cortaria qualquer um que se aproximasse demais.

Virando-se de novo para Roman, ela abaixou a voz por instinto, acrescentando:

— Além disso, acho que é um blefe. Mac não se importa com o dinheiro. Está só usando isso como vantagem para ganhar outra coisa.

— Talvez — concedeu Roman.

Ele olhou para ela, como se fosse dizer mais alguma coisa, mas então só balançou a cabeça e encarou os outros no lado mais distante do salão.

Dorothy o observou por mais um momento. Não precisava perguntar no que Roman estava pensando; ela estava pensando na mesma coisa. Seja lá o que Mac Murphy queria deles, não seria algo fácil nem seria algo que eles iriam querer dar.

As Aberrações estavam no meio de uma conversa. Apesar de Dorothy ainda estar do outro lado do salão, a acústica permitia que ela ouvisse suas palavras com clareza enquanto caminhava até lá.

— Você viu ele mesmo? — perguntava uma Aberração chamada Eliza, com a voz cética. Ela era linda de uma maneira feroz, os olhos como lascas de gelo sob sobrancelhas pretas e grossas, e uma pele tão pálida que de longe parecia da cor da neve. — Ou alguém contou que ele estava lá?

— Eu *vi* — respondeu o companheiro dela, Donovan, a voz lenta e grossa. Dorothy sempre achava que Donovan tinha os ombros e o torso largos demais para a cabeça. Ele reajustou a arma no cinto, grunhindo. — Ele nem estava fazendo nada, só bebendo cerveja. E precisava ver como ele estava sentado lá, como se fosse o dono do lugar. Babaca.

Uma terceira Aberração, Bennett, sorriu, os dentes brancos contrastando com a pele escura. Era menor do que Donovan e, apesar de ter a cabeça de um tamanho normal, ele nunca dera a Dorothy a impressão de que havia algo interessante acontecendo lá dentro. Ainda assim, trabalhava bem e era leal.

— Não acredito nisso nem por um segundo, cara — disse ele para Donovan. — Você se confundiu. Todo mundo bebe naquele pé-sujo perto do campus velho...

Bennett parou de falar, erguendo o olhar nervosamente enquanto Dorothy se juntava ao círculo.

— Vocês voltaram — comentou ele. Estava um pouco tenso, pensou Dorothy.

Os olhos de Donovan pareciam ansiosos quando olhou para ela, como se tivesse acabado de engolir algo com gosto ruim.

— Boa noite, Quinn.

— Boa noite — repetiu Eliza, fria, mas educada. Ela deu um sorriso, mas, com aqueles olhos gélidos, sua expressão não era exatamente amigável.

Em seus primeiros dias no Cirko Sombrio, cheia de medo, Dorothy esperara que Eliza fosse se tornar sua amiga, mas a garota sempre mantivera distância.

Como os outros, Eliza tolerava a canibal que escondia o rosto, mas isso não significava que gostasse dela.

Costumava ser um incômodo para Dorothy que Roman fosse seu único verdadeiro aliado, que todos os dias ela colocasse sua vida na mão de pessoas que não pareciam se importar se ela estava viva ou morta. Agora, ela encarava isso com tranquilidade. Era apenas mais uma ironia de sua vida como Quinn Fox.

Eles amavam Roman. Eles temiam Dorothy. Ela já decidira que isso bastava.

— Quem está de plantão hoje? — perguntou ela, a voz fria. O Fairmont ficava sob vigilância armada vinte e quatro horas.

— O time do Quentin — disse Bennett. — Nós entramos daqui a uma hora.

— Que bom — acrescentou Roman. — Tomem cuidado com os porões. Não podemos arcar com nenhum roubo antes de amanhã à noite.

Ele e Dorothy se viraram para ir embora, e então Donovan continuou a conversa de onde tinham parado.

— Eu tô falando, era um dos viajantes do tempo, o piloto, acho. Antes do terremoto, eu sempre via o cara andando com o tal do Professor, se achando todo superior só porque dormia no alojamento chique enquanto a gente ficava nas barracas. — Donovan coçou a nuca, os lábios grossos retorcidos. — Só não lembro o nome dele. Ashy? Ashes?

— Asher? — perguntou Roman, se virando para eles.

Dorothy sentiu algo dentro dela congelar.

Ash? Ali?

Ela não estava preparada para aquilo. Quando pensava nele — e tentava não fazer isso, não com frequência, não mais —, sempre o imaginava no banco do piloto da *Segunda Estrela*, a luz brilhando azul e roxa na fenda, os olhos dourados apertados.

Ash não fazia sentido naquele espaço pequeno e sombrio, rodeado por aquelas pessoas.

— Ele estava aqui? — perguntou Roman.

— Aqui, não. Lá no Coelho Morto — disse Eliza. — Donnie comentou que ele já saiu faz uma meia hora.

— Ele falou com alguém?

Donovan deu de ombros.

— Não que eu tenha visto.

Roman a encarou, franzindo o cenho. Dorothy sabia que ele esperava que ela fizesse ou dissesse alguma coisa, mas tudo que pensava em fazer e dizer parecia... insuficiente. Seu coração acelerou.

Fazia um ano que Ash a tinha beijado. Para ela, ao menos, fazia um ano. Ela o vira desde então, mas só uma vez, e já era Quinn. Cortara a bochecha dele com uma adaga, mas isso não tinha sido exatamente romântico. E agora ele estava ali. Ou *estivera* ali.

— Eu vou dormir — declarou. De repente se sentia exausta.

Ou talvez só quisesse ficar sozinha.

Para Roman, ela acrescentou:

— É melhor você fazer o mesmo. Amanhã é um grande dia.

O quarto de Dorothy ficava no quinto andar do Fairmont, mas tinha exatamente a mesma aparência do quarto no qual ela ficara presa durante seu rapto no ano anterior. Duas camas, cobertas por colchas brancas. Móveis de madeira. Cortinas brancas. Uma poltrona azul. Ela não se dera ao trabalho de decorar, como Roman e as outras Aberrações tinham feito nos próprios quartos. Talvez fossem todos aqueles anos viajando pelo país com a mãe, mas ela se acostumara a viver com apenas uma mala, ficando em quartos de hotéis sempre iguais, pronta para ir embora em um instante. Ela se sentia mais em casa nos que pareciam desabitados.

O único item no cômodo que era de fato dela era um colarzinho de prata que estava pendurado no espelho. Era o medalhão da sua avó, a única coisa que ainda tinha do seu próprio tempo. Ela tocou o metal com um dedo, como sempre fazia quando entrava no quarto.

Às vezes, ela tentava lembrar quando ou onde tinha inventado o nome de Quinn Fox. Um ano atrás, ela dissera que esse era seu nome porque sabia que uma garota chamada Quinn Fox havia aparecido em Seattle naquela época. Só que, se o tempo era uma bobina, então ela mesma devia ter inventado esse nome em alguma volta lá atrás.

A única pista era o medalhão. Havia o desenho de um animal, mas estava desgastado pelos anos e quase não dava para reconhecer. De início, Dorothy pensara que fosse um cão ou gato, mas agora acreditava que era uma raposa. O sobrenome de solteira de sua bisavó era Renard, *raposa* em francês. Então, aquilo se encaixava.

Mas de onde viera o *Quinn*? Dorothy virou o medalhão, estudando o nome gravado no verso. Como a raposa, estava desgastado, e só restavam poucas linhas e uma curva. Era tão possível que estivesse escrito "Colette" ou "Corinne" quanto "Quinn", e Dorothy jamais saberia. O nome da sua avó era Mary, e claramente não dizia isso. Então não pertencera a ela originalmente, e sim a outra pessoa.

Dorothy suspirou e se virou. Se o medalhão não pertencia à avó, isso significava que alguma outra mulher o havia passado adiante, uma bisa ou tia-avó distante cujo nome — ou uma versão distorcida dele — Dorothy agora usava. Era estranho pensar que havia uma grande parte da família que ela jamais conheceria, uma família cujo legado ela levava adiante, centenas e centenas de anos depois.

Será que ficariam orgulhosos de aonde ela chegou? Dorothy nunca se preocupara com isso antes. Sempre estivera concentrada demais em sobreviver para conseguir pensar se estaria carregando o legado de família de forma honrosa.

Agora, ela se preocupava.

Tirou o casaco e o pendurou nas costas da poltrona azul surrada. Sob o casaco, usava calças pretas justas, uma camisa apertada e botas de couro até os joelhos. Eram roupas simples, mas até roupas simples eram difíceis de conseguir em Nova Seattle, especialmente novas. A maioria das pessoas precisava vasculhar brechós no centro, torcendo para encontrar coisas do seu tamanho com poucos buracos, sem se preocupar com combinações ou senso de estilo.

Dorothy poderia ter trazido algo do passado, obviamente, mas queria algo da época, moderno, e tinha subornado a segurança da fronteira para conseguir algumas peças básicas do Centro. As roupas tinham sido caras, mas na época ela achara que tinha valido a pena. Agora, com o dinheiro apertado, se sentia culpada por essa extravagância.

Dorothy só tirava o capuz quando estava naquele quarto, sozinha. Ela parou diante do espelho de corpo inteiro pendurado na porta do banheiro e encarou o horror do próprio rosto, fascinada.

O corte ia da linha do cabelo até o queixo, sinuoso como uma grande cobra. Cortava o olho esquerdo e se arqueava na maçã do rosto, deixando a pele retorcida e cheia de calombos onde tocava.

Ela ergueu a mão, traçando a cicatriz com o dedo. Era quente e lisa ao toque. A cicatriz a marcava como *outro*, separando-a do resto tão efetivamente quanto os rumores a seu respeito. *Monstro. Canibal.*

Virando-se, ela viu o vestido que planejava usar na noite seguinte pendurado na porta do guarda-roupa. Era longo, feito de chiffon azul-claro esvoaçante, com um corpete ajustado e alças finas. Dorothy vira Grace Kelly usá-lo no filme *Ladrão de casaca* e insistira que voltassem no tempo para pegá-lo.

Ela dedilhou o tecido fino, franzindo o cenho. Havia encomendado uma máscara prateada, feita sob medida para cobrir a cicatriz, e planejava usá-la com o cabelo em um coque para mostrar o pescoço longo. Seria linda de novo. A salvadora da cidade.

Dorothy dissera a Roman que a festa precisava ser um baile de máscaras para que pudesse esconder sua cicatriz. Sempre usava a mesma justificativa para explicar por que continuava usando o capuz, e as palavras vinham facilmente à boca: não queria dar ao povo de Nova Seattle mais um motivo para temê-la. Não poderia salvá-los se pensassem que ela era um monstro.

E tudo isso era verdade. Mas não por completo.

Suspirando, Dorothy olhou o próprio reflexo, os olhos passando pela cicatriz distorcida, a pele arruinada.

E sob tudo isso, seu rosto. Era um rosto diferente do que Ash conhecera, mas ainda era familiar. Se ele ou algum de seus velhos conhecidos a visse, ela seria identificada de imediato.

E esse era o verdadeiro motivo. Dorothy insistira nas máscaras por causa de Ash, porque sabia que ele estaria lá e não queria que descobrisse quem ela realmente era.

DIÁRIO DO PROFESSOR – 14 DE JUNHO DE 2074
04H53
A BORDO DA *SEGUNDA ESTRELA*

Acabei de voltar para casa e acho que estou um pouquinho bêbado. Nikola e eu conversamos sobre física até tarde da noite. Bebemos quase todo o Bourbon dele.

Nikola me explicou seu histórico com a viagem no tempo, e sinto dizer que agora acredito que tudo não tenha passado de um curto-circuito no cérebro dele após uma experiência de quase morte, algo parecido com quando as pessoas dizem ter visto uma "luz no fim do túnel" e a interpretam como uma entrada para o céu. Nikola não viajou no tempo. Disso eu tenho certeza. Não estou mais próximo de descobrir o segredo para viajar no tempo sem a fenda ou matéria exótica do que estava antes de essa loucura começar.

O que não quer dizer que minha viagem tenha sido um fracasso total, longe disso. Nikola me fez pensar em diversos questionamentos científicos nos quais eu poderia trabalhar para resolver usando a viagem no tempo. Mais especificamente, ele me fez pensar no futuro.

Roman e eu fizemos várias viagens ao futuro, mas, para ser sincero, achei que a maioria foi infrutífera. Diferente do passado, o futuro não parece fixo. Muda a cada vez que visito. Às vezes, as mudanças são pequenas. Outras vezes, são monumentais.

É claro que, assim como todo mundo, já parei para pensar em como minhas ações podem mudar o futuro, mas Nikola me fez considerar isso em um nível mais aprofundado. Ele ficou intrigado com todas as minhas jornadas, perguntando sobre experimentações específicas que eu poderia ter feito para estudar meu próprio potencial de provocar mudanças.

Ele ficou com uma expressão estranha e confusa quando confessei que não tinha chegado muito longe naquela linha de raciocínio. Isso me fez pensar de verdade como eu poderia planejar uma série de experimentos para me aprofundar nessa questão. Minha mente está a mil.

Em breve volto com mais notícias.

10

ASH

6 DE NOVEMBRO DE 2077, NOVA SEATTLE

Havia uma porta no velho prédio escolar que eles nunca abriam. Ficava logo depois da cozinha, do outro lado do corredor, em frente ao escritório do Professor. Não era por causa do cômodo atrás dela, e sim pelo que continha.

Caixas, cuidadosamente fechadas e com etiquetas escrito *Natasha*.

Natasha Walker era a mãe de Zora. Como historiadora, ela providenciara ao time roupas para cada época e testava seu conhecimento histórico sempre que voltavam no tempo. Ela também fazia o melhor queijo-quente do mundo e tinha uma quedinha por roqueiros britânicos do século XX (ela costumava ouvir David Bowie sem parar). Ela morrera, porém, no megaterremoto, e agora tudo que restava dela eram aquelas caixas empoeiradas.

Na maior parte do tempo, Ash fingia que a porta e as caixas não existiam, mas naquele dia ele e Zora pararam bem ali, se preparando.

— Tem certeza de que está bem? — perguntou Ash.

Zora revirou os olhos, mas ele sabia que era só fachada. Os músculos nos ombros dela estavam retesados. Se fosse qualquer outra pessoa, Ash a teria reconfortado — a mão no ombro, um aperto de leve —, mas era

Zora, então ele só esticou o braço e abriu a porta para que ela mesma não precisasse fazer isso.

Zora soltou a respiração, quase um suspiro.

— Obrigada.

— Sem problemas.

Ele apertou os olhos na escuridão, esperando que a vista se acostumasse. Antes havia uma luminária ali, mas não tinham painéis solares o bastante para mantê-la funcionando. Sem contar que a lâmpada estava quebrada, e, de qualquer forma, as caixas estavam empilhadas até o teto, então não era como se uma luz fosse ajudar muito. Foram organizadas para ocupar cada pedacinho do espaço.

Natasha, vestidos de gala dos anos 1920, dizia a etiqueta de uma caixa. *Índia, 500-600 a.C.*, dizia outra.

— Essa é de quando fomos buscar a Chandra, lembra? — disse Ash, indicando a caixa.

Zora não disse nada. Ash virou a tempo de vê-la esfregando a bochecha, piscando.

Ele desviou o olhar. Parecia errado vê-la chorar.

— Não achei que essa seria a sensação — disse Zora. — Ver as coisas dela...

— Não precisamos fazer isso agora.

— É um baile de máscaras. Precisamos de fantasias. — Zora pigarreou e endireitou os ombros. — Vamos levar todas.

Eles pegaram as caixas e as levaram para a cozinha, onde Willis e Chandra esperavam.

Chandra estava piscando muito rápido. Willis passou os dedos pela caligrafia apagada de Natasha, sem falar nada.

Ash sentiu a garganta apertar enquanto vasculhava as roupas velhas. A última vez que tinham se fantasiado assim havia sido na manhã do terremoto. O Professor tinha rido enquanto todos experimentavam camisetas largas e jeans desbotados. Roman vestira calças boca de sino, perguntando a opinião de Ash enquanto Zora escondia o riso com a mão. Natasha brincara que ninguém estava com o cabelo comprido o bastante para estar na moda.

— Costeletas! — gritara ela. — Ninguém vai acreditar que são dos anos 1960 sem costeletas.

Aquela lembrança doía. Ash pegou um dos velhos ternos do Professor sem olhar demais, então saiu da cozinha para se vestir sozinho.

Não era um terno ruim, considerando as circunstâncias. Era de lã, cor de carvão, e mais apertado do que qualquer outra coisa que ele já vestira. Parecia ter sido feito na virada do século, no começo dos anos 2000, mas ele nunca fora especialista em moda, então não saberia dizer. A gravata era de seda preta e resistia teimosamente aos esforços de Ash de fazer um nó.

Zora apareceu atrás dele, a cabeça inclinada.

— Você está assustadoramente parecido com o meu pai.

— Eu acho que nunca vi seu pai usar nada além daquele paletó de tweed com cotoveleiras.

— Ele costumava usar terno para sair com minha mãe. — Zora tocou a manga do paletó de Ash, a expressão saudosa. — Já faz muito tempo.

Ash desfez a gravata, recomeçando o processo. Baixou o olhar. Zora usava um vestido longo de paetês com um decote generoso. Tinha colares de pérolas pendurados no pescoço.

Ele assoviou entre os dentes.

Zora estava segurando uma máscara presa a um bastão comprido e fino de um lado, e a ergueu, escondendo o rosto atrás das penas de avestruz e pedras coloridas.

— Gostou?

— Não sei como você vai consertar um motor com essa roupa.

— É possível que as mulheres dos anos 1920 não estivessem muito interessadas em consertar motores.

Dorothy teria vinte e três anos em 1920, pensou Ash. Ele trincou os dentes, puxando a gravata com violência demais.

— Para com isso, você vai acabar se estrangulando — Zora interveio e rapidamente deu um nó na gravata com poucos movimentos.

— Como aprendeu a fazer isso? — perguntou Ash.

— Hum, minha mãe me ensinou. — Ela pegou uma cartola e uma máscara preta pontuda da caixa aberta aos pés de Ash, então entregou os dois objetos para ele. — Pronto. Não queremos que ninguém te reconheça.

Ash encaixou a máscara no rosto e ficou aliviado ao ver que o tecido preto escondia sua expressão.

O que ele queria mesmo dizer — mas não poderia, pois Zora não entenderia — é que estava com medo. Estava com medo de encontrar Quinn ao mesmo tempo em que queria encontrá-la... *precisava* encontrá-la.

Estava com medo do que aconteceria nos próximos seis dias. Com medo de morrer, mas ao mesmo tempo com medo de ficar no lugar.

Ele ajeitou o chapéu na cabeça, puxou o nó da gravata para centralizá-lo e deu um passo para trás, se olhando no espelho.

— Agora sim, está perfeito — disse Zora.

Perfeito não era a palavra que ele teria usado. A pessoa que o encarava no reflexo não era uma versão conhecida dele mesmo. Ele estava... adulto.

Ele estava pronto.

As pessoas enchiam as docas do lado de fora do Fairmont, vestidas em uma variedade de vestidos de gala de brechós, ternos descombinados e máscaras feitas em casa, conversando animadamente. Havia mais pessoas ali do que Ash já vira em um único lugar desde o terremoto. Ele perdeu o fôlego conforme o barco passava, contornando as docas e desacelerando para estacionar na parte de trás do hotel, em uma fila atrás de diversos outros. Zora tinha vindo no próprio jet ski, e estava inclinada para ajudar Chandra a sair.

— Eu deveria ter obrigado você a me levar no barco — murmurou Chandra, torcendo a água das saias. Ela estava vestida como uma mulher da Renascença, com um corpete apertando a cintura e uma enorme peruca branca equilibrada na cabeça. Ela andava incerta em cima dos saltos ridiculamente altos. — Argh — murmurou, puxando a roupa. — Como é que as pessoas andam com isso?

— Você não precisava vir de salto — disse Zora.

— Não, *você* não precisava vir de salto — retrucou Chandra. — Você tem quinze metros de altura. Eu gostaria de dançar com um homem de verdade, e não com os joelhos dele.

— Eu gosto de dançar — fungou Willis.

Ele não entraria na festa, mas quisera vir junto de qualquer forma e ficaria no barco caso precisassem sair depressa. Ash reparou que ele olhava desejoso para a entrada do Fairmont, batendo os pés no ritmo da música que ecoava das janelas do hotel.

E então os olhos de Willis percorreram as paredes externas do hotel, e ele franziu o cenho.

— Me pergunto se são muito difíceis de escalar.

— Nem pense nisso — disse Ash. Ele desligou o motor, mas precisou de um instante para os ouvidos se ajustarem. À distância, ouviu vozes falando e rindo.

— Eu não entraria na festa — murmurou Willis. — Só ia... dar uma bisbilhotada.

— Você ficaria dançando no corredor igual a um doido — falou Chandra. — E pode fazer isso muito bem daqui.

Willis fez uma careta para ela, mas não insistiu.

Ash reajustou a máscara no rosto.

— Estamos prontos?

Estavam.

Uma fila de pessoas serpenteava pela lateral do hotel, esperando para entrar. Ash e as amigas colocaram as máscaras e se misturaram à multidão para não serem reconhecidos. Especialmente ali, Ash não queria precisar defender a posição do Professor em relação à viagem no tempo.

Mas a verdade é que ninguém parecia muito interessado neles. Todos estavam murmurando empolgados, admirando as máscaras uns dos outros e esticando o pescoço para ver o que havia dentro do hotel. A fila andava rápido, e logo tinham saído das docas e entravam pelas portas do Fairmont.

Assim que Ash entrou no hotel, ele viu a luz.

Era luz de verdade, como antes da enchente. Um enorme lustre estava pendurado no teto acima deles, iluminado como uma árvore de Natal, a luz dourada refletida nos cristais pendurados. Havia arandelas nas paredes e abajures acesos ao lado de poltronas e sofás. As luminárias não bruxuleavam com a luz de velas; zumbiam com eletricidade.

Ash não era o único impressionado. Ao seu redor, as pessoas ficavam paralisadas, bocas escancaradas, olhos arregalados. Não havia eletricidade naquela parte da cidade desde 2073. Fora praticamente um milagre conseguir restaurar a eletricidade do velho hotel.

Ash ainda estava boquiaberto quando uma bandeja de prata cheia de comida passou por ele. Ele piscou, sem confiar no que os olhos viam.

A bandeja tinha *frutas*. Morangos gordos e vermelhos, maçãs brilhantes…

— Bananas! — berrou Chandra. Ela agarrou uma fruta de uma bandeja que passava e começou a descascar, como se esperasse ver outra coisa por baixo da grossa casca amarela.

Ash estava salivando. A coisa mais próxima de frutas que tinham em Nova Seattle eram as barrinhas de vitamina que eram vendidas nos entrepostos sancionados pelo Centro. Ele não comia uma banana fazia mais de dois anos, mas ainda se lembrava do sabor doce e quase cremoso.

— Silêncio — disse Zora, colocando uma das mãos no braço de Chandra. — Não podemos chamar atenção, lembra?

— Mas, Zora, tem *bananas*. — Chandra deu uma mordida enorme, as pálpebras se fechando de prazer. — Meu Deus do Céu…

— Vamos continuar andando — chamou ela.

A multidão estava andando lentamente por uma entrada larga do outro lado do saguão, as conversas ficando mais altas e empolgadas. Ash conseguia sentir a energia irradiando enquanto caminhavam até o outro lado. Calafrios percorriam sua pele.

Havia algo além daquela porta, e ele tinha a sensação de que era um pouco mais grandioso do que frutas e eletricidade.

— O que você acha que está acontecendo ali? — perguntou Zora.

Ash balançou a cabeça. Não tinha ideia.

O saguão se abria para o enorme salão de baile, com pé-direito alto e mesas espalhadas. Havia mais convidados usando vestidos de gala e máscaras, mais garçons com bandejas de prata e uma banda quase na frente do salão. Ash conseguia ver o brilho dos instrumentos pelo canto dos olhos. Uma voz profunda ecoava:

— *Oh, the shark, babe, has such teeth, dear. And it shows them pearly white...*

Ele sentiu os cabelos na nuca arrepiarem. Conhecia aquela música. Tinha sido uma das favoritas do pai dele. Ash esticou o pescoço, tentando ver os instrumentos melhor.

E então a multidão começou a se espalhar. Ash conseguia ver os formatos dos objetos estranhos acima da cabeça das pessoas. Um canto de uma moldura dourada. Uma hélice. Uma estátua preta e brilhante.

Ele sentiu um frio na barriga e parou de andar.

Era como se o tempo tivesse se dobrado ali para que objetos de épocas diferentes, coisas que nunca deveriam estar no mesmo lugar, repentinamente... *estivessem*.

Havia uma fileira de máquinas de pinball alinhadas nas paredes, as luzes piscando. Entre elas estava uma das estatuetas de ônix negro dos deuses egípcios. Uma enorme presa branca estava pendurada no teto.

Mamute?, pensou Ash, franzindo o cenho. Parecia grande demais para ser de elefante. Ele olhou para baixo e viu um homem debruçado sobre o que aparentava ser uma caixinha de couro, apertando o olhar. Aparentava ser algum tipo de câmera.

Outra bandeja de prata passou por eles. Essa estava coberta por bolinhos — Twinkies, Ho Hos... e até brownies Little Debbie cobertos de nozes.

— Aqueles brownies — murmurou Zora, virando-se para acompanhar a bandeja de prata com os olhos.

Ash engoliu em seco, sentindo um nó na garganta. O Professor costumava amar aqueles doces, mas pararam de ser produzidos depois da enchente.

Um sino ressoou, silenciando a multidão. Ash se espremeu para encontrar um espaço entre as pessoas. Conseguia ver que a banda tinha parado de tocar. Ele sentiu uma estranha raiva gélida percorrer seu corpo.

Roman estava vestido com um smoking. O cabelo preto estava penteado para trás, e uma máscara branca cobria um lado do rosto.

Ash cerrou as mãos. Roman tinha sido assistente do Professor e um dos melhores amigos de Ash. Então, traíra todos eles ao roubar a pesquisa do Professor e se juntar ao Cirko Sombrio.

— O que tá acontecendo? — murmurou Chandra, aparecendo ao lado de Ash. — Não consigo ver nada.

— Silêncio — murmurou Zora. — Quero ouvir o que ele vai dizer.

Roman ergueu as duas mãos. Ele sorria, mas os olhos continuavam frios.

— Boa noite.

Os olhos de Ash passaram direto por Roman e pousaram sobre a figura parada a seu lado no palco. Quinn Fox.

Ash não se lembrava de tê-la visto uma única vez sem seu capuz escuro ou sua máscara. Em vez disso, usava um vestido azul diáfano com uma saia esvoaçante. Estava com a cabeça virada para os fundos do salão, o cabelo branco cascateando sobre o rosto.

Olhe para mim, pensou Ash.

— ... quero agradecer a todos por virem — dizia Roman. — Esperamos que estejam aproveitando os aperitivos. Passamos horas hoje de manhã voltando no tempo para trazer todas essas frutas de volta.

Uma onda de risadas percorreu a multidão, como se ele tivesse contado uma piada. Ash se aproximou mais, abrindo caminho com o ombro. Alguém protestou, mas ele mal registrou. O momento não parecia real.

Vire-se, merda.

Quinn ajeitou uma mecha de cabelo atrás da orelha. Ash conseguia ver uma cicatriz. A linha cortava o rosto dela acima da sobrancelha e retorcia-se sobre o olho antes de se curvar na pele em cima do lábio superior.

Roman continuou:

— ... trouxemos tesouros de volta do passado, itens que a maioria de vocês nem sequer sonhou em ver.

Os lábios de Quinn se curvaram. Eram vermelhos, como diziam os boatos.

Sangue, pensou Ash, e sentiu um gosto amargo na garganta.

Vire-se e olhe para mim.

Quinn ergueu a cabeça. E se virou.

Por um instante, Ash não compreendeu. Não era Quinn Fox ali no palco. Inacreditavelmente, era Dorothy. A pele estava mais pálida do que ele se lembrava, e o cabelo estava branco. E havia a terrível cicatriz no rosto, é claro. Mas era ela.

Os lábios de Ash se retorceram e ele ficou sem saber se deveria sorrir ou fazer uma careta. Sentiu um lampejo momentâneo de êxtase — ela estava *ali*, ele a encontrara, finalmente — que logo se transformou em confusão. Por que ela estava fingindo ser Quinn Fox? Ele olhou em volta, esperando mais alguém notar.

Roman continuava falando, e a multidão ao redor de Ash começou a comemorar. Dorothy murmurou algo no ouvido de Roman.

Ash começou a balançar a cabeça. Algo estava se formando no fundo da sua mente. Uma lembrança.

Havia deitado na cama depois de aterrissarem em Nova Seattle, e Zora colocara uma trança branca atrás da orelha.

Acho que tem a ver com a energia da fenda... Esquisito, né?

Ash piscou, puxando uma mecha branca do próprio cabelo. Se alguém tivesse caído *através* da fenda, o cabelo todo ficaria branco?

Ele deu um passo repentino para trás conforme a ideia foi tomando forma.

Dorothy não estava fingindo ser Quinn Fox.

Dorothy *era* Quinn Fox.

A mente dele parecia lenta, demorando a absorver o que os olhos viam. Dorothy não poderia ser Quinn Fox. Quinn Fox supostamente o mataria, e Dorothy nunca faria algo assim. Nada fazia sentido.

— Não — disse ele, em voz alta, mas a multidão estava aplaudindo de novo, e provavelmente ninguém o ouviu. Ele repetiu: — *Não*.

Ash sentiu alguém segurar seu braço. Seu nome foi dito, mas ele não conseguia formar as palavras para responder. Achava que nem conseguia se mexer.

Ele não se apaixonaria por Quinn Fox naquela noite.

Já estava apaixonado por ela.

Estivera apaixonado por ela o tempo todo.

11

DOROTHY

Dorothy estava em pé na plataforma de um lado do enorme salão de baile, tentando muito não parecer tão desconfortável quanto se sentia. Não estava usando a máscara. Tomara a decisão impulsiva de deixá-la no quarto na última hora.

Era para ser uma revelação, uma forma de encarar o paradoxo no cerne da sua identidade.

Linda e horrível. Salvadora e monstruosa. Santa e diabólica.

As duas coisas. Ela era, e sempre seria, as duas coisas.

E talvez houvesse uma pequena parte do seu cérebro pensando que Ash poderia estar ali naquela noite, que ele a veria e perceberia que ela nunca precisara dele, afinal. Ela se tornara a pessoa mais poderosa da cidade sozinha.

Por mais mesquinho que fosse esse pensamento, parecera brilhante para ela. Agora, porém, ela estava começando a se perguntar se não tinha cometido um erro terrível. Os dedos tremiam ao pensar na pequena máscara de prata em cima da penteadeira no quarto do hotel, completamente inútil.

Ela ergueu o queixo, tentando recobrar a confiança. As luzes acima eram fortes, quase ofuscantes, e ela mais sentia do que enxergava a multidão. Todos a observavam.

Todos aqueles olhares a deixavam inquieta. Mesmo antes de se tornar Quinn Fox, Dorothy nunca gostara de ficar diante de uma multidão. No geral, golpistas tentam evitar ser o centro das atenções. Era fácil demais ser identificado, porque tudo que precisavam era de alguém dizendo algo como "Olha, acho que é a garota que roubou minha carteira", o que geralmente levava a mais pessoas olhando e apontando e…

Enfim, era melhor ficar longe dos holofotes. Mas ali estava ela, literalmente sob a luz de um holofote. Dorothy queria puxar o capuz para cobrir o rosto, mas é claro que o capuz não estava ali. Ela se sentia exposta. Vulnerável.

Sorria, pensou para si.

Mesmo ela precisava admitir que a festa que tinham planejado era impressionante. Fora ideia sua decorá-la com todas as coisas incríveis da história que não existiam mais. Esse tempo todo, Roman e ela estavam roubando o passado para que pudessem deslumbrar as pessoas da cidade com aquilo que tinham conseguido trazer.

— É importante começar um golpe com uma demonstração de força — explicara ela para Roman. — As pessoas confiam naturalmente nos ricos e poderosos. Se quisermos trazer todos para o nosso lado, precisamos fazer algo impressionante.

— Só que isso não é um golpe — retrucara ele. — Queremos mesmo consertar a cidade.

Poderia não ser um golpe no sentido mais literal da palavra, mas para todos os efeitos a estrutura era parecida. Primeiro, criavam uma necessidade e, em seguida, deixavam claro que eram as únicas pessoas capazes de supri-la.

Precisaram da maior parte de um ano para plantar as sementes. E agora, finalmente, estava tudo pronto.

O som dos aplausos irrompeu ao redor dela, e então Roman pegou sua mão, sorrindo. Ela voltou a prestar atenção bem a tempo de ouvir o final do discurso que haviam preparado juntos.

— Vocês que viveram aqui por tempo o bastante vão se lembrar de que Seattle estava em ruínas muito antes do megaterremoto inundar a cidade. O terremoto de 2073 já tinha acabado com a eletricidade, destruído nossas casas e matado milhares de pessoas. Alguns de nós perderam tudo.

A multidão ficou em silêncio, a atenção ávida. Roman continuou:

— Eu era menino quando o terremoto de 2073 destruiu a casa da minha família e matou meus pais. Como muitos de vocês, fui forçado a me refugiar no acampamento de emergência no campus da velha universidade enquanto os poderosos prometiam ter tudo sob controle.

Dorothy escutava em silêncio. Tinha ouvido falar nos abrigos em tendas que as pessoas chamavam de Cidade das Barracas. Foi onde surgiu o Cirko Sombrio.

— Mas eles mentiram para nós — continuou Roman. — As pessoas continuaram morrendo enquanto esperavam por medicamento, comida e pela eletricidade que nunca voltou. A partir de hoje à noite, novas pessoas tomarão o poder. E estamos aqui para dizer que é hora de reconstruir a cidade.

A multidão foi à loucura, os aplausos rugindo como trovões. Roman precisou erguer a voz para ser ouvido acima dos aplausos.

— Amanhã de manhã, o Cirko Sombrio vai voltar no tempo, para o ano de 2073, logo antes de o terremoto destruir as redes elétricas no Distrito Universitário. Vamos pegar aquelas redes e trazê-las para cá agora. Depois de cinco anos de escuridão, vamos restaurar a eletricidade em Nova Seattle!

Dorothy sentiu um sorriso cortar seu rosto enquanto olhava para a multidão em êxtase. Estavam aplaudindo os dois.

Aplaudindo *ela*.

Ela se virou para olhar para Roman, mas os olhos dele pousaram em algo no canto mais distante da sala, e de repente o sorriso dele ficou tenso.

Dorothy acompanhou o olhar dele até um garoto de cabelo loiro. Vestia um terno cinza-escuro e gravata preta, mas dava facilmente para imaginá-lo de jaqueta de couro e camiseta branca, a pele levemente avermelhada pelo sol.

Ela sentiu o corpo inteiro congelar enquanto o garoto erguia a mão para retirar a máscara preta que cobria o rosto...

E então era Ash que a encarava, a expressão tempestuosa. As sobrancelhas franzidas, os olhos dourados incandescentes. Os músculos da mandíbula trincados.

Dorothy engoliu em seco. Ela sabia o que ele via quando a encarava. Quinn Fox, o monstro, a vilã.

Só que ela via o garoto encurvado sobre um avião em uma clareira atrás da igreja. O garoto que a beijara em uma máquina do tempo.

Os lábios de Dorothy arderam com a lembrança daquele beijo tanto tempo antes. As palmas de suas mãos começaram a suar. O que estava fazendo? Por que ainda estava parada ali? Por que não fora até ele?

— Com licença — ela se ouviu murmurar.

E então estava descendo do palco com toda a calma do mundo, como se tudo fosse planejado, a cabeça erguida. Havia uma porta logo atrás da plataforma. Ela passou e imediatamente o barulho da multidão desapareceu, abafado pela madeira e pelas paredes.

Dorothy poderia ter parado ali, poderia ter apoiado a cabeça na porta para respirar fundo, mas a pele ainda formigava por causa da adrenalina, por isso ela percorreu o corredor comprido e sinuoso o mais rápido que as pernas conseguiam carregá-la debaixo daquele vestido. O corredor acabava em uma porta, que levava a um banheiro.

Graças a Deus.

As botas de salto ecoaram no azulejo úmido. Não tinha luz elétrica ali, mas velas bruxuleavam nas paredes, as chamas refletidas nas janelas e espelhos.

Dorothy parou diante da pia e ligou a torneira, forçando-se a respirar fundo enquanto observava a água se acumular no ralo fechado. Quando a pia ficou cheia, ela pegou um pouco de água e jogou no rosto. Água e mais água e mais água no rosto e no pescoço.

Eu estou bem, pensou. Só que era gente demais. Ela não gostava de ficar na frente de uma multidão. Não gostava que as pessoas a encarassem, perguntando-se como tinha arrumado a cicatriz. Ela se sentia melhor quando o rosto estava escondido, quando conseguia controlar o que as pessoas viam ao olhar para ela.

Não só pessoas, sussurrou uma vozinha no fundo da mente. *Ash*.

Ela fechou os olhos, ofegante. Era idiotice fingir que não era verdade. Ela jamais deveria ter deixado Ash vê-la ao lado de Roman, ver sua cicatriz. Por que não vestira a merda da máscara?

Dorothy ficou imóvel, os dedos apertando a beirada da pia. Água pingando do nariz.

Ela achou que tinha superado. Superado *Ash*.

Tinha sido sua escolha.

Dorothy desligou a torneira sem erguer o rosto. Ouviu um movimento atrás dela, quase como uma respiração, e se virou, a água escorrendo do rosto. O coração bateu mais rápido, mas não havia ninguém ali.

Ela sacudiu a cabeça, agarrando uma toalha do gancho da parede. Secou o rosto com força e jogou a toalha na pia. Então foi até a porta, escancarando-a...

E parou de respirar.

Ash estava no corredor do lado de fora. Tinha a mão erguida, como se estivesse prestes a bater na porta, mas congelou, os olhos fixos nela.

— Ah — disse Dorothy, soltando a respiração. Ela teria dito mais, porém os lábios pareciam que iam rachar se os abrisse.

Ash estava ali.

O ar tremulou. Suas pernas fraquejaram.

Os olhos dele ardiam, e quando ele falou, a voz estava carregada de dor:

— É você. Eu te encontrei.

12
ASH

A expressão de Dorothy estava petrificada sob as cortinas de cabelo branco. Ash franziu as sobrancelhas. Ele não sabia o que tinha acontecido para deixar o rosto dela daquela forma, mas conseguia imaginar. Sentiu aflorar o instinto de tocar sua bochecha, de reconfortá-la. Sua mão tremeu...

E então algo no rosto de Dorothy mudou. Era como se uma porta tivesse se fechado, escondendo suas emoções. Ela se endireitou, os ombros enrijecidos.

— Ash — disse ela. — O que está fazendo aqui?

Ele estremeceu, aquela voz atingindo-o como um tapa. Era tão familiar. Tão instantânea e dolorosamente familiar.

— O que eu estou fazendo aqui? — repetiu, sentindo-se entorpecido. — Eu vi a transmissão de Quinn, a *sua* transmissão, e vim ver como o Cirko Sombrio conseguia viajar no tempo.

Não era toda a verdade, mas Ash não sabia como dizer o resto. *Vim encontrar Quinn. Vim encontrar a mulher que iria me matar. Não sabia que seria você.*

Dorothy inclinou a cabeça. Ash já tinha visto ela fazer isso antes, e ver novamente causou uma pontada no seu âmago.

— Ficou surpreso? — perguntou ela.

Surpreso?

— Pode-se dizer que sim. — Ele imaginara aquele momento diversas vezes, mas é claro que nunca dessa forma. Ele engasgou ao continuar: — Achei que você estivesse morta.

Ele não se permitia se demorar nesse pensamento, mas já o tivera antes. Era o que o assombrava na escuridão, quando estava tentando dormir. Que Dorothy estava morta. Que ele a matara.

E agora...

Os olhos dele percorreram a cicatriz retorcida na lateral do rosto dela.

— O que aconteceu com você?

Ela pareceu ser pega de surpresa pela pergunta.

— Me machuquei — disse ela, a mão no rosto. — Na queda.

Ash cerrou o punho, sem saber se ela permitiria que ele a tocasse.

— Sinto muito.

— Já faz muito tempo. — As sobrancelhas dela se franziram, o olhar feroz. — Não sabíamos o que ia acontecer, não é?

Não, pensou Ash, examinando-a. *Não sabíamos.*

Ele se lembrava de quando a encontrara pela primeira vez no jardim da igreja: a curva travessa dos lábios, a diversão em seus olhos quando ela o provocou. Agora, ela só parecia calejada. Raivosa. A mudança era assustadora.

— Há quanto tempo você está aqui? — perguntou ele.

— Um ano — respondeu ela, sem emoção na voz.

— Um *ano*?

— Você está se perguntando por que não fui procurar você.

Ash balançou a cabeça, mas na verdade não conseguia negar. Ela *não* foi procurá-lo. Ele teria revirado cada bordel da cidade, teria dado um tiro em cada cafetão, seguido cada pista. Só tinha mais alguns dias de vida, e teria desperdiçado todos eles tentando encontrá-la.

E ali estava ela o tempo todo. Sem nada que a impedisse de ir atrás dele.

— Por que não fez isso? — perguntou ele. — Eu poderia ter te ajudado. Eu poderia...

— Você disse que ia me levar de volta — disse Dorothy. — Não lembra?

Ash engoliu em seco. Ele se lembrava.

Foi logo depois de saírem do complexo do Forte Hunter. Estavam na fenda, voltando para 2077, e Dorothy tinha se esgueirado na cabine para perguntar se poderia ficar.

Eu poderia ficar aqui. Ser um de vocês... Ficar com vocês.

Ele conseguia imaginá-la falando isso naquele instante, como se tivesse acabado de acontecer. Os cachos escuros envolvendo o rosto, escapando da trança. As bochechas cobertas de graxa e suor. Era a coisa mais linda que ele já tinha visto.

Só que ele tinha dito não.

Eu não posso, foram suas palavras exatas.

Ah, como ele queria poder mudar isso.

— Não foi há tanto tempo assim. — Agora a voz de Dorothy era amarga. — Pelo menos não para *você*. Para mim, faz mais tempo.

De repente, Ash sentiu a garganta seca. Poderia contar agora. Poderia explicar a pré-lembrança. Ele dissera que ela não poderia ficar no futuro porque sabia que estava se apaixonando por ela. Parecia bobagem agora, mas ele não pensou que seria justo ficar com Dorothy quando sabia que se apaixonaria por Quinn.

Ah, que ironia. Ele nunca imaginara *isso*.

— Dorothy — começou ele. — Eu...

Ele esticou a mão na sua direção, mas ela se afastou, as mãos subindo ao pescoço, onde ela costumava usar um pequeno medalhão de prata. Agora, o pescoço estava sem adornos.

Ash deixou a mão cair e desviou o olhar, perdendo a coragem.

— É melhor eu ir.

Um segundo de silêncio, e então:

— É melhor mesmo.

Era decepção na voz dela? Ash não sabia dizer... e também não conseguia encará-la de novo.

Ele se afastou pelo corredor e se foi.

13
DOROTHY

Dorothy se encurvou por cima da pia, os cílios piscando enquanto tentava segurar as lágrimas. Não conseguia respirar. Parecia que tinha levado um tapa. Ela se sentia… partida.

Estava tudo bem até ele dizer seu nome — *Dorothy* —, e então parecia que alguém tinha enfiado a mão no peito dela e apertado seus pulmões até não sobrar ar nenhum.

Ela não estivera pronta. Durante o último ano, ela tomara o cuidado de evitar o prédio da escola, a Taverna do Dante e qualquer outro local onde pudesse encontrá-lo. Mas não dava para se esquivar para sempre, e agora ele finalmente a encontrara. Ele só ficara *parado* ali, encarando-a, vendo seu rosto, sua cicatriz. Ele sabia quem ela era.

Ele sabia de tudo.

O coração dela estava disparado. Quantas vezes havia imaginado esse encontro? Provavelmente milhares. Havia se imaginado diante de Ash dizendo que havia superado tudo. Que tinha um novo lar e novos aliados. Que não precisava dele.

Ela não havia se dado conta de que seria tudo mentira.

E agora — ah, *Deus* — ela não conseguia parar de pensar na expressão no rosto dele quando ele a encarara. O lábio retorcendo, os olhos se estreitando...

Ele ficara enojado. Nem em seus momentos mais sombrios Dorothy imaginara que Ash a olharia daquela forma. Estremecia só de pensar.

Ela curvou os dedos ao redor da pia, se odiando por ter pensado que poderia ter sido diferente.

Já era. Acabou.

Dorothy fechou os olhos e respirou fundo, deixando a verdade dominá-la. Podia não querer que Ash descobrisse dessa forma, mas sempre soubera que ele descobriria. Estavam em lados opostos agora. Não havia nada que ela pudesse fazer em relação a isso.

Ela inspirou. Expirou. Precisava retomar o controle da situação.

O que quer que tivesse sentido por Ash, agora estava acabado.

Ela *precisava* que estivesse acabado.

No entanto, quando abriu os olhos, ela viu o reflexo dele no espelho acima da pia.

Ela se sobressaltou quando os olhares se encontraram.

— O que...

— Esqueci uma coisa.

O rosto dele estava tenso, e a voz parecia mais rouca. O tempo pareceu parar quando ele cruzou o cômodo e segurou o rosto de Dorothy entre as mãos.

Aquelas mãos. Dorothy piscou. Eram exatamente como ela lembrava, a pele áspera e quente, com um leve cheiro de fumaça. Ela sentiu o calor tomar seu corpo.

Ela inclinou a cabeça para trás quando ele se aproximou para beijá-la.

PARTE DOIS

A minha mente teme
Algo que, ainda preso nas estrelas,
Possa iniciar amargo destino
  — Romeu e Julieta, *Ato 1, Cena 4*[1]

---

1 *Teatro completo*, de W. Shakespeare, vol. 1. Tradução de Barbara Heliodora. Ed. Nova Aguilar, 2022. (N. da E.)

14
ASH

Ash lembrava-se de um dos seus voos matinais durante seu primeiro mês na academia. Um céu cinza e monótono, ventos fortes e o cheiro de ozônio queimando no ar. O avião mais parecia um brinquedo, o rangido de metal do motor fazendo seus dentes baterem, invadindo seus ossos.

Então o motor havia falhado, e Ash estava caindo.

Não havia acontecido da forma que ele esperava. Terror, pânico e mais terror. Não, houvera apenas uma inércia repentina e uma vaga percepção do sol passando entre as nuvens. Ash fechara os olhos e respirara fundo.

O motor voltara a funcionar um segundo depois, como um animal acordando. Foi então que o medo o atingira, ardente, furioso. As mãos de Ash só haviam parado de tremer quando ele aterrissara. A alma ainda continuara trêmula por muito tempo.

Ash nunca tinha se apaixonado antes, mas já lhe haviam dito que a sensação era a mesma. Como uma queda.

Dorothy soltou um suspiro quando ele segurou o rosto dela entre as mãos. Ele a beijou e, por um segundo, se esqueceu de tudo, da água escura, das árvores mortas e dos cabelos brancos. Ele se esqueceu da sensação do metal rasgando a pele, da dor do coração partido que rasgava seu peito.

Em vez disso, havia os lábios de Dorothy, quentes contra os dele. Os dedos dela tocando sua nuca e se embrenhando pelo seu cabelo. A pressão do peito dela contra o dele.

Ele estava em queda mais uma vez, e de novo não havia terror ou pânico. Apenas inércia e a luz do sol entre as nuvens.

E de repente tudo acabou com uma batida na porta.

— Dorothy? — A voz de Roman chamou do outro lado da porta do banheiro, abafada pela madeira. — Dorothy, você está aí?

Ash abriu os olhos, e a realidade o atingiu.

— Ele não pode te ver aqui — disse Dorothy, as pálpebras ainda quase fechadas, a voz baixa.

Ash apertou a mão dela. Ele não queria pensar no que significava o fato de Roman ter vindo procurá-la, de saber seu nome verdadeiro.

— Vem comigo — sussurrou ele, com urgência. Não iria abandoná-la de novo.

Dorothy abriu os olhos.

— Eu...

— *Por favor*. — Ele conseguia ouvir o desespero na própria voz. Fez suas bochechas arderem, mas Ash não desviou o olhar. — Eu errei antes, quando você pediu para ficar. Seu lugar é com a gente, Dorothy. Vem comigo.

Outra batida.

— Dorothy?

A maçaneta chacoalhou.

— Eu... — Os olhos de Dorothy seguiram para a porta, a expressão confusa. — Eu não posso.

As palavras o atingiram como um tapa. Ele olhou para a porta. Ela ficaria por *ele*, por Roman?

Era demais. Ele afastou o pensamento.

— Eu vou voltar — disse ele, apertando a mão dela. — Logo.

Então ele cruzou o banheiro, abriu o basculante e pulou na água escura lá embaixo.

15
DOROTHY

Dorothy ficou ali, sem fôlego, um dedo pairando na boca. Ela conseguia sentir o gosto dos lábios de Ash. O calor das mãos dele na sua cintura.

Ele tinha pedido para que ela fosse com ele. Vira o que ela se tornara e, de alguma forma, ainda a queria.

Por que ela não tinha ido com ele?

Dorothy fechou os olhos e, apesar de ainda estar tomada pela lembrança de Ash, não era com ele que sua mente se preocupava. Era com a máquina do tempo dele, a *Segunda Estrela*. Ela pensou em Zora, Willis e Chandra, e no que sentia quando ainda estava sentada lá com eles.

Pertencimento. Ela nunca sentira isso na vida, não antes, e não desde então. Ela pensara ter encontrado um lugar ali, com Ash e seus amigos. Tivera tanta certeza de que tinha encontrado um lar.

Porém, mesmo enquanto a mente vagava por Ash e pela *Segunda Estrela*, memórias mais recentes a invadiram.

Os aplausos da multidão no salão de baile do Fairmont.

A voz de Roman, forte e convencida, contando o plano para salvar a cidade.

A sensação de poder que ela sentia quando as coisas sobre as quais lia em livros de história se tornavam realidade.

Amanhã, ela mudaria o mundo. Por que Ash a queria *agora*? Quando já era tarde demais?

Atordoada, Dorothy abriu a porta.

Roman estava parado no corredor, elegante com seu smoking preto e gravata branca. Era o mesmo que Clark Gable usara em *Caim e Mabel*, de 1936. Roman o roubara do camarim do ator depois do fim das filmagens.

Por um breve instante, ela se lembrou do garoto que ele era apenas um ano antes — magro e faminto, com olhos inquietos e uma barba rala — e sentiu uma pontada de orgulho. Há um ano, ele teria ficado ridículo em um smoking, mas agora estava elegante. *Esse* Roman era alguém que as pessoas de Nova Seattle seguiriam.

Infelizmente, o momento de orgulho foi breve. Roman não estava sozinho. Mac Murphy estava ao lado dele, baixinho e troncudo como sempre. Vestia um terno que não lhe servia e uma gravata larga, e estava com um cigarro atrás da orelha. Ele se apoiava em muletas e havia uma atadura grossa amarrada ao redor da coxa. Um pouco de sangue já começara a vazar pela gaze, manchando-a de marrom.

Dorothy precisou reprimir um sorriso ao vê-lo. Pela mancha, parecia ser um ferimento de bala. Ela já imaginara como seria atirar em Mac diversas vezes, e adoraria saber quem tinha sido o sortudo que puxara o gatilho.

— Mac — cumprimentou Dorothy, engolindo a satisfação. — A que devo esse prazer?

Mac mancou adiante e chegou perto demais, invadindo o espaço dela. Dorothy queria se afastar, mas ele poderia interpretar isso como um convite, e ela não conseguia pensar em algo que desejasse menos do que Mac Murphy esmagado junto dela dentro de um banheirinho de hotel.

Então, ficou onde estava, perto o bastante para que ela e Mac estivessem quase se tocando. Ela sentia o cheiro de perfume barato na pele dele. Quando Dorothy não se mexeu, ele segurou a mão dela de forma desajeitada e pousou os lábios secos contra os nós de seus dedos. Ao lado dele, Roman fez uma careta.

Agradeça por ele não ter sentido necessidade de beijar você, ela queria esbravejar para Roman, mas guardou o comentário para si.

— É sempre um prazer, srta. Fox — disse Mac, abrindo um sorriso horrível.

— Igualmente — disse Dorothy. Ela tomou cuidado de não puxar a mão de volta rápido demais.

Roman tinha afrouxado a gravata, e a seda estava solta ao redor do pescoço. Ele parecia nervoso, ou pelo menos desconfortável.

— Mac tem algo a discutir conosco.

— É mesmo? — Dorothy se virou para Mac. — Mira deu a entender que você mandaria seus capangas quebrarem nossas pernas se não pagássemos o seu suborno.

— Não seja boba, menina. — Mac abanou a mão, e Dorothy ficou imóvel. *Menina.* — O que são alguns dólares aqui e ali? Valorizo muito nossa relação para deixar o dinheiro atrapalhar.

Dorothy sentiu um desconforto, mas manteve a expressão impassível. Não gostava de pensar que tinha uma "relação" com Mac, não importava de que tipo.

— Então por que veio?

Agora, o olhar de Mac parecia faminto.

— Vocês estão com problemas de fluxo de caixa, meu bem — disse ele, e Dorothy abriu a boca para responder, mas ele a impediu levantando a mão. — Não se dê ao trabalho de mentir. Sei que estão devendo para mais gente. Ouvi falar que Graham Harvey e Chadwick Brunner também estão esperando umas centenas de dólares cada um.

Mac fez uma pausa, estudando as próprias unhas.

Roman olhou para Dorothy, as sobrancelhas se movendo. Dorothy suspeitava de que o Cirko Sombrio fosse forte o bastante para defender o hotel à força se chegasse a esse ponto, mas nunca haviam precisado testar essa teoria antes. Não seria inteligente começar agora, quando tinham tantas outras prioridades.

Olhando para Mac, ela perguntou com cuidado:

— O que você quer?

Mac exibiu os dentes em uma tentativa de sorriso.

— Eu gostaria de financiar essa missãozinha de vocês.

— Por quê? — inquiriu Roman, direto.

— Vamos dizer que seja minha boa ação do ano. Eu posso perdoar toda a dívida comigo, ajudar a pagar Chadwick e Graham e talvez até dar um pouco mais de dinheiro para cobrir qualquer outro gasto por aí. — Mac se apoiou em uma muleta, pegando uma caixinha de fósforos do bolso com a outra mão. — Suas Aberrações do Cirko precisam comer, né? E não deve ser barato fazer a manutenção daquela máquina do tempo.

Ele pegou o cigarro atrás da orelha e o enfiou entre os dentes, sorrindo. Quando nem Dorothy nem Roman responderam, ele balançou a cabeça e acendeu um fósforo.

— Olha, eu sei que vocês costumavam arranjar dinheiro roubando velhinhas nas docas. Só não sei como conseguiram manter essa operação toda funcionando por mais de um ano. Chadwick e Graham já estão falando sobre expulsar vocês do hotel, e pessoalmente acho que seria uma pena. — Ele disse tudo aquilo com uma mão repousando no coração, uma expressão de empatia retorcendo o rosto de sapo. — Vocês precisam de um patrocinador, meu bem. Alguém com muito dinheiro e uma segurança extra para impedir que os ratos subam em cima de vocês.

Mac levou o fósforo ao cigarro, as narinas bufando. Dorothy precisou se esforçar para não fazer uma careta. Ela odiava o cheiro de cigarro.

Infelizmente, ele estava certo. O Cirko mal tinha dinheiro para sobreviver, e já fazia um tempo. Seria um alívio ter algum apoio. O dinheiro de Mac significaria que Dorothy não precisaria arriscar a reputação do

Cirko com os roubos, e nem decepcionar as Aberrações ao deixá-las passarem fome.

Mas transformar aquilo em uma parceria oficial com Mac parecia... sujo.

— O que você quer em troca? — perguntou ela.

— Em troca? Tá brincando? Crianças, vocês estão querendo consertar a minha cidade. — Mac apagou o fósforo abanando a mão. — O que mais um homem poderia querer?

Roman ergueu as sobrancelhas em silêncio enquanto Mac dava um trago. Roman sabia como deixar o silêncio se estender a ponto de deixar as pessoas extremamente desconfortáveis. Normalmente, acabavam dizendo coisas que não deveriam.

Observando-o, Mac sorriu.

— Tá bem, tá bem, eu admito. Tem uma coisa. — Mac estudou a ponta vermelha do cigarro. A expressão era de curiosidade, como se nunca tivesse visto um cigarro acesso antes. Ele deu de ombros. — Vocês já foram pro futuro?

Dorothy franziu o cenho. Ela nunca estivera mais longe no futuro do que estava agora. Sempre parecia intangível como um sonho, as possibilidades e o impossível se fundindo até ela não saber mais qual era qual. Às vezes, ela se esquecia de que a máquina do tempo era capaz de seguir em duas direções.

— O futuro não é como o passado — disse Roman, interrompendo os pensamentos dela. — Não aconteceu ainda, então não é fixo. Muitas versões diferentes do futuro existem lado a lado, e nunca se sabe qual você vai visitar.

— Então você já foi? — perguntou Mac. — Até onde? Daqui a alguns dias? Um ano?

— Viajei algumas vezes quando trabalhava com o Professor — disse Roman. — Mas o futuro muda com tanta frequência que é impossível saber se vai se parecer com algo que vimos.

Mac soltou a respiração e se inclinou para a frente, as cinzas se acumulando nos dedos manchados.

— Fala sério, o quanto essas coisas mudam mesmo?

— Mais do que você imagina — disse Roman. Ele falou de forma casual, mas havia uma tensão no canto dos lábios, como se estivesse mantendo algo apenas para si.

Dorothy franziu o cenho. Que estranho. Ele sempre falara sobre suas viagens ao futuro com ela tranquilamente.

Mac jogou o cigarro no chão de azulejos, amassando-o com a bota.

— Sabe como era minha família antes do terremoto? — Os olhos dele repousaram em Dorothy, esperando uma resposta. Quando esta não veio, ele disse: — Se seguir minha árvore genealógica, vai achar a máfia, cafetões, criminosos e golpistas. Minha família pode não ser chique, mas nós sobrevivemos a guerras e recessões e qualquer desastre natural que você possa nomear, e fizemos isso sendo espertos. — Ele deu um tapinha na têmpora com um dedo. — Meu avô falava que éramos como baratas. O holocausto nuclear poderia chegar amanhã e nós daríamos um jeito de sair vivos.

A comparação com baratas parecia um pouco mais consciente do que Dorothy esperava de Mac, mas ela não disse isso em voz alta.

— Não vou ficar enrolando vocês — continuou ele. — Vou apoiar suas missõezinhas no tempo para salvar a cidade e tudo mais. Mas quero ver meu futuro. Preciso ser esperto em relação a isso, sabe. Tenho alguns… empreendimentos em curso, e quero saber como tudo isso vai se desenrolar. — Ele segurou o queixo, franzindo o cenho. — Parece algo em que vocês dois podem me ajudar?

Empreendimentos. Dorothy conseguia imaginar do que ele estava falando. Ela encarou Mac e esperou sentir a repulsa de sempre, mas não.

Algumas viagens para o futuro. Isso não era nada.

— Pensem nisso — disse Mac, interrompendo os pensamentos dela. Desajeitado, ele se virou, pegando as muletas para avançar pelo corredor. — Vamos nos falando.

Dorothy abriu a boca quando pensou que Mac estava longe, mas Roman ergueu a mão, impedindo-a de falar. Ele ficou em silêncio até o cafetão sair de vista, e então entrou no banheiro e fechou a porta com um clique suave.

— O que... — começou Dorothy, mas Roman passou por ela, o olhar percorrendo as pias lascadas, as janelinhas escuras, as cabines cheias de pichações. Havia algo de inquieto e brusco nos movimentos, como se ele estivesse contendo a raiva. Dorothy franziu o cenho. — Tá tudo bem?

— Ele já foi? — Roman perguntou. A voz era calma, mas estava fria. Ele ergueu as sobrancelhas, sem sorrir. — Ou tá escondido em alguma cabine?

— Quem? — perguntou ela, e Roman a fuzilou com o olhar, as narinas dilatadas.

— Nem começa — cuspiu ele, e Dorothy sentiu a raiva a atingir.

Ele soava tão *amargo*, como se tivesse o direito de julgar com quem ela passava tempo no banheiro. Quantas vezes ela já o vira sair do bar ao fim de uma noite longa com alguma garota bonita nos braços? E ela sempre soubera cuidar da merda do próprio nariz, muito obrigada.

Ela endireitou os ombros, encarando-o.

— Você me seguiu?

A resposta foi uma risada curta e áspera.

— Não seja ridícula.

— Então o que...

Roman emitiu um barulho do fundo da garganta, interrompendo.

— Vi ele na multidão. Que audácia, aparecer aqui no meu hotel...

— Você estava seguindo o *Ash*?

— E imagine só minha surpresa quando o vi aqui com você.

Dorothy sentiu que estava começando a vacilar. Ainda achava que não tinha motivo para pedir desculpas, mas sabia como aquilo poderia parecer uma traição para Roman. Não que ela estivesse se escondendo no banheiro com alguém, mas que estivesse se escondendo no banheiro com *Ash*.

— Você está agindo como se tivesse nos encontrado com as roupas no chão — disse Dorothy. — Nós conversamos, só isso.

Roman a encarou, o olhar cortante.

— Ele te pediu para ir com ele?

Então era esse o incômodo. A ideia de que ela poderia escolhê-los em vez de a ele.

— Sim — respondeu Dorothy, com cautela. Roman fez um som de nojo, e ela acrescentou: — E eu disse que não. Obviamente.

Houve um instante de silêncio tenso. Então, os ombros de Roman relaxaram, a raiva parecendo se esvair.

— Você não conhece esse pessoal como eu — disse ele, esfregando os olhos. — Você não estava aqui no megaterremoto. Todo mundo achava que o Professor era um gênio ou coisa do tipo. Mas aí, quando o terremoto veio, ele se contentou em deixar todo mundo morrer em vez de tentar ajudar.

— Eu sei disso — disse Dorothy.

— Você não sabe de tudo. — Roman ergueu o olhar, implorando. — Sabia que, depois que a esposa dele morreu, o Professor ficou voltando no tempo várias e várias vezes para salvar ela? Ele fez isso por meses, mas quando eu pedi para…

Ele sacudiu a cabeça, fechando a boca.

Aquilo era interessante. Nesse ano em que convivera com Roman, ele nunca falara da própria vida antes do terremoto. Era como se a vida dele tivesse começado no dia em que o Professor o recrutou como assistente.

— Pediu para ele fazer o quê? — perguntou Dorothy, dando um passo na direção dele.

Roman a ignorou.

— Eu sei que você acha que Ash e os outros não são pessoas ruins, mas eles apoiaram e defenderam o Professor. O único motivo para Ash ter vindo aqui hoje à noite é impedir a gente de voltar. Ainda acham que tudo isso aqui é deles.

— Você não precisa se preocupar. Ele foi embora.

— Foi mesmo? — perguntou Roman, o tom ácido.

Dorothy o examinou. Era estranho, mas poderia jurar que, por um segundo — nem sequer um segundo inteiro, apenas uma fração —, um lampejo de algo parecido com decepção apareceu no rosto de Roman. Então a irritação voltou, e qualquer um poderia duvidar de que houvesse mágoa ali. Mas Dorothy sabia o que tinha visto.

— Roman... — começou ela.

Ele engoliu em seco, se afastando.

— Se me der licença, acho que é hora de ir pra cama. — Ele estava tomando cuidado, medindo cada palavra, como se temesse que elas o entregassem. — Amanhã é um grande dia.

E então ele saiu pelo corredor e se foi.

16
ASH

Ash estava afundando. A água tinha o efeito de um banho frio, acalmando a pele, clareando os pensamentos. Ele só via a escuridão, só sentia o eco do próprio coração reverberando no peito.

Dorothy era Quinn. Quinn era Dorothy.

Dali a uma semana, Dorothy iria matá-lo.

A agonia crescia dentro dele, trazendo outros pensamentos terríveis. Parte dele sempre acreditara que ele teria uma escolha quando o dia chegasse. Ele já aceitara que se apaixonaria por Quinn Fox e já sabia que ela iria matá-lo. Ainda assim, estava esperando por alguma coisa… por um momento, talvez, em que pudesse escolher esse futuro voluntariamente.

E, no entanto… Não era uma escolha. Ou, se fosse, era uma que ele fizera antes de saber o que estava escolhendo. Ele já se apaixonara por Dorothy. Não podia mudar isso agora. O futuro era como uma prensa se fechando ao redor dele.

Com as perguntas ainda atormentando sua mente e os pulmões ardendo, ele chutou a água para chegar à superfície e nadou até as docas.

* * *

Zora estava esperando na entrada dos fundos do Fairmont, o ponto de encontro que combinaram com antecedência caso se separassem. Estava na ponta dos pés, uma das mãos protegendo os olhos, e pareceu relaxar visivelmente quando Ash apareceu.

— *Aí* está você. — Ela agarrou o braço dele, arrastando-o até o canto. — Eu pensei que...

Ela se interrompeu, balançando a cabeça. Não precisava dizer o que tinha pensado.

Andaram pelas docas em silêncio, Zora levando Ash até a garagem onde o barco estava estacionado em vez de voltar para a festa. Ash não sabia por que estavam indo embora e não pensou em perguntar. A cabeça dele estava tomada por Dorothy: Dorothy *ali*, Dorothy viva, os lábios de Dorothy nos dele.

Zora, encarando-o, perguntou:

— Você tá bem?

Ele soltou o ar pelos dentes.

— Você viu ela?

— Ah, eu vi, sim. — A voz de Zora pingava veneno. — Nossa golpistinha, do lado de Roman, vestida como um fantasma assassino. Acho que isso explica como o Cirko Sombrio consegue viajar no tempo. — Ela olhou para Ash de soslaio. — Ela estava com a matéria exótica quando caiu, lembra?

Ash sentiu o pensamento se conectar no seu âmago e chegar à cabeça. *Claro*. Ele deveria ter juntado as peças, mas estivera tão distraído com o resto — *Dorothy estava viva. Dorothy era Quinn. Dorothy iria matá-lo* — que não tivera chance de pensar nisso. Dorothy os traíra.

Zora parou de andar de repente. Havia uma energia inquieta dentro dela, o olhar passando do rosto dele para a água e voltando.

— E aí? — perguntou ela. — E agora?

Ash franziu o cenho.

— Como assim?

— Você está apaixonado por ela? — perguntou Zora, a voz falhando. Ash engoliu em seco e desviou o olhar.

— Merda. — Zora o encarou. — A gente disse que ia impedir isso. Viemos aqui para descobrir como impedir você de se apaixonar por Quinn, e não para você ficar seguindo aquelazinha que nem um cachorro!

— Eu sei...

— Achei que era possível, quando você ainda não conhecia ela, mas agora... — Seus olhos estavam arregalados e iluminados, mas ela não estava chorando. Não faria isso. Era Zora. — É a *Dorothy*.

— Eu *sei* — repetiu Ash.

— Fui eu que falei para você ir atrás dela. Em Forte Hunter, eu falei que se você se apaixonasse por ela e não pela menina de cabelos brancos... Você lembra disso?

Ash lembrava.

— Não foi por isso que tudo aconteceu. Nada disso é culpa sua.

— Você não entendeu. — Ela começou a andar em círculos, inquieta. — Eu tinha *tanta* certeza de que isso mudaria as coisas. Que você poderia só se apaixonar por outra pessoa. — Ela soltou uma risada curta, feroz. — Fácil, né? Só escolha outra garota, e tudo vai ficar bem. Mas foi isso que fez esse futuro acontecer. Se você não tivesse se apaixonado por Dorothy, poderia ser diferente. Talvez...

Ela parou de falar, encarando a água escura, as sobrancelhas franzidas.

— Nada disso é culpa sua, Zora — repetiu Ash. Ele não sabia mais o que dizer.

Zora não parecia estar escutando.

— Eu nunca entendi como isso era impossível. Esse tempo todo achei que você poderia tomar uma decisão diferente, mudar seu futuro. Mas essa decisão foi o que trouxe você aqui. É como se fosse... destino. — Os olhos dela voltaram para os dele. — Como se impede uma lembrança?

Ash olhou para o Fairmont, os olhos passando pelo vidro iluminado. *Como se impede uma lembrança?*

Talvez esse momento fosse o único que importava, a única escolha que lhe havia sido dada. Dorothy esperava por ele atrás daquelas janelas. Finalmente, *finalmente* ele sabia onde ela estava. Ele sabia que ela iria matá-lo. Ele sabia como e quando.

Ele supunha que poderia escolher ir embora. Porém, era uma escolha impossível, como escolher não respirar.

Então ele disse, simplesmente:

— Não se impede.

— Meu Deus do céu, *finalmente*. Vocês sabem que horas são?

Era Chandra. Ash e Zora tinham acabado de chegar em casa e a encontraram na mesa da cozinha, ainda usando a fantasia de mulher da Renascença, só que com a maquiagem borrada e sem peruca, o cabelo preto suado e grudado na cabeça.

No caminho de volta para o prédio, Zora explicara que havia acontecido um incidente no Fairmont: ela e Chandra tinham sido reconhecidas por uma Aberração e tiveram que deixar o hotel às pressas antes que o Cirko Sombrio inteiro fosse atrás delas. Zora tinha mandado Chandra e Willis para casa no barco, ficando para trás para procurar Ash.

Agora, Willis estava apoiado na parede, com a peruca branca gigantesca de Chandra nas mãos. Ele penteava os cachos cuidadosamente, mas ergueu os olhos quando Zora e Ash entraram.

— Achamos que vocês dois tinham entrado pro Cirko Sombrio — comentou Chandra.

— Nós *não* achamos isso — disse Willis. — Mas começamos a ficar preocupados. Já está tarde.

— Desculpa — murmurou Ash, puxando uma cadeira. Ele sentia os dois o observando, esperando uma explicação.

Ash tensionou o músculo da mandíbula. Eles também sabiam sobre Dorothy. Ele abaixou a cabeça, apoiando-a nas mãos, para não ter que encará-los.

Depois de um instante, Chandra pigarreou.

— Como assim nós não achamos que eles iam entrar pro Cirko? Foi *você* que disse que achou que a Zora ia nos abandonar só pelos brownies.

Willis fungou.

— Brownies eram muito bons. Ou pelo menos eu consigo me lembrar vagamente de que eram. Faz bastante tempo que não como nenhum.

— Qual é, eu já pedi desculpas por não ter trazido nenhum, dá pra superar?

Com um grunhido, Ash tirou dois pacotes de brownies do bolso, ainda nas embalagens, e os largou na mesa da cozinha.

— Ficaram meio molhados — murmurou ele. — Mas ainda é chocolate.

Os olhos de Willis se iluminaram. Ele deixou a peruca de Chandra de lado e pegou um brownie, desembrulhando o celofane com cuidado.

Zora pegou uma garrafa de bebida da Taverna do Dante da geladeira, fechando a porta agressivamente.

— Que bicho te mordeu? — perguntou Chandra.

— Não começa — disse Zora, fazendo uma carranca. Ela tomou um gole direto da garrafa.

— Não sei por que está todo mundo tão mal-humorado. Foi uma festa ótima. Comida boa, música boa, *companhia* boa. — Chandra ergueu as sobrancelhas para Ash.

Companhia boa. Ela estava falando de Dorothy. Ele a fuzilou com o olhar.

— Cedo demais? — perguntou Chandra, inocente.

Agora Zora a encarava, o rosto incrédulo. Ela limpou a boca com as costas da mão e disse:

— Que merda é essa, Chandra?

Chandra deu de ombros, sem pedir desculpas.

— Eu me recuso a ficar com raiva por Dorothy estar viva. Eu gosto dela. E tudo bem, ela trabalha pro inimigo agora, o que não é *incrível*, mas é melhor do que ela estar perdida em algum lugar no tempo e Ash se apaixonar por um monstro sem alma que a gente nem conhece. — Ela se virou para Ash, piscando. — Né?

Ash hesitou. E assentiu.

Chandra mordeu o lábio inferior.

— Bom... eu fico um pouco surpresa por ela não... Sabe...

— Ela não quis voltar com você? — perguntou Willis, direto.

— Não. — Ash se jogou na cadeira, exausto. — Não quis.

— Bom. Isso faz sentido, ela tem uma missão importante amanhã, né? — Só que Chandra não parecia convencida. Ela hesitou, olhando para Willis. — Agora parece uma boa hora pra falar daquela outra coisa.

Ash sentiu uma faísca de interesse.

— Que outra coisa?

Willis deu uma mordidinha no brownie.

— Eu ia fazer vocês esperarem até amanhã, como punição por não me deixarem ir na festa. Mas o brownie melhorou meu humor.

Zora colocou a bebida na mesa.

— Ia fazer nós esperarmos o quê?

— Acontece que eu estava certo sobre as paredes do Fairmont. É fácil de escalar, e algum idiota deixou uma janela aberta no quarto andar. — Willis deu outra mordida no brownie, balançando a cabeça.

Ele estava aproveitando o momento, dava para ver.

— Depois disso, foi relativamente simples descobrir qual quarto era o de Roman. Encontrei uma jovem Aberração no corredor, e vocês ficariam chocados se soubessem o quanto ele foi prestativo. — Ele lambeu o chocolate dos dedos. — Depois de certo incentivo, claro.

— O que você queria no quarto do Roman? — Ash estava curvado para a frente no assento, tamborilando os dedos no joelho.

— Os livros do Professor desapareceram depois que Roman foi embora, não foi? — perguntou Willis. — Sempre pensamos que tinham sido perdidos no terremoto, mas já que Roman roubou tantas outras coisas do escritório do Professor, não parecia impossível presumir que também roubaria isso.

Com um floreio, Willis deu um passo para o lado, revelando uma pilha de livros teóricos mofados.

Houve um instante de silêncio.

— Não vão transformar você em um gênio da noite para o dia — disse Willis para Zora, em tom de desculpas. — Mas achei que poderiam ajudar com a matemática do diário.

Zora juntou as mãos. Parecia que ela ia chorar.

— Willis… — disse ela, a voz embargada. Então, como se não confiasse mais em si mesma para falar, ela atravessou a cozinha e tomou o enorme rosto dele nas mãos, beijando-o direto na boca.

Willis ficou vermelho.

— Bom — disse ele, pigarreando. — Isso foi completamente desnecessário.

DIÁRIO DO PROFESSOR — 21 DE JUNHO DE 2074
13H40
A OFICINA

De acordo com a mitologia grega, uma mulher chamada Cassandra recebeu o dom da profecia quando o deus Apolo a viu, atestando que sua beleza era extraordinária.

Quando Cassandra rejeitou os avanços de Apolo, ele a amaldiçoou com uma punição particularmente cruel: Cassandra conseguiria ver o futuro, mas ninguém acreditaria em suas profecias.

Sinto que compreendo o sofrimento de Cassandra neste momento, então acho que é justo nomear essa primeira missão em sua homenagem.

Eu apresento:

Missão: Cassandra 1

Objetivo: Tentar alterar o futuro

Para meu primeiro experimento, acho melhor começar aos poucos. Quero estudar a ideia de escolha pessoal em relação a algo predeterminado. Ou, mais coloquialmente, quero descobrir se posso mudar minhas próprias escolhas.

Acredito que testar essa ideia vai ser relativamente fácil. Vou simplesmente viajar um dia no futuro e observar a mim mesmo no meu dia a dia. Vou registrar cuidadosamente o que faço e aonde vou antes de voltar para minha linha do tempo original. Terei vinte e quatro horas para mudar só uma entre as coisas que observei.

Só uma escolha.

Atualizo quando voltar.

ATUALIZAÇÃO
22 DE JUNHO DE 2074
14H51

Escrevo do "futuro" — um dia no futuro, para ser exato. Viajei vinte e quatro horas adiante e estacionei a *Segunda Estrela* a algumas quadras da oficina para que o eu do futuro não veja o eu do presente chegar.

Isso em si já é uma contradição. Afinal, o eu do futuro já saberia que estou aqui, não é mesmo? Já que eu já voltei?

Essa linha de pensamento está fazendo minha mente doer, então vou voltar a me concentrar. Fiquei fora do campo de visão e observei o que "eu" fiz nas últimas horas para poder fazer uma escolha diferente de propósito quando forem dadas as mesmas opções amanhã (quer dizer, *essa* manhã). Eis o que descobri:

7h — Acordei e tomei um café da manhã normal, café preto, uma laranja, uma tigela de mingau de aveia com açúcar mascavo. Tive uma pequena discussão com Natasha, que está irritada por eu estar trabalhando direto durante as férias.

7h30 — Acordei Zora e fiz café da manhã para ela.

8h30 — Levei Zora na escola. Um acidente de carro na I-5 causou um engarrafamento, o que fez com que Zora se atrasasse vinte e cinco minutos para a primeira aula. Prometi um milk-shake para ela se "esquecer" de contar essa informação para a mãe.

9h45 — Voltei para a oficina, onde passei as próximas horas repassando as anotações do dia anterior. Confesso que é estranho observar isso. As "anotações" que estou repassando são as que estou escrevendo agora. Estou me observando enquanto vejo as mesmas anotações no futuro, enquanto eu mexo as minhas próprias mãos para anotar isso. Extraordinário.

14h23 — Pausa para o almoço. Natasha me informou que tem sobras de frango assado na geladeira, mas saio da oficina e vou comprar um burrito no trailer de tacos ali perto. Shiu.

... e isso nos traz para onde estou agora. Confesso que é excruciantemente chato me assistir vivendo um dia todo. Me ocorre que eu não sou uma pessoa muito interessante.

De qualquer forma, já tenho dados o bastante para continuar o experimento, então é hora de ir para casa.

Ou melhor, voltar para minha casa do passado. Casa do presente? É impossível acompanhar isso.

ATUALIZAÇÃO
21 DE JUNHO DE 2074
15H06

Ótimo! Voltei para a linha do tempo presente com as anotações e pronto para dar continuidade ao experimento atual. Minha missão é mudar uma pequena parte do dia que acabei de testemunhar meu eu do futuro vivendo.

Vi que escolhi comer burrito no almoço. Amanhã, porém, vou mudar de ideia e comer pizza. Será que terei sucesso? Só o tempo pode dizer.

ATUALIZAÇÃO
22 DE JUNHO DE 2074

Aqui vamos nós! Estou no futuro, tentando viver minha vida como se não soubesse que meu eu do passado está escondido do lado de fora da janela atrás de mim, me observando e gravando tudo no caderno em que estou escrevendo. Meu plano era escolher algo diferente para almoçar: pizza em vez de burrito.

Imagino que seja lá quem está lendo isso esteja sentado ansioso em sua cadeira, então não vou fazê-lo esperar mais. Eu comi um pedaço de pizza com sucesso.

Voltei a olhar minhas anotações enquanto comia a pizza, quase esperando ver a palavra mudar. Mas ali, em preto, na minha própria caligrafia, estava escrito: *burrito*.

Cassandra 1 foi um sucesso. Seres humanos têm livre-arbítrio. Somos mesmo capazes de mudar o futuro.

17

DOROTHY

7 DE NOVEMBRO DE 2077, NOVA SEATTLE

Dorothy não estava preparada para a multidão que os aguardava nas docas na manhã seguinte. Ela viu toda aquela gente de cima quando ela e Roman voaram na direção da fenda, e percebeu que seus olhares estavam irremediavelmente atraídos pelos dois. Centenas de pessoas, lado a lado, aplaudindo e erguendo cartazes, o rosto erguido para ver a máquina do tempo.

O coração de Dorothy subiu até a garganta. Ela conseguia ouvir as vozes mesmo com o vidro grosso das janelas. Se apertasse os olhos, dava para ler o que estava escrito nos cartazes:

O passado é nosso direito!

Ela sentiu um arroubo de orgulho.

Ela tinha feito isso.

E então, não estava somente vendo a multidão, estava *procurando*, procurando o cabelo loiro-escuro, a pele castigada pelo vento e uma familiar jaqueta de couro antiga. Sentiu uma onda de calor quando percebeu o que estava fazendo e quem estava procurando. Ele estaria lá agora? Era possível, pensou. Levou a mão ao rosto, os dedos traçando os próprios lábios.

— Você tá muito quieta — disse Roman, e Dorothy ficou tensa, se perguntando se ele sabia que estava pensando em Ash. Ela frequentemente achava que Roman tinha a capacidade de ler mentes, mas quando o encarou, viu que os olhos dele estavam presos na janela e na multidão abaixo. — Incrível, né?

Ele soava maravilhado.

— É mesmo — concordou ela. — Eu não sabia que tinha tanta gente assim na cidade.

— É difícil impressionar o povo de Nova Seattle — disse Roman. — Só aparecemos em ocasiões realmente espetaculares.

Ele a olhou, dessa vez sorrindo abertamente. Não havia mencionado o que acontecera na noite anterior, então ela também não o fizera. Porém, pela manhã, encontrara uma xícara de café aguardando-a do outro lado da porta do quarto do hotel, e suspeitou que era o jeito dele de pedir desculpas pelo ocorrido.

Ela o estudou por mais um instante, perguntando-se se deveria falar mais alguma coisa.

Ela nunca contara a Roman o que houvera entre ela e Ash, mas é claro que ele tinha entendido. Para que as coisas acontecessem da forma como aconteceram no passado, Roman precisara voltar a 1980, ajudar Ash e seus amigos a escaparem do Forte Hunter e se certificar de que Dorothy estaria com a matéria exótica antes de cair da *Segunda Estrela*. Tudo isso fora planejado perfeitamente para se certificar de que ela pousaria aos pés de Roman em 2076. Dorothy sabia que não havia chance de nada dar errado, pois ela já vivera tudo aquilo, e teria criado um paradoxo se as coisas não tivessem acontecido exatamente como ela se lembrava. Então, ela não estava preocupada.

Só que Roman estivera vivendo aquilo pela primeira vez. E, quando voltara do passado, ele parecia...

Diferente.

— Você nunca contou que estava apaixonada por ele — dissera Roman uma vez, e Dorothy ficara tão chocada ao ouvir isso que sequer pensou em negar.

— Não... Não estou mais — dissera ela.

Roman sustentara seu olhar por mais um instante, e ela esperara que ele pedisse uma prova, uma escolha.

Mas ele não pediu, e Dorothy se lembrava de uma conversa que tinham tido muito tempo antes. Ela perguntara a Roman o motivo de ter traído Ash, o Professor e os outros, e ele respondera:

— Acho que não te conheço há tempo o bastante para te contar essa história... Talvez um dia eu revele todos os meus segredos.

Isso já fazia um ano. Roman já sabia todos os segredos de Dorothy, e ainda assim seus segredos permaneciam tão misteriosos quanto antes. Ela sabia que ele não era de expressar emoções. Sempre parecia que seus sentimentos se escondiam atrás de um sorriso esperto ou uma piadinha, e ela estava constantemente se perguntando o que ele pensava de verdade e o motivo pelo qual era tão fechado.

Ela o encarou por mais tempo, a pergunta na ponta da língua. *O que aconteceu com você? O que foi que não me contou?*

Porém, a escuridão recaiu sobre a nave antes que ela pudesse perguntar, e eles já estavam dentro da fenda, e, mais uma vez, a oportunidade parecia perdida.

SEATTLE, 29 DE NOVEMBRO DE 2073

Quando saíram da fenda, estavam em um mundo estranho e novo.

Bem, ao menos estranho para Dorothy. *Essa* Seattle não estava alagada. As árvores eram imensas e verdes, não brancas e mortas. Os prédios assomavam ao céu, quase escondendo o sol, e estavam tão perto uns dos outros que Dorothy tinha dificuldade de imaginar como os carros conseguiam passar entre eles...

Pelo menos até descerem sob a proteção das nuvens, voando a *Corvo Negro* baixo o bastante para que Dorothy visse os carros passando pelas ruas estreitas e desaparecendo na selva de concreto.

Extraordinário, pensou ela, curvando-se para mais perto da janela enquanto sobrevoavam tudo, a máquina do tempo escondida pela névoa espessa. Outdoors eletrônicos brilhavam contra o cinza, e o enorme arco de concreto que Dorothy vira em Nova Seattle — chamavam de *autoestrada* — estava repleto de carros, caminhões e motos.

Em apenas dois anos, tudo isso vai estar destruído.

Dorothy sentiu um gosto azedo na boca. Ela se recostou no assento, desviando o olhar da janela. Muitas pessoas sequer precisariam esperar dois anos. O primeiro terremoto aconteceria no dia seguinte. Ela ouvira falar disso antes, mas pela primeira vez parecia real.

Pessoas iriam morrer. Metade da cidade perderia suas casas e precisaria morar em barracas. A energia elétrica de bairros inteiros seria apagada e nunca recuperada; os hospitais ficariam lotados; crianças ficariam sem água e comida.

Ela sentiu uma náusea repentina.

Roman a olhou de soslaio, parecendo ler seus pensamentos.

— Faz quatro anos.

A voz dele soava estranha, e Dorothy se incomodou, pensando que ele brigaria com ela por ficar emocionada com algo que já tinha acontecido e que não poderiam mudar.

— Eu sei disso...

— Não — interrompeu Roman. — Quero dizer, não faz muito tempo, se você parar pra pensar.

Fez-se um silêncio breve, e então Roman disse:

— *Corvo Negro*, preparar para aterrissagem.

Ele apertou um botão no painel de controle e puxou o volante.

A descida começou.

18

ASH

7 DE NOVEMBRO DE 2077, NOVA SEATTLE

Um tremor percorreu a cidade quando a *Corvo Negro* desapareceu dentro da fenda.

Ash apertou as mãos no casaco, tremendo sob a névoa matinal. Ele e Zora haviam ido para as docas assistir à decolagem, junto com centenas de outros, alguns erguendo cartazes molhados, a tinta escorrendo. Alguns estavam até entoando gritos:

— *O passado é nosso direito! O passado é nosso direito!*

Ash se sentia inquieto, consciente dos olhares da multidão. Viu um homem a alguns metros de distância encarando-o, a cabeça inclinada como se estivesse tentando se lembrar de onde o conhecia. Ash virou o rosto, puxando o colarinho da jaqueta para se esconder.

Estivera esperando por algum sinal de Dorothy, mas ela não saíra da máquina do tempo, nem mesmo estendera a mão para fora da janela para acenar para seus fãs ávidos.

Aquele sentimento — a esperança repentina seguida de uma decepção arrasadora — foi tão forte que ele cerrou as mãos. Ele olhou para Zora e viu que os olhos dela estavam fixos na mistura de cores no meio do oceano. As sobrancelhas estavam franzidas quando ela segurou o braço dele.

— Sempre faz isso? — perguntou ela.

Ash se concentrou em afrouxar a tensão nas mãos.

— O quê?

— Esse tremor...

Antes que ele pudesse responder, a fenda se acendeu. Não havia uma cor, mas todas as cores, mudando e impossíveis de distinguir. O chão abaixo deles começou a tremer.

A *Corvo Negro* estava voltando.

19

DOROTHY
29 DE NOVEMBRO DE 2073, SEATTLE

Dorothy não precisara nem de um mês para planejar esse golpe. Tinha sido bem fácil. Só precisavam de alguns acessórios.

Roman aterrissara a *Corvo Negro* sob um denso bosque nas redondezas da cidade, ao lado de uma van de delivery branca e azul da SolarBeam que ele arranjara em uma viagem no tempo anterior.

— Demorei uma eternidade para encontrar essa coisa — reclamara ele, amargo. — Precisei hackear dois anos de anúncios da Craigslist antes de encontrar alguém vendendo uma. Na *Craigslist*, Dorothy. Eu queria me matar só de ter que olhar para aquela interface.

Dorothy esfregara o indicador e o dedão.

— Sabe o que é isso?

O rosto de Roman ficara sóbrio.

— Não começa.

— É o menor violino do mundo tocando para acompanhar seu infortúnio.

Depois da van, tudo ficara relativamente mais fácil. Os uniformes foram encomendados com um revendedor e entregues no mesmo dia, e eles arrumaram pranchetas enquanto estavam nos anos 1990, em uma loja chamada Target, que deixara Dorothy absolutamente maravilhada (vendiam bananas, poltronas e calças, tudo no *mesmo lugar*!). Então foi apenas uma questão de guardar todas as coisas em um local seguro até precisarem delas.

Agora, Dorothy desabotoava o casaco e o atirava no assento de trás, revelando o uniforme da empresa SolarBeam: uma camiseta polo azul-marinho, calças escuras e uma jaqueta prateada. Ela escondeu o cabelo sob um lenço e colocou um boné da SolarBeam por cima, finalizando com um tapa-olho sobre o olho desfigurado.

— Vão achar que você é um pirata — disse Roman, enfiando a camisa para dentro das calças.

Dorothy conferiu a própria aparência. O lenço escondia os cabelos brancos, mas Roman estava certo: o tapa-olho era um problema. Fazia com que ela se tornasse memorável. E isso era ruim.

— Da próxima vez, a gente deveria tentar usar a isca do colírio. — Ela abriu a porta e sentiu um sopro do vento frio de novembro, fazendo os pelos dos braços arrepiarem.

Roman ergueu as sobrancelhas.

— Como é que é?

— É parecido com o golpe do violinista, só que envolve um homem, ou, no nosso caso, uma mulher, procurando um olho de vidro. Minha mãe e eu nunca tentamos porque precisa ser feito por alguém que não tem um olho. — Ela ajustou o tapa-olho. — Agora, isso não seria um problema.

Roman sacudiu a cabeça, rindo.

Eles ajeitaram tudo na van e dirigiram até Beacon Hill, um bairro no sul da cidade, a área que mais sofrera com o terremoto. Tudo que roubariam hoje seria destruído depois da tragédia, então na verdade não era bem *roubar*.

Era mais como... trocar de lugar.

Ao menos foi isso que Dorothy disse a si mesma quando bateu na porta da primeira casa.

Uma mulher mais velha com cabelos brancos e um nariz largo abriu a porta.

— Posso ajudar?

— Bom dia, senhora, eu e meu parceiro somos da SolarBeam. Recebemos algumas reclamações no bairro sobre falhas nos painéis solares. Você se importa de nos deixar verificar as unidades aqui?

Dorothy indicou a prancheta e sorriu. Atrás dela, Roman estava fazendo alguns barulhos bem masculinos enquanto enfiava algumas caixas grandes nos fundos da van.

As caixas estavam vazias. Tinham acabado de colocá-las ali, pensando que o golpe seria mais crível se fossem vistos já carregando algumas unidades "avariadas" que precisavam ser consertadas.

E, como previsto, a mulher estreitou os olhos para Roman, pegando os próprios óculos pendurados no pescoço.

— Minha nossa. Qual é o problema?

Roman tinha acabado de enfiar as caixas vazias de volta na van. Ele esfregou o suor inexistente da testa e disse:

— Difícil dizer, senhora. Se o painel estiver falhando de uma forma que ainda permita que uma corrente elétrica passe, os outros painéis na fileira não sofrerão nenhum impacto negativo. Mas se um dos diodos de derivação tiver sido afetado, então a corrente não vai fluir, e o painel defeituoso pode acabar afetando todos os outros.

Ele tinha levado horas para memorizar a parte mais chata do manual de instruções da SolarBeam que tinham encontrado online, mas o trabalho valeu a pena.

A mulher só o encarou, confusa.

— Ah, é?

— Seria melhor que nos deixasse levá-los para serem... recarregados — completou Dorothy. Ela pensou ver Roman olhando-a de soslaio. A palavra *recarregado* deveria estar incorreta, mas ela não se deu ao trabalho de encontrar o olhar dele. A mulher não notou nada.

— Claro — disse ela.

Ela os guiou para os fundos, onde os painéis solares da SolarBeam estavam instalados no quintal. As unidades eram pequenas, mais ou menos do tamanho de livros, e havia doze no total, recebendo luz solar que usariam para transformar em eletricidade, alimentando a energia daquela casinha durante um mês. Roman e Dorothy pegaram dez deles e deixaram só dois.

— Esses aqui devem conseguir manter tudo funcionando até voltarmos — explicou Dorothy, indicando os painéis solares que deixaram.

— Boa ideia, querida — disse a mulher, com um tom gentil demais. — E quando acha que vão voltar?

Dorothy abriu a boca para responder com o discurso previamente preparado, e então a fechou, encarando o rosto da mulher.

Emelda Higgens, pensou ela. O nome acabara de surgir em sua mente. Ela e Roman tinham passado as últimas semanas preparando uma lista de moradores do bairro para saberem exatamente quem deveriam visitar. Tinham fotos e pequenas descrições, mas Dorothy não se lembrava de todos.

Porém, Emelda... Dorothy se lembrava dela. Emelda tinha setenta e dois anos. Ela morreria dali a oito horas, quando os choques iniciais do terremoto fariam a casa onde morara por vinte e cinco anos desabar sobre ela. Seria encontrada nos escombros, enroscada em volta de sua cachorrinha branca, que inexplicavelmente se chamava Abóbora.

Dorothy não conseguia respirar.

A mão de Roman apareceu de repente nas costas dela.

— Vamos voltar amanhã de manhã bem cedinho, srta. Higgens — disse ele. Algo na voz dele mudara. Ele pigarreou. — Obrigado pela colaboração.

A srta. Higgens sorriu vagamente antes de se virar e gritar:

— Abóbora! Cadê você, menina?

A porta se fechou atrás dela.

Dorothy já estava tremendo quando se apressaram de volta pela rua, onde a van os esperava.

— Desculpa — disse ela. — Não sei o que deu em mim, só pensei no terremoto e em como todas essas pessoas, em como *ela*...

Dorothy se calou abruptamente enquanto uma porta se abriu e uma garotinha correu para fora de casa.

A garotinha tinha pernas magrelas e joelhos cheios de casquinhas de machucado, os cabelos pretos escapando de um rabo de cavalo bagunçado, as bochechas rosadas pelo frio.

A menina colocou as mãos ao redor da boca.

— Alô, cabeçudo! Mamãe disse que se você não entrar agora vamos dar seu jantar pro gato.

— Tô terminando a casa da árvore! — falou uma voz lá de cima.

— A mamãe disse que a casa da árvore não é uma prioridade!

Um menino saltou da árvore um segundo depois e correu até a casa atrás da irmã.

Observando-os, Dorothy sentiu o estômago revirar. Ela não se lembrava de uma única foto de criança na lista, mas claro que haveria muitas por ali. Será que Roman as deixara de fora de propósito? Será que ele pensara que ela perderia a coragem quando percebesse de quem estavam roubando?

Ela convencera a si mesma de que o roubo não era grande coisa. Afinal, os painéis solares teriam sido destruídos no terremoto de qualquer forma. Pegá-los agora na verdade era *salvá-los* para usar no futuro.

Mas... será que eles não deveriam ter pelo menos tentado salvar as pessoas também? Será que não deveriam ter discutido essa possibilidade?

— Vamos — disse Roman, a voz alterada. Dorothy o encarou e viu que ele estava observando a porta da casa por onde as duas crianças tinham entrado, o olhar atento. Ele pigarreou e desviou o olhar. — Vamos para a próxima casa.

Juntaram duzentos e quarenta painéis solares ao fim do dia, o suficiente para alimentar a energia em dez quadras. Era mais eletricidade do que Nova Seattle já vira nos últimos quatro anos. A missão fora, em todos os sentidos, um sucesso.

Mas Dorothy não se sentia assim. Ela observou Roman de canto de olho enquanto empilhavam os painéis em fileiras organizadas nos fundos da *Corvo Negro*.

Tinha várias perguntas presas na garganta, e todas eram uma variação de *o que aconteceu com as crianças?*

Ela não podia fazer essa pergunta, pois já sabia a resposta. Um terremoto atingiria aquela cidade em menos de oito horas. Todas as casas naquele bairro seriam destruídas. Amanhã, naquele mesmo horário, a menininha de rabo de cavalo e o garoto da casa da árvore provavelmente estariam mortos.

Roman bateu a porta do compartimento de carga, os olhos fitando o horizonte.

— Temos que voltar — disse ele. — Antes que...

Dorothy assentiu, seguindo o olhar dele para o céu. O horizonte desse mundo já estava todo laranja e rosa. Parecia que a cidade estava pegando fogo, e Dorothy precisou se lembrar de que ainda não. Mas logo estaria.

— Certo — concordou, e subiu na máquina do tempo atrás dele.

DIÁRIO DO PROFESSOR — 27 DE JUNHO DE 2074
05H49
A OFICINA

Agora que já estabelecemos que a humanidade possui livre-arbítrio e que o futuro não é predeterminado, gostaria de examinar a extensão desse livre-arbítrio. Em outras palavras, quero saber se minha habilidade individual de fazer escolhas diferentes das escolhas que já me vi fazer no futuro podem mudar mais do que meu almoço de amanhã.

Mais uma vez, vou viajar um dia no futuro; só que, dessa vez, vou olhar as notícias da cidade e descobrir todas as coisas horríveis que vão acontecer, e então vou tentar usar meu livre-arbítrio para ver se é possível mudar algo. Como sempre, atualizo o registro quando voltar.

ATUALIZAÇÃO
06H24

Depois de dar uma olhada no noticiário, decidi concentrar minha energia nessa matéria:

Motociclista sofre ferimentos graves em um acidente perto da Renton.

O motociclista da notícia é um menino de dezoito anos que tem a vida inteira pela frente, e o acidente não foi culpa dele. Foi culpa de um babaca que nem parou para prestar socorro. Ele sofreu ferimentos graves, então, se eu conseguir impedir que isso aconteça, posso mudar o futuro inteiro desse rapaz. Fiz uma busca rápida pelo nome dele, e parece que o garoto mora em Redmond, que fica a meia hora de carro daqui.

O plano é o seguinte: vou passar na casa dele, dizer que sou o Professor Zacharias Walker (fizeram um especial sobre mim ano passado... sou razoavelmente famoso no momento) e que ele vai sofrer um acidente de carro hoje, então é melhor ele evitar andar de moto nas próximas vinte e quatro horas. Boa sorte para mim!

ATUALIZAÇÃO
18H56

Acabei de voltar, e infelizmente não trago boas notícias.

A missão começou bem. Entrei no carro, fui até a casa do garoto e disse exatamente o que planejei: que sou um viajante do tempo e que ele vai sofrer um acidente debilitante se decidir sair de moto hoje.

Infelizmente, ele não acreditou em mim. Talvez eu devesse ter imaginado isso, mas confesso que fiquei surpreso por ele relutar tanto em aceitar minha história. Pensei que, mesmo se ele não admitisse isso na minha cara, ao menos aceitaria o aviso e não subiria na porcaria da moto.

Fiquei colado no site de notícias a tarde toda, torcendo para meu aviso funcionar.

E então, às 18h45, veio a notícia. Motociclista sofre ferimentos graves. Eu tinha fracassado.

Esse é o Complexo de Cassandra trabalhando, sinto dizer. Cassandra recebeu o dom de ver o futuro, e então foi amaldiçoada porque ninguém acreditava no que ela sabia que era verdade.

Eu não consigo aceitar isso. Precisa haver uma forma de fazer as pessoas ouvirem.

Aquele garoto estava planejando ir para a ATACO no próximo outono. Sinto que sou responsável pela morte dele.

20

ASH

7 DE NOVEMBRO DE 2077, NOVA SEATTLE

Em um instante, a fenda estava como sempre estivera: um brilho cintilante de luz dançando na escuridão. Uma confusão de névoa e fumaça. Um rasgo no tempo.

No instante seguinte, a *Corvo Negro* estava ali.

Ash estremeceu diante da aparição repentina da nave, quase derrubando a pessoa atrás dele nas docas. A nave não *chegou*, exatamente. Simplesmente *não estava* ali um instante, e então *estava*.

O vento soprou contra a multidão histérica. O chão estremeceu. Zora disse alguma coisa, os dedos segurando o couro úmido da jaqueta de Ash, mas ele não conseguia ouvi-la e, de qualquer forma, sua cabeça estava em outro lugar.

Era assim que as pessoas do lado de fora viam as viagens no tempo? Ele não fazia ideia. Sempre estivera dentro da cabine da máquina do tempo quando saía da fenda, as mãos segurando o volante, o coração pulsando na garganta.

O fato de não estar lá agora pareceu abrir um rasgo de tristeza imenso em seu peito.

O cara que tinha reparado nele antes, o que pareceu reconhecê-lo, agora estava mais perto, encarando-o com um sorriso estranho nos lábios.

Era um dos que estava gritando *O passado é nosso direito!* e erguendo o punho enquanto a *Corvo Negro* sobrevoava.

Ash sentiu os músculos tensionarem. Ele conseguia imaginar como seria aquele confronto. O cara diria alguma coisa grosseira ou ignorante, ou talvez os dois. E ele, sem conseguir se segurar, daria o primeiro soco.

Ele se inclinou, falando diretamente no ouvido de Zora para que ela o ouvisse apesar da multidão que ainda celebrava.

— Já vi o suficiente. Vamos encontrar os outros?

Zora assentiu, distante. Estava encarando a máquina do tempo com intensidade, a testa enrugada de preocupação. Então piscou e sacudiu a cabeça.

— Eles já estão lá no Dante — respondeu ela, a voz soando distraída. — Isso, vamos.

— Tá... então acho que esse número é a onda primária... o que significa que *esse* deve ser a secundária, entendeu? — disse Chandra, estreitando os olhos. Estava com os livros teóricos do Professor e uma grande pilha de anotações espalhados na mesa diante dela, e verificava duas fileiras de dígitos rascunhados, o lápis tamborilando no queixo. — Daí você consegue medir o tempo de intervalo de S-P para encontrar a distância do sismômetro até o epicentro. Olha, faz sentido.

— *Isso* faz sentido? — bufou Zora. — Sua definição da palavra é diferente da minha?

— Bom, foi assim que ele acabou com esse dígito aqui, entendeu? Não, *esse*. Olhe pra onde eu estou apontando.

Zora lançou um olhar mortal para ela.

Estavam na Taverna do Dante, um bar sujo e apertado com cadeiras desencontradas e mesas cobertas por uma camada grudenta da famosa cachaça caseira do Dante. Havia luzinhas penduradas em fios no teto, mas Ash não conseguia se lembrar da última vez que emitiram qualquer coisa parecida com luz. A iluminação do ambiente só vinha das velas que rodeavam as paredes, as chamas bruxuleantes fazendo muito pouco para iluminar os sofás e as mesas bambas.

Não era grande coisa, mas pelo menos ninguém ali os encarava. Ash piscou, tentando compreender o livro teórico na sua frente. O cérebro dele parecia lento e derretido, e ele não conseguira acompanhar uma palavra do que Chandra dissera. Willis também parecia ter desistido. Ele fechara o próprio livro já fazia dez minutos e agora estava ocupado fazendo um origami em formato de cisne com o guardanapo.

Só Zora ainda tentava acompanhar, e não parecia estar ajudando. Ela passou os dedos pelo cabelo.

— Eu sou uma *mecânica* — disse ela por entre os dentes cerrados. — Consigo construir uma máquina do tempo com todas as tralhas que estão espalhadas ao redor do bar.

Chandra piscou, os olhos parecendo monstruosos por trás das lentes grossas.

— O que estou querendo dizer é que não sou idiota. — Zora fechou o livro, irritada. — Isso aqui não faz sentido nenhum.

— Faz, sim — insistiu Chandra. — Você consegue aprender se tentar.

— Eu *realmente* não consigo.

— Tá. — Chandra também fechou seu livro. — Talvez esteja na hora de uma pausa. Pegar outra bebida, esquecer um pouco dessa pressão?

Zora abaixou a cabeça na mesa, grunhindo alto. Willis cuidadosamente depositou o cisne de guardanapo ao lado dela.

— Talvez devêssemos olhar o lado bom — disse Chandra, passando um copo de uma bebida densa e marrom pela mesa. — Nova Seattle vai ter eletricidade de novo. Lembram, eletricidade? Liga televisões e computadores, acende luzes e ajuda a produzir coisas chiques tipo *calor*. Nós gostamos de eletricidade.

Ela ergueu o copo da bebida marrom até a boca. Ash franziu o cenho antes de decidir que não queria mesmo saber o que era aquela bebida ou como ela tinha convencido Levi a fazê-la.

— Já temos eletricidade — disse Willis. — E não precisamos nos vender para o Cirko Sombrio para conseguir.

— Por favor, não me diga que está falando dos painéis solares velhos do Professor, porque eles estão dando pane há semanas. — Os olhos de Chandra se iluminaram. — A gente podia finalmente ver o resto de *Buffy, a caça-vampiros*. Eu só vi as primeiras quatro temporadas.

— Fala sério, Chandie, *Buffy*?

Ash virou o copo com dois dedos, observando a bebida transparente tremular. Nas docas, ele desejara estar ali, cercado pelos amigos, bebendo o álcool horrível do Dante e estudando os livros, finalmente sentindo que estavam conseguindo conquistar alguma coisa.

Mas agora ele se pegava pensando nas docas sob seus pés, o vento frio nas bochechas e o som da multidão gritando ao redor. Ele passou os olhos pelo bar, e tudo em que conseguia pensar era no dia em que levara Dorothy ali, na forma como os olhos dela tinham se arregalado quando ela entrou.

Ele se perguntou se ela teria falado com ele se o tivesse visto parado nas docas.

E então se odiou por se perguntar isso.

E se odiou um pouco mais porque, sendo sincero, ele ficaria perfeitamente satisfeito se ela apenas tivesse passado por ele sem dizer nada, desde que conseguisse ver o rosto dela.

Era um pouco irônico, se ele pensasse no assunto. Durante o último ano, o rosto de Quinn Fox o assombrara. Ou melhor, a escuridão sob aquele capuz. A ausência de um rosto. Ele franzia o cenho e desviava o olhar sempre que aparecia na televisão.

Agora, era tudo em que ele conseguia pensar.

Queria rir. Ou gritar. Queria beijá-la de novo. Os lábios dele ardiam de desejo.

Ele olhou para a porta, o joelho batendo na parte inferior da mesa. Será que poderia ir até ela agora? Será que ela o veria?

— O que você achou daquele tremor? — Zora estava com um copo de água diante dela, passando o dedo pela borda, distraída.

Ash piscou, voltando a focar nela.

— Tremor?

— Teve um tremor quando a *Corvo Negro* entrou na fenda, e outro quando voltou. — Zora franziu o cenho. — Você não reparou?

— Sempre tem tremores — disse Ash. — Teve um quando Chandie e eu estávamos voltando do Mac aquele dia.

— Quase nos afogou — acrescentou Chandra.

Willis havia arranjado outro guardanapo e estava fazendo dobraduras para transformar em algo com barbatanas. Ele ergueu os olhos.

— Você achou que era outra coisa? Um tremor diferente?

— Não. Argh, sei lá. — Zora tirou um lápis de trás da orelha e tamborilou contra o lábio. — Só pareceu estranho pra mim.

Ash sentiu a culpa retorcer o estômago. Era *nisso* que deveria estar pensando. Tremores e terremotos e salvar o mundo. *Não* nos lábios de Dorothy. Ele sentiu o calor subir pelas orelhas. O que tinha de errado com ele?

— Outro? — perguntou Willis, indicando o copo vazio.

Ash voltou a olhar para o seu livro. Os números todos pareciam embaralhados, mas ele duvidava que outra bebida fosse ajudá-lo a entender o que significavam.

Ele estava inquieto. Precisava de uma mudança de ambiente. Precisava ir a algum lugar que não o fizesse se lembrar de Dorothy.

Ele afastou a cadeira da mesa, colocando o livro debaixo do braço.

— Vou dar uma volta — disse. — Dar uma espairecida. Vejo vocês em casa.

21

DOROTHY

7 DE NOVEMBRO DE 2077, NOVA SEATTLE

— Amigos, não tentem ajustar suas televisões — disse Dorothy, piscando sob a luz forte dos holofotes no porão do Fairmont. — Nossa transmissão está em todos os canais. Fico feliz em anunciar que nossa viagem de volta no tempo foi um sucesso. Retornamos hoje de manhã trazendo duzentos e quarenta painéis solares, todos funcionando. É energia elétrica o bastante para todo o centro de Seattle, mais do que nossa cidade já viu desde antes do megaterremoto.

Dorothy fez uma pausa, os olhos correndo pela escuridão além das luzes. Ela pensou ouvir uma porta abrindo. Passos. Seria a voz de Roman, conversando com alguém que ela não conseguia ver?

De repente, as mãos dela pareciam suadas.

— Is-isso é apenas o começo — continuou, hesitando. A transmissão era ao vivo; não poderia simplesmente parar. — Quem viveu a devastação dos terremotos vai se lembrar de que os hospitais foram saqueados em 2074, e remédios importantes foram roubados. Muitas pessoas morreram, não só por causa do terremoto, mas por falta de acesso a medicamentos e cuidados médicos. Muitas pessoas continuam morrendo. Amanhã, quando o sol nascer, vamos voltar no tempo mais uma vez. Iremos aos hospitais que foram saqueados para retirar as coisas de lá antes que os roubos aconteçam. E vamos trazê-las para cá. Para vocês.

Um pouco de estática, e então a transmissão encerrou.

— Incrível, como sempre — disse Roman, mas a voz dele soava forçada.

Dorothy colocou a mão sobre os olhos, tentando ver além das luzes.

— Tem mais alguém aqui?

Ela conseguia distinguir o movimento de sombras atrás do equipamento, o guincho de sapatos no concreto.

Não, não eram sapatos. Muletas.

E então o som de aplausos lentos.

— Bravo! — disse Mac, mancando até a luz. Estava vestindo o mesmo terno mal ajustado da noite anterior, apesar de estar mais sujo agora. A atadura na coxa tinha sido trocada recentemente, e não havia mais sangue.

— Estava assistindo? — perguntou Dorothy.

Ela não gostava da ideia de Mac estar na escuridão além das luzes, observando-a sem ela saber. Não havia uma única outra pessoa na cidade que poderia vir ao Fairmont sem ser convidada.

— A cidade inteira estava assistindo — disse Mac. — Vocês dois são heróis.

O tom dele era leve quando falou *heróis*, mas havia algo desagradável em sua voz. Dorothy reprimiu um calafrio.

— Mas não vim aqui hoje só pra ver o show. — Mac ajustou as muletas. — Tenho algo pra mostrar pra vocês. Vamos.

Ele começou a cambalear na direção da porta.

Dorothy olhou para Roman, franzindo o cenho, e Roman sacudiu a cabeça. Ele também não sabia o que Mac queria. Isso não era bom.

— Vamos nessa — disse Mac, hesitando na porta. — É só um presentinho. Mal não vai fazer.

Dorothy mordeu o lábio inferior. Presentes eram uma forma de manipulação. Quase sempre havia expectativa envolvida.

E havia a questão da oferta de Mac. Ela ainda não tivera a oportunidade de discuti-la mais a fundo com Roman. Como uma tola, ela não esperara que Mac fosse aparecer tão cedo.

Mas deveria, disse uma voz dentro dela que soava estranhamente como sua mãe, Loretta. *Na sua vida antiga, você não deixaria um alvo livre por tempo o bastante para hesitar e pensar duas vezes. Teria acertado as contas no calor do momento, aproveitando-se de sua ganância.*

Dorothy precisava admitir que era verdade. Quando sua vida era sustentada por golpes, ela tomara cuidado de nunca deixar nenhum alvo por conta própria por muito tempo, para não permitir que tivesse a oportunidade de se convencer a não fazer o que ela queria que fizesse.

Mas agora ela não conseguia pensar em uma forma de se recusar a ver o que Mac trouxera, então ela e Roman o seguiram do porão e subiram as escadas com certa relutância, voltando para o saguão principal do Fairmont.

Ali, ela viu um grupo de Aberrações perto de uma das janelas que serviam como entrada principal do hotel, analisando algo que ela não conseguia ver, murmurando empolgados. Dorothy hesitou, inquieta. Se Mac os presenteasse sem que ninguém visse, poderia ter encontrado uma forma de recusar. Agora, tinham plateia.

Uma plateia que ainda *aumentava*, notou ela quando mais membros da gangue saíram dos quartos e corredores para ver qual era a comoção. Mac planejara aquilo.

Os olhos de Dorothy o encararam cautelosamente.

— O que é isso?

Mac, equilibrado nas muletas, virou-se para encará-la.

— Como eu disse, um presente. — Ele abriu um sorriso afiado.

Era um presente *grande*.

Algumas das Aberrações ficaram em silêncio quando Dorothy se aproximou, deixando que ela se perguntasse o motivo dos cochichos, se eram sobre ela, talvez apontando que ela mesma nunca trazia presentes.

Ela sentiu o lábio retorcer e tentou manter o rosto impassível enquanto eles abriam caminho para que ela passasse, revelando quase uma dúzia de caixas de madeira empilhadas no carpete molhado.

Eliza estava ajoelhada diante de uma caixa aberta enquanto Bennett ficava perto dela, com um pé de cabra encostado na tampa. As outras Aberrações estavam aglomeradas por ali, e parecia a Dorothy que estavam segurando a respiração, esperando para ouvir o que ela e Roman diriam.

Roman se virou para ela, uma sobrancelha arqueada, e Dorothy sabia que ele também queria ver o que Mac trouxera. Se ela recusasse o presente agora, eles a odiariam ainda mais do que já odiavam.

— Bom, vamos lá — disse Dorothy, e a tensão pareceu dissipar-se no ar.

Ben abriu a tampa da caixa. Eliza remexeu o conteúdo.

— Puta merda... — murmurou ela, tirando uma lata sem rótulo. — Isso é... comida?

Um murmúrio empolgado percorreu a multidão de Aberrações. A comida era escassa em Nova Seattle. Esse fora o motivo pelo qual as frutas no baile de máscaras foram tão bem recebidas. Comida de *verdade*, como Dorothy se lembrava do seu tempo — frutas, pão, leite — era um luxo que apenas os mais ricos poderiam custear. Ela e Roman levaram horas juntando coisas no passado em quantidade suficiente para os convidados, e depois que trouxeram ao Fairmont, precisaram deixar o quarto onde estava tudo guardado sob a vigilância de seguranças armados para impedir a própria gangue de saquear a comida, com as Aberrações reclamando que eles mesmos gostariam de comer.

— Acho que isso aí é pêssego em calda. — Mac indicou a lata na mão de Eliza, claramente deliciado. — Mas talvez precise abrir pra saber.

Empolgada, Eliza começou a vasculhar a caixa. Mais comida. Grande parte era não perecível: sacas de grãos e farinha, feijão e arroz. Só que também havia latas de sopas e legumes. Açúcar. Ovos.

Álcool.

— Bourbon? — disse Ben, dando um gritinho enquanto se curvava sobre Eliza, e tirou uma garrafa cheia de líquido marrom da caixa. — Não vejo isso desde antes do terremoto.

— *Nós* poderíamos ter trazido Bourbon, se tivesse pedido — disse Dorothy, amarga. Também poderiam ter trazido pêssegos em calda, açúcar e ovos, mas não trouxeram. Nunca parecia haver tempo, espaço ou dinheiro o bastante para esses luxos.

— Agora não precisa — disse Mac, coçando o queixo. — Isso deixa vocês livres pra trazer coisas mais importantes, né? Temos comida aqui.

Dorothy apertou os lábios, considerando como deveria responder. Sentia que estava jogando uma partida de xadrez com Mac, e ele tinha movido um peão para a frente e derrubado a rainha dela com facilidade e com um sorriso no rosto. Ela se sentia estúpida, uma menininha em um jogo de adultos.

Donovan e Ben estavam brigando por causa do Bourbon agora, falando ao mesmo tempo para tentar lembrar o gosto que tinha.

— É meio seco, né? — Donovan disse, virando a garrafa, e o líquido âmbar verteu para o lado do vidro.

Ben sacudiu a cabeça.

— Não, você tá pensando em uísque.

Dorothy estremeceu, ignorando a discussão. Teria sido tão fácil simplesmente comprar uma garrafa de Bourbon em uma das suas viagens de volta no tempo. Nunca pareceu importante — tinham álcool ali, afinal, apesar da qualidade duvidosa —, mas agora ela via o quanto aquilo ajudava no clima e percebia o próprio erro. Talvez um luxo desses não fosse necessário, mas teria sido inteligente. Mac havia notado isso, então por que ela não?

Ela olhou para Mac, os lábios apertados. Agora tinha sido *ele* a providenciar isso, e gastara sabe-se lá quanto para encomendar tudo isso do

Centro. Muito dinheiro, certamente. Havia um motivo para ninguém ter bebidas de boa qualidade tão a oeste do país.

— Isso é demais — disse Roman. Ele encontrou o olhar de Dorothy, sustentando-o. — Não podemos aceitar.

Donovan e Ben pararam de brigar pela garrafa, os rostos desmoronando. Ben abriu a boca, e então Dorothy virou os olhos escuros para ele, a expressão severa, e ele se calou, parecendo uma criança assustada. Ela viu Donovan e Eliza trocarem olhares de soslaio. Aquilo não acabaria bem.

— Não sejam bobos. — Mac deu uma risadinha. — É um *presente*.

Presente, presente, presente, pensou Dorothy. Era engraçado que, a cada vez que Mac falava a palavra, mais soava como *suborno*.

— Não saberíamos como retribuir — disse Dorothy.

Era o mais próximo que ela ousava chegar de recusar a oferta diretamente, mas os lábios de Mac se retraíram sobre os dentes, e Dorothy sabia que ele tinha entendido.

Não. A nossa resposta é não.

Então, atrás dele, alguém arfou de surpresa.

O sorriso de Mac ficou triunfante. Dorothy gelou. Antes mesmo de se virar, sabia que algo havia mudado.

Eliza estava segurando um pacote comprido e estreito. Como a comida, o pacote não era marcado ou rotulado de forma alguma, mas ela abrira de um lado e jogara o conteúdo no chão, encontrando…

Munição. Estavam na palma de Eliza, balas brilhantes como besouros. Dorothy sentiu algo dentro dela retesar.

Armas eram fáceis de encontrar em Nova Seattle.

Balas eram outra história.

— Imaginei que poderiam precisar disso para manter o Fairmont — disse Mac, os olhos brilhando. — Caso Graham ou Chadwick resolva causar problemas.

Nada em suas palavras indicava uma ameaça, mas Dorothy ouviu mesmo assim:

Olha como é fácil para mim conseguir balas. Olha como eu posso cedê-las aos seus capangas, cuja lealdade é tão simples de comprar, pessoas que nem mesmo gostam de você...

E agora Dorothy via o presente de Mac sob uma nova luz. Ele não queria conquistar ela e Roman. Queria conquistar as Aberrações do Cirko.

Dorothy sentiu os cabelos da nuca arrepiarem. Sem o Cirko Sombrio, ela e Roman eram só duas pessoas. Não tinham nenhum poder ou força. A única coisa que os diferenciava do resto nessa cidade maldita era a máquina do tempo — e aquilo poderia ser tirado deles.

Ela engoliu em seco, com força. Pela primeira vez, percebeu a fragilidade de sua posição.

Dorothy olhou para Roman. Sua expressão era impassível, mas ele abaixara a mão para a dela e não parecia ter notado que seus dedos se fechavam com força no pulso de Dorothy. Ela estremeceu enquanto sentia os ossos serem pressionados.

— Quanto você quer avançar no futuro? — disse ele, a voz baixa para que as outras Aberrações não ouvissem.

Os olhos de Mac brilharam.

— Vamos começar com algo fácil. Que tal daqui a cinco anos?

Por um instante, Roman pareceu se esquecer de controlar a expressão, e Dorothy teve um breve vislumbre da agonia que deveria estar sentindo.

Um instante depois, parecia tão perfeitamente tranquilo que era difícil lembrar que a expressão era uma mentira. Dorothy sentiu o medo se cristalizar dentro dela.

— Muito bem — disse Roman. Ele fez uma pausa, e então acrescentou: — Mas devo avisar... você não vai gostar do que vamos encontrar.

NOVA SEATTLE, 2 DE MAIO DE 2082

Saíram da fenda em um mundo perfeitamente escuro. Não havia estrelas para iluminar os troncos de árvore brancos fantasmagóricos, nem lamparinas a óleo cortando a escuridão como vaga-lumes, nem o zumbido da eletricidade e nem mesmo a lua. Era como se alguém tivesse pintado as janelas da *Corvo Negro* de preto pelo lado de fora, deixando apenas a luz esverdeada do painel de controle.

Dorothy conseguia ver apenas a silhueta do rosto de Roman sob aquele brilho sinistro. Os lábios estavam espremidos em uma linha fina, os músculos da mandíbula tensos.

— Achei que chegaríamos de tarde — disse ela, e Roman a encarou e depois desviou o olhar.

— A hora local é 15h02 — disse ele. Então, depois de hesitar, acrescentou: — O sol foi bloqueado por cinzas vulcânicas.

— Quê? — Dorothy ficou em silêncio quando o horror daquela revelação a tomou. Não havia luz do *sol*? As mãos dela ficaram suadas.

Como isso pôde acontecer em apenas cinco anos?

Parecia que estavam submergindo de águas profundas para encontrar um mundo pegando fogo. Por um instante, ela queria se virar e voltar para casa, fingir que nunca tinha visto isso.

A voz de Mac veio de trás deles:

— A nave ainda tem luz, não tem?

Roman não disse nada, mas ligou os faróis da máquina do tempo. Um feixe de luz branca cortou a escuridão como uma faca, rasgando o mundo em dois.

Fragmentos de poeira negra pairavam no ar diante dos faróis da nave, dando ao mundo a aparência de um set de televisão sem foco. Através da poeira, Dorothy viu o céu acima da máquina do tempo, escuro como óleo e sem estrelas, espelhado nas águas abaixo, então era impossível saber quando um começava e o outro terminava. Ela vasculhou o horizonte em busca de uma cidade, mas não havia nada. Só havia uma única estrutura irregular se erguendo das águas, coberta por camadas de pedras pretas e cinza.

Dorothy estreitou os olhos, encarando a estrutura com alguma coisa surgindo na memória. Parecia ter sido uma construção um dia, mas não mais. Os faróis da *Corvo Negro* refletiam nos pedaços de vidro quebrado das janelas, as paredes de tijolos cobertas de camadas espessas de cinzas. Não tinha telhado, e havia um buraco enorme no meio das paredes, parecendo uma bocarra escancarada.

Ainda assim, havia algo familiar nas colunas da frente, na posição das janelas...

Meu Deus. Dorothy pressionou a boca com tanta força que sentiu os dentes contra os lábios. De repente, percebeu o que estava olhando.

Era o Fairmont. Em apenas cinco anos, o hotel mais procurado da cidade se transformaria naquela ruína de tijolos queimados e vidro estilhaçado.

— Olha só seu castelo, princesa — disse Mac, rindo baixinho. — Não é tão impressionante agora, né?

Ele se inclinou para a frente no assento e bateu na janela com um dedo. Dorothy achou que parecia uma criança cutucando um globo de neve.

Esse mundo não vai mudar se você sacudi-lo, ela queria rosnar.

— Acho que agora parece meio bobo brigar por causa disso. — Os lábios de Mac se curvaram em um sorriso.

Enojada, Dorothy desviou o olhar.

Mac poderia pensar que o Fairmont era só um prêmio, mas ela morava no hotel havia um ano, e era a coisa mais perto de um lar que ela já tivera.

Dorothy queria gritar. Queria tapar os olhos e exigir que Roman desligasse os faróis. Queria desver tudo que se estendia diante dela, mesmo que soubesse que era impossível.

Ela se lembraria disso para sempre. Veria a impressão daquela cena nas pálpebras toda vez que tentasse fechar os olhos para dormir. O Fairmont queimado e quebrado seria a imagem que a assombraria até seu leito de morte.

— É bom lembrar — disse Roman. — Isso é só um futuro possível. Não é definitivo.

— Que merda aconteceu aqui? — perguntou Mac.

— Nós... não sabemos. — Roman parecia medir as palavras com cuidado. — Antes de sair da Agência de Proteção Cronológica, o Professor teorizou que outro terremoto poderia atingir a cidade em cinco a dez anos. Possivelmente mais do que um. Ele achava que o movimento das placas tectônicas seria tão grande que criaria uma onda de atividade vulcânica.

Dorothy se virou, franzindo o cenho.

— Um terremoto pode fazer um *vulcão* entrar em erupção?

— Sim — confirmou Roman. — O Professor previu as erupções do Glacier Peak, do monte Baker e do monte Rainier com certeza, mas podem não ser os únicos. Tem também a Caldeira de Yellowstone, o supervulcão. Talvez até a Caldeira de Aira, no Japão.

Mac riu, o som baixo e amargo.

— Explica como é que vamos evitar tudo *isso*?

Roman encarou o mundo além da janela.

— É só uma possibilidade — repetiu.

Mac sacudiu a cabeça, encarando a escuridão por um longo momento.

— Já vi o suficiente — disse ele. — Vamos voltar.

Roman sobrevoou a paisagem vazia e voltou para a fenda. O túnel de estrelas e nuvens roxas e pretas espiralou ao redor deles, e Roman pilotou a máquina do tempo pelas paredes do túnel, o ar ao redor deles ficando mais espesso, pesado e úmido. A água bateu no para-brisa, fazendo o vidro protestar...

NOVA SEATTLE, 7 DE NOVEMBRO DE 2077

... e então, um segundo depois, eles estavam de volta, e a linha familiar do horizonte de Nova Seattle se estendia diante deles. Uma névoa branca leitosa pairava acima da superfície. Ondas revoltas se erguiam para cumprimentá-los, batendo contra o para-brisa enquanto eles sobrevoavam a água. Ao longe, não parecia uma cidade. Parecia escuridão e mais escuridão. Foi apenas quando um barco distante passou entre os prédios que Dorothy conseguiu ver a forma dos arranha-céus cortando a noite, a luz refletindo nas janelas.

Roman ergueu a cabeça e farejou o ar. Dorothy também sentia: o cheiro salgado do mar e o fedor doce de mofo. Era o cheiro de Nova Seattle, que atravessou as janelas grossas da máquina do tempo no segundo em que saíram da fenda.

Lar, doce lar, pensou ela, entorpecida.

Roman pilotou a *Corvo Negro* até a garagem do Fairmont, aterrissou e desligou o motor. Os olhos de Dorothy se moveram, inquietos, pelas janelas sujas e pelos canos enferrujados. Era estranho que esse lugar parecesse tão normal depois de tudo que haviam visto.

Atrás deles, Mac soltou um suspiro longo e satisfeito.

— Bom. Isso certamente foi esclarecedor.

Dorothy fechou os olhos por um segundo.

— Fico feliz que tenha... gostado da experiência — disse Roman, a voz gélida.

— Não deveríamos avançar tanto da próxima vez. — Mac abriu a porta de trás. Manobrou as muletas para fora da máquina do tempo primeiro e depois, com um grunhido, tirou o resto do corpo. — Talvez só uns dois anos. Quero saber exatamente quando esse terremoto grandão vai chegar.

Do canto do olho, Dorothy viu as mãos de Roman se apertarem no volante da *Corvo Negro*.

— Da próxima vez? — disse ele.

Rindo, Mac respondeu:

— Não se preocupe, vou fazer valer a pena.

Ele piscou para Dorothy e foi na direção da porta dos fundos da garagem, as muletas rangendo. Nem ela nem Roman se mexeram para sair.

Dorothy nunca considerara sair do seu tempo atual, mas agora havia parte dela, indomada e inconsequente, que queria agarrar o volante e voar para outro lugar — *qualquer* outro.

Paris nos anos 1920. Roma no auge do império. Qualquer lugar que pudesse colocar uma vida inteira entre eles e o horror do que haviam acabado de testemunhar.

— Poderíamos ir embora — disse ela, pensando em voz alta. — Se é isso...

Roman a interrompeu com firmeza.

— Não. Não poderíamos. — Ele manteve os olhos firmes na figura de Mac que se retirava. Foi só depois que a porta da garagem se fechou que desviou o olhar e acrescentou, a voz baixa: — Pelo menos *eu* não posso. Esta cidade, este tempo, são a minha casa. É o último lugar que eu... — Esfregou a mão no rosto, a voz esvaindo. — Mas você pode ir para outro tempo. Sempre posso te deixar lá.

Dorothy queria que ele elaborasse — o último lugar que ele o quê? —, mas ele ficou em silêncio, e por fim ela também balançou a cabeça. Nenhum dos dois iria embora. Roman era o único amigo de verdade que ela conseguira fazer em dois séculos. Ela não o largaria ali.

E Ash está aqui, disse uma vozinha na cabeça dela. Ela cerrou os dentes, sentindo as bochechas esquentarem. Por mais que odiasse admitir, não conseguiria imaginar colocar a distância de uma vida entre ela e Ash. O que significava que ela e Roman precisariam encontrar uma forma de mudar o futuro que acabaram de ver. De algum jeito.

— Como isso acontece? — perguntou ela, estupefata. — Você sabe?

— Aqui não — disse Roman. De repente, ele parecia muito velho. — Preciso de uma bebida pra ter essa conversa.

DIÁRIO DO PROFESSOR — 30 DE JUNHO DE 2074
07H09
A OFICINA

Acidentes de carro acontecem todos os dias e eu vou impedir um deles, nem que seja a última coisa que eu faça.

A manchete de hoje: *Quatro pessoas mortas confirmadas depois de um acidente explosivo na I-5.*

Avisar aquele garoto não funcionou, então vou usar uma tática diferente. Vou tentar atrasar o motorista.

De acordo com a matéria, esse acidente vai ocorrer quando um caminhão desacelerar o trânsito, fazendo com que outro atrás bata nele. Não vou me envolver demais emocionalmente com as vítimas desse caso... Bem, se não funcionar, mas se eu o impedir de acontecer, quatro vidas serão salvas.

Uma testemunha disse que viu o motorista do primeiro caminhão em um restaurante da estrada mais ou menos uma hora antes do acidente. Meu plano é interceptá-lo antes que ele possa sair de lá. Se puder atrasá-lo por cinco minutos que seja, daí o segundo motorista vai passar na frente dele na estrada, e o acidente nunca vai acontecer.

ATUALIZAÇÃO
12H56

Tive sucesso em encontrar o motorista do primeiro veículo e o atrasei por cerca de quinze minutos além da hora em que ele teria saído do restaurante. Isso deve ser tempo o suficiente para fazer com que o motorista do segundo carro chegue na frente dele na estrada, prevenindo o acidente.

ATUALIZAÇÃO
15H46

A matéria acabou de aparecer no noticiário de Seattle. *Exatamente a mesma matéria.*

Quatro mortos. Acidente explosivo na I-5. Todas as palavras no site são exatamente as mesmas. Nada do que eu fiz preveniu qualquer coisa.

Não consigo entender por nada nesse mundo o que estou fazendo errado.

22

ASH

7 DE NOVEMBRO DE 2077, NOVA SEATTLE

Ash não percebeu que estava fazendo o mesmo caminho para o bar perto do Fairmont até os prédios que ladeavam as docas começarem a parecer familiares e a sola das botas atingir uma madeira boa e limpa em vez de tábuas mofadas e úmidas. Havia poucas árvores ali, e mais vozes — risonhas, barulhentas —, e então ele viu a porta preta familiar ao fim das docas, e soube para onde estava indo.

Ainda não sabia o nome do lugar, mas havia uma plaquinha pendurada acima da porta: um coelho preto, deitado de costas. Bem mórbido. Ele empurrou a porta com o ombro e entrou.

Não estava tão lotado quanto da última vez. Um grupo de adolescentes vestidos de preto estava em uma mesa nos fundos, falando alto, mas nenhum ergueu o olhar quando Ash passou. Uma garota com o cabelo amarrado com uma bandana estava atrás do bar, construindo uma torre com caixinhas de palitos de fósforo.

— Legal — disse Ash, indicando os fósforos com a cabeça. A torre já tinha três andares.

A garota deu de ombros.

— Pratiquei muito.

Fósforos não faltavam por ali. O Centro mandava caixas e mais caixas, como se isso pudesse resolver os problemas de aquecimento, iluminação e eletricidade.

A menina pegou uma caixa entre os dedos.

— Vai beber o quê?

— Aceito uma cerveja.

Ela colocou a cerveja diante dele, mas quando Ash foi pegar a carteira, ela fez um gesto para dispensá-lo.

— É por conta da casa.

Ash ergueu as sobrancelhas.

— Sério?

A garota do balcão se aproximou mais, colocando uma mão ao redor dos lábios.

— Reconheço você. Jonathan Asher, né? O piloto que trabalhava com o cientista quando ele inventou a viagem no tempo.

Ash se remexeu no assento.

— Geralmente não recebo bebidas de graça por causa disso por aqui.

— Bom, eu sou mente aberta. — Ela indicou o grupo de garotos de preto sentados nos fundos. Estavam falando um por cima do outro, bêbados. — Infelizmente, *eles* não são tão evoluídos. Quando descobrirem quem você é, vai levar uma surra. — Ela deu de ombros. — Melhor beber primeiro.

Ash começou a levantar.

— Talvez eu devesse...

Ela revirou os olhos.

— Ah, *senta aí*. Estou só zoando. Estão bêbados demais para se importar.

Ash não tinha tanta certeza disso, mas lentamente voltou a se sentar no banco diante do bar, ainda inquieto.

— Além disso, as coisas estão diferentes agora. — A garota se voltou para a torre de fósforos, e uma das mangas estava arregaçada, mostrando uma tatuagem preta borrada com o formato de uma tenda de circo, com as palavras *o passado é nosso direito* desenhadas embaixo. — Agora que Quinn e Roman podem voltar no tempo, todo mundo acha que as coisas vão mudar. Hoje de manhã nas docas, ouvi alguém dizer que eles iam reverter o dano do megaterremoto na próxima viagem. — Ela ergueu uma sobrancelha, a voz quase desafiadora: — Até *você* precisaria admitir que isso seria incrível.

Ash não sabia o que dizer. Seria incrível; ele só não achava que fosse possível.

— Eu morava em uma casa enorme na parte oeste de Seattle antes do megaterremoto — disse a garota, quase que para si mesma. — Era para eu ter começado a faculdade no outono. — Ela sacudiu a cabeça, acrescentando com uma risada: — Quem sabe? Se eles consertarem as coisas, talvez eu ainda consiga fazer isso.

Ash ergueu o copo em um brinde.

— Espero que dê certo pra você.

Ash achou que seria mais fácil se concentrar nos livros teóricos sem os amigos por perto para distraí-lo, e ficou surpreso ao perceber que estava certo. Havia um ritmo nos números que era imediatamente familiar, como uma antiga canção a qual ele não imaginava que ainda lembrava a letra de cor. Estudando-os, quase conseguia imaginar que estava de volta na oficina do Professor na ATACO, naqueles dias antes do terremoto.

Ash sempre amara a oficina. Ela não correspondia à imagem que ele tinha de um escritório de um professor, com mesas de madeira pesada e couro velho; era mais como o estúdio de um artista. Havia uma enorme mesa de desenho no meio da sala, rodeada de cavaletes onde o Professor apoiava cadernos gigantes cheios de equações, desenhos e teorias. As estantes ocupavam uma parede inteira e tinham uma escada antiga apoiada nelas para que o Professor alcançasse os livros que estavam no alto.

Ash ainda conseguia se lembrar do cheiro — os cigarros que o Professor jurava não fumar e o aroma de café queimado —, de estar ali com Zora e Roman, os três deitados de bruços nos tapetes velhos que Natasha colocara sobre o chão de concreto para esquentá-los. Conseguia se lembrar do farfalhar suave de páginas de livros virando e da luz do sol passando pelas janelas, os passos do Professor entre os três. Ele costumava contar longas histórias sem fim sobre Stephen Hawking e Nikola Tesla, ou falar sobre os diferentes paradoxos da viagem no tempo. *Mas e se o que você fizer quando voltar no tempo afetar* de verdade *o que fizer no passado, então a solução para a teoria seria muito mais interessante...* Roman olhando para Ash do outro lado da sala e revirando os olhos de forma dramática enquanto Ash tentava esconder o riso com uma tosse.

Depois de tudo isso, Ash teria esperado que sua mente tivesse registrado ao menos *um pouco* do que o Professor dissera, mas aquelas equações não significavam nada para ele. Quando as lia, o cérebro se concentrava em algum detalhe pequeno — *o Professor não disse algo sobre a energia ser diferente na fenda?* —, mas o pensamento se perdia um instante depois, dissipando em sua mente como fumaça.

Ash não saberia dizer por quanto tempo estava ali quando a moça do balcão apareceu na frente dele e colocou a mão no livro. Ele ergueu o olhar e viu que ela estava pálida.

— Aconteceu alguma coisa? — perguntou Ash.

Ela sacudiu a cabeça.

— Eu não ia falar nada, porque você não está com cara de que quer problemas — disse, a voz baixa. — Mas, hum, acho melhor ir embora.

Ash a encarou, inquieto.

— É?

— Roman fez a gente prometer que contaríamos se você voltasse. — O olhar da garota se fixou em algo atrás de Ash e ela praguejou baixinho. — Bom, ele acabou de chegar.

23
DOROTHY

O Coelho Morto era um buraco. As paredes e os banquinhos pretos, junto com as luzes fracas, faziam o lugar parecer sujo e apodrecido, como madeira molhada por tempo demais. O chão estava sempre grudento, e o cheiro de fumaça pairava espesso no ar, cortesia das pessoas que eram ricas o bastante para comprar cigarros e grosseiras o bastante para fumá-los em espaços fechados.

Dorothy notou tudo isso de uma forma distante enquanto procurava um espaço para conversar em particular com Roman. Ela estava com o capuz abaixado, o tecido enrijecido cobrindo os olhos e a maior parte do rosto, então só conseguia ver as próprias botas e alguns metros do chão sujo.

Um aplauso irrompeu dos fundos, e Dorothy ergueu um pouco o capuz.

— Droga — disse ela, ficando tensa. Eliza e algumas das outras Aberrações do Cirko já estavam na mesa de sempre. Parecia que já estavam bebendo havia um tempo, e planejavam continuar.

— Vamos nos livrar deles — disse Roman.

— Ao papel higiênico! — dizia Ben, erguendo um copo cheio do Bourbon de Mac, quando Dorothy e Roman se aproximaram. — Ao açúcar! À bebida de verdade!

Eliza e Donovan ecoaram:

— À bebida de verdade!

Eles brindaram, o líquido escapando pelas bordas dos copos.

Sob o capuz, Dorothy franziu o cenho. Estivera pensando naquele mundo morto e sombrio do qual acabara de voltar, e precisou de um instante para se lembrar do motivo da comemoração. Mas a lembrança a invadiu rápido: as caixas de madeira empilhadas no tapete molhado, as dezenas de Aberrações observando enquanto Eliza tirava Bourbon e pêssegos e balas, tudo cortesia do homem que havia sorrido ao encarar aquele mundo morto e sombrio. Ela se sentiu ligeiramente enjoada.

— Vamos precisar da mesa — disse ela com um suspiro, erguendo as mãos e tirando o capuz, revelando o rosto cheio de cicatrizes.

Ben não se mexeu, encarando-a de olhos arregalados. Não parecia ter percebido que ainda estava levando o copo à boca até acabar derramando-o sobre si.

— Cuidado — disse Roman, irritadiço.

— Droga — murmurou Ben, e colocou o copo na mesa, pegando um punhado de guardanapos. Ele pediu desculpas e começou a se levantar, mas Eliza colocou a mão no ombro dele, impedindo-o.

— Acabamos de chegar — disse ela, levando o copo à boca. — Queríamos comemorar o sucesso de vocês e aproveitar um pouco da bebida de Mac.

Dorothy sentiu o canto da boca se curvar. Fazia bastante tempo desde que uma das Aberrações tinha desobedecido uma ordem direta sua.

E agora Eliza a encarava, a cabeça inclinada, como se estivesse desafiando Dorothy.

— A festa acabou — disse Dorothy, em sua melhor voz de Quinn Fox. — De volta ao trabalho.

Eliza deu uma risadinha e olhou para Ben e Donovan, as sobrancelhas erguidas, incrédula.

Ben parecia menos disposto a discutir.

— Os times de Quentin e Matt estão trabalhando hoje. — Ele ainda estava limpando o Bourbon derramado e lançando olhares vagamente enojados na direção do rosto de Dorothy, parecendo achar que ela não via. — Não precisamos estar em nenhum outro lugar.

— Está dizendo que não há trabalho a ser feito no Fairmont? — perguntou Roman, frio. — Nada que esteja precisando de atenção?

As orelhas de Ben ficaram vermelhas. Donovan já estava de pé.

Mas Eliza continuava sentada. Suas sobrancelhas estavam franzidas quando ela disse:

— O pessoal que trabalha pro Mac ganha dias de folga de vez em quando.

— É isso que você quer? — rebateu Dorothy, a raiva aumentando. — Trabalhar para o Mac?

— Por que não? — disse Eliza. — Ser uma Aberração não me levou a lugar nenhum.

— Normalmente, Mac não deixa que as mulheres que trabalham para ele carreguem armas de fogo — Roman a lembrou. — Não sei se você gostaria de fazer o trabalho que ele esperaria de você.

— Melhor do que ficar bancando o Robin Hood — disse Eliza, e afastou a cadeira, que fez um rangido no chão grudento.

Dorothy a ouviu resmungar baixinho enquanto saía com os outros pela porta.

Ela estremeceu. Uma líder melhor teria ido atrás deles, restaurado a paz, mas ela não conseguia se mexer. A mente estava ocupada com outras coisas. De repente, ela ficou consciente de cada minuto que passava, cada *segundo*. Sentia o pesadelo do mundo que acabara de ver chegar cada vez mais perto, uma onda que quebraria nas cabeças deles.

Sentando-se em uma cadeira, ela pegou o copo de Eliza, virando o resto do Bourbon com um único gole. Queria uma explicação para o que tinham visto. Lidaria com as Aberrações depois.

— Então, o que foi aquilo? — perguntou ela, a voz rouca.

Roman olhou na direção da porta.

— O começo de um motim, acho...

— Você sabe que não estou falando deles.

Ele ergueu o copo de Bourbon de Ben e o levou a boca, e então pensou melhor em vez de beber, colocando-o de volta na mesa.

— *Aquilo* é o nosso futuro — disse ele.

— Então era o futuro de verdade? Não um truque para assustar o Mac?

Roman ergueu os olhos.

— Como eu criaria um futuro com um *truque*?

O sarcasmo a incomodou.

— Não começa — avisou Dorothy. — Não transforme isso em uma piada. Esse tempo todo você sabia o que iria acontecer e nunca me disse. Por quê?

Ela pontuou a questão batendo o punho na mesa, fazendo o resto do Bourbon estremecer dentro dos copos.

Roman se recostou na cadeira, o olhar fixo nela. As luzes fracas do bar refletiam nos olhos dele, transformando-os em um azul profundo e tempestuoso.

— O que você acha?

Ao olhar para ele, Dorothy sentiu toda a raiva se esvair. Não era raiva de verdade, mas uma máscara para todo o resto que ela estava sentindo; sem ela, as ondas de medo e desespero a atingiram com toda força. Ela viu os tijolos pretos e janelas quebradas do Fairmont, o buraco imenso como uma bocarra no meio das paredes.

Ela cerrou as mãos para pararem de tremer.

— Você disse a Mac que não era definitivo, né? Não é como o passado. Ainda podemos fazer alguma coisa.

— Não sei. — Roman pareceu medir as próximas palavras com cuidado: — Não falei a verdade sobre minhas viagens para o futuro com o Professor. O Professor foi ao futuro uma vez, sem mim, e ele encontrou... Bem, deve ter encontrado isso. Tudo morto. Ele não me falou exatamente o que viu, só que ainda havia tempo de mudar. Estava bem chateado.

Roman olhou para as próprias mãos.

— E o que aconteceu depois? — Dorothy insistiu quando ele não continuou.

— Bom, eu queria ver o que ele viu, então li o diário dele. Parecia horrível. Eu não queria acreditar. Então, peguei a *Segunda Estrela* e fui sozinho. Pode-se dizer que roubei a máquina enquanto o Professor dormia. Eu queria saber o que seria do nosso futuro, e queria acreditar nele, que dava pra mudar. Só que esteve assim todas as vezes em que fui ao futuro.

— Você acha que ele estava mentindo?

— Não. — Roman franziu o cenho. — Não, não acho. Acho que seja lá qual efeito borboleta...

— Efeito borboleta? — interrompeu Dorothy.

— Na teoria do caos, o efeito borboleta é um fenômeno no qual uma minúscula mudança localizada em um sistema complexo pode causar efeitos gigantescos em outro lugar.

— Explica em palavras simples, por favor.

— Durante os próximos cinco anos, alguma coisa vai acontecer, provavelmente uma coisa que parece pequena. Essa pequena mudança vai levar a mudanças maiores, e maiores ainda, e vai continuar, até que...

— O mundo se transforme naquilo que vimos.

Roman assentiu.

— Exatamente.

Dorothy ficou imóvel por um instante, processando as informações. Ela ainda se lembrava de andar por aquela cidade pela primeira vez, com Avery. Passara tanto tempo da infância perambulando pelas cidades fronteiriças do meio-oeste, e, em contraste, Seattle parecera gloriosa, uma cidade do futuro, com seus barcos e luzes elétricas e a universidade. Ela poderia ter passeado pelas ruas estreitas do centro durante horas, o pescoço esticado e os olhos arregalados, aproveitando a vista.

Ela podia não ter desejado a vida de se tornar a esposa do dr. Charles Avery, mas, ah, como amara aquela cidade.

Uma dor repentina apertou seu coração.

— Então, precisamos fazer alguma coisa — disse, soltando o ar. — Precisamos descobrir qual é esse momento borboleta, ou seja lá o que for, e mudá-lo.

Roman ergueu a sobrancelha.

— Acha que é fácil assim? Encontrar um único momento, um *segundo* durante anos e anos compostos de segundos? E, mesmo se achar, o que vai fazer? Como você vai saber que a escolha certa é a que você está fazendo?

Dorothy não conseguia acreditar no que ouvia.

— Você propõe que a gente não faça nada?

Ele não poderia estar falando sério. Porém, ele não rebateu.

Dorothy precisou se esforçar para manter a voz firme:

— Durante o último ano inteiro estamos planejando salvar essa cidade. Para que fizemos tudo isso se vamos só ficar parados e deixar que seja destruída?

— Ainda temos alguns anos. — Roman não a encarava diretamente. — E por causa do que fizemos, esses anos vão ter eletricidade e aquecedores…

— E por que isso importa se vamos todos morrer? — Dorothy se inclinou para a frente. — Achei que você tinha abandonado o Professor por isso, para mudar o passado e dar uma chance a essa cidade…

Só que isso não era bem verdade. Dorothy não sabia o verdadeiro motivo de Roman ter abandonado o Professor. Ele nunca contara a ela.

Acho que não te conheço há tempo o bastante para te contar essa história.

Ela ergueu o olhar e viu que ele parecia ainda mais jovem do que o normal, o rosto suavizado pelo medo. Isso tornava mais fácil para ela imaginá-lo trabalhando para o Professor. Ela o imaginou se esgueirando no meio da noite para roubar a máquina do tempo, viajando para o futuro de novo e de novo. Encarando aquela paisagem escura e desolada, torcendo para que mudasse.

Algo se retorceu no peito de Dorothy. Ela não conseguia imaginar como devia ter sido solitário. Sentiu um nó se formar na garganta.

— Roman...

Roman levantou abruptamente, ajeitando a jaqueta. Não olhava para ela.

— Tá ficando tarde.

— Você não vai *embora*. — Dorothy se endireitou. — Precisamos conversar sobre isso.

— Depois — disse Roman, lançando um olhar para ela. Parecia prestes a dizer mais alguma coisa, mas só sacudiu a cabeça e pegou o copo de Bourbon, virando-o de uma vez. Ele acenou em despedida e andou até a porta.

Que audácia, pensou ela. Ficou em pé para segui-lo, notando que o cara no bar tinha se virado no banquinho e a observava. Os olhos dela pousaram nele enquanto ela ia até a porta, e ela congelou, sentindo que tinha levado um tapa.

Ash.

Ash estava sentado no bar, encarando-a. A expressão era tempestuosa, as sobrancelhas abaixadas, os olhos dourados incandescentes. A eletricidade faiscava no ar entre eles.

O coração de Dorothy estava fazendo algo complicado dentro do peito.

O que ele estava fazendo ali?

Foi ele quem desviou o olhar primeiro. Ash ficou em pé e acenou na direção da porta dos fundos do bar. Segurou o movimento por um instante, e apesar de não olhar para ela de novo, Dorothy compreendeu.

Ele queria que ela o seguisse.

DIÁRIO DO PROFESSOR — 2 DE JULHO DE 2074
06H32
A OFICINA

O acidente de hoje: um cachorro foge pela rua, fazendo com que a mãe de três crianças desvie e bata o Chevy Avalanche contra uma árvore.

Ninguém morre nesse acidente — nem mesmo a porcaria do cachorro —, mas vou tentar impedir que essa mulher precise trocar o para-brisa, nem que seja a última coisa que eu faça.

Não me deseje sorte. Não preciso de sorte. Pelo amor de Deus, eu sou um homem da ciência.

ATUALIZAÇÃO — 12H33

A essa altura, é quase cômico. Sério, estou sentado aqui rindo histericamente porque não faço ideia do que fazer. É rir pra não chorar.

Encontrei o cachorro. Achei que seria mais fácil lidar com um cachorro do que com uma pessoa, sabe? Qual a dificuldade em controlar um cachorro? Tudo que eu ia fazer era colocar uma coleira no bicho e impedir que ele atravessasse a rua quando o carro da mulher estivesse passando.

Só que o cachorro odiou a droga da coleira. Assim que eu coloquei, ele começou a surtar, se debatendo e latindo e puxando. Eu tentei segurá-lo, mas era forte demais, e então ele me derrubou, saiu correndo para a rua e...

Passou bem na frente do carro. Que desviou. E bateu na árvore, rachando o para-brisa.

Você sabe o que isso significa, né? Significa que *eu* causei o acidente. Eu peguei o cachorro e o coloquei na coleira, e foi por isso que ele surtou e correu para a rua.

Será que eu também fui a causa dos outros acidentes? Atrasar o motorista no restaurante o fez dirigir de forma mais imprudente para compensar o tempo perdido? Coloquei a ideia da moto na cabeça do menino só por aparecer ali e dizer para não fazer isso?

Será que é tudo minha culpa?

24
ASH

Ash caminhou pelo corredor como se estivesse em transe, o coração pulsando nos ouvidos. Os pôsteres do Cirko Sombrio cobriam as paredes — O PASSADO É NOSSO DIREITO! —, e se fosse qualquer outra hora ele poderia tê-los arrancado. Agora, porém, mal os via. Seu cérebro estava concentrado em apenas uma coisa:

Ela vem?

Ele esperava que sim. O quanto ele torcia por aquilo era algo que o envergonhava, mas não podia fazer nada. Sentia como se estivesse iluminado por dentro, como se houvesse um fogo ardendo no peito, consumindo a pele, os músculos e os ossos.

O corredor esfriou ao se aproximar do banheiro, e ele sentiu calafrios. Ao longe, ouviu o barulho da água batendo nas docas do outro lado das paredes finas do bar, o vento atingindo a lateral do prédio.

Havia outra porta no fim do corredor, uma saída. Ash olhou para trás. Dorothy saberia que deveria segui-lo?

Ele empurrou a porta dos fundos e...

Dorothy estava ali, esperando. Ash deu um passo para entrar nas docas, deixando a porta do bar se fechar atrás dele.

— Você já está aqui — disse ele, surpreso.

— Achei que você... queria que eu viesse — disse Dorothy, hesitando, os dedos revirando a trança que descia pelo ombro. Estava bagunçada, cachos brancos escapando desgrenhados pela umidade. Já havia algumas mechas grudadas na testa e no pescoço, como se ela estivesse ali fora havia muito tempo, não só alguns segundos.

— Só quis dizer que você chegou mais rápido do que eu esperava.

— Eu conheço um atalho. — O luar iluminou o medalhão de prata pendurado no pescoço dela. — Costumava vir bastante aqui.

Ash esperou que ela dissesse mais alguma coisa, e quando isso não aconteceu, ele cruzou as docas, hesitando. Sentia-se vivo. Seria impensável tocá-la? Ele não sabia. Ela parecia tão diferente do que na noite anterior, no baile de máscaras.

Ele descansou as mãos no apoio de madeira ao lado de Dorothy, perto o bastante para que o dedão roçasse contra o quadril dela. Sentia o calor irradiando do seu corpo. Ele não conseguia pensar. Não conseguia se lembrar do motivo de querer falar com ela.

— Procurei você hoje de manhã — disse ele, e algo sombrio tomou conta do rosto dela.

— Você estava procurando Dorothy — disse ela. — Eu não sou mais Dorothy.

Ele franziu o cenho. *Era isso que ela pensava?*

— Um nome novo não te transforma em uma pessoa diferente.

— Mas não é só o nome, né?

— Você está falando de... — Ele ergueu a mão para tocar a cicatriz que marcava seu rosto, mas ela deu um suspiro cortante. Ele congelou, os dedos no ar, a poucos centímetros da pele dela. — Posso?

Ela fechou os olhos e ficou em silêncio, os cílios escuros trêmulos destacando-se na pele pálida.

— Pode.

Ele levou a mão à cicatriz. Todos os nervos na palma irromperam e tudo que ele sentiu foi faísca e calor, e demorou até os dedos processarem a textura da pele. Ele não sabia o que estava esperando. A cicatriz parecia áspera, mas era macia, quente, familiar. Era *ela*.

Ela parecia rígida, mas no momento que ele a tocou, ela soltou o ar em um suspiro, derretendo-se contra ele.

— Ash.

Ele abaixou a testa para encostar na dela. Os cabelos molhados dela grudaram em sua pele, e Ash conseguia sentir a pressão do medalhão contra o peito. Imediatamente foi transportado de volta para a *Estrela Escura*, para a primeira vez em que a tocara, a primeira vez em que a beijara. Fazia mesmo só três semanas?

Não. Não para ela. Dorothy vivera um ano inteiro entre o beijo e esse instante. Perceber isso foi como se um buraco se abrisse em seu peito. Por causa dele, ela passara um ano ali, sozinha.

— Volte comigo. — Ash não percebeu que era o que ele diria até as palavras já terem saído da boca. — Por favor. Seu lugar não é aqui.

— Eu queria poder voltar. — Ela pressionou a mão no peito dele, franzindo o cenho. — Mas não foi por isso que vim. Preciso te perguntar uma coisa.

— Não pode esperar? — murmurou ele, contra o cabelo dela. Ainda tinha o mesmo cheiro, de sabonete e lírios. Como era possível?

— É importante. Preciso que você pense um pouco. O Professor alguma vez mencionou Nikola Tesla?

As palavras soaram tão estranhas que Ash franziu a testa e se afastou dela, pego de surpresa.

— Quê?

— O Professor estava fazendo experimentos com Nikola Tesla. — Dorothy lançou um olhar ansioso para a porta, e então voltou a encará-lo. — Ele falou algo sobre isso para você? Qualquer coisa?

— Acho que não. — Ash franziu o cenho. — Mas o que...

Dorothy o interrompeu.

— Tem a ver com viajar no tempo sem ter um veículo. Já ouviu algo sobre isso?

Não soava familiar. Ash coçou a nuca.

— Não é possível viajar no tempo sem um veículo. Algumas pessoas tentaram, antes de o Professor construir as máquinas do tempo, mas a fenda é volátil demais, e todo mundo ficou gravemente machucado.

— Sim, mas o Professor continuou fazendo experimentos para ver se encontrava um jeito. — Dorothy remexeu no medalhão pendurado no pescoço, os dedos agitados. — Pensa. Talvez tenha alguma coisa escrita naquele diário dele? Você já leu tudo?

Ash estava sacudindo a cabeça quando se lembrou das páginas arrancadas.

— Espera — disse ele, quase para si. — Tinha algumas páginas faltando. Não sei onde estão, mas...

Ele foi interrompido pelo som da madeira rangendo, bem do outro lado da porta, e se esgueirou para as sombras, tenso. Um segundo depois, a porta dos fundos se abriu e a balconista saiu pelas docas. Ela colocou um cigarro na boca, tirando uma caixinha de fósforos do casaco.

Ash se virou para Dorothy — a mão erguida para apontar para as docas estreitas que levariam de volta à Taverna do Dante — e congelou, o coração batendo forte.

Ela já tinha ido embora.

DIÁRIO DO PROFESSOR — 12 DE JULHO DE 2174
09H45
NOVA SEATTLE

Cometi um erro gravíssimo.

Eu... não sei o que estava pensando, na verdade. Acho que queria ver de novo, ver exatamente o que tinha mudado, se é que mudou.

Nunca esperei ver *isso*.

Eu deveria explicar. Hoje de manhã, levei a *Estrela Escura* para o futuro mais uma vez, mas, em vez de avançar alguns dias, avancei cem anos.

Suponho que queria ver como nosso mundo estaria.

Quando saí da fenda, o mundo que encontrei estava completamente mudado, mais terrível do que os meus piores pesadelos.

Só estou aqui há algumas horas, então minhas descobertas são rudimentares, para dizer o mínimo. Está tudo preto. Cinzas cobrem o chão e bloqueiam o sol. São quase dez da manhã, mas está escuro como a noite. Não há vegetação, animais, pessoas. Passei pela ATACO e não encontrei nada além de uma pilha congelada de destroços.

Meu coração dói ao escrever isso. A universidade mais tecnologicamente avançada que o mundo já viu, reduzida a pó.

Isso não pode estar acontecendo... Algo catastrófico deve ter ocorrido para deixar o mundo desse jeito. Não tenho como saber o que é, mas espero que ainda tenhamos tempo de mudar.

25
DOROTHY

Dorothy seguiu pelas docas como uma sombra, ouvindo com atenção, procurando qualquer som além dos próprios passos. Não havia nada além do odor de mofo que subia da água, fazendo seu nariz se contorcer. Ela achava que era impossível superar o cheiro da cidade. A umidade perpétua deixava tudo fedendo a mofo e podridão.

Ela parou ao lado da porta da escadaria dos fundos do Fairmont, olhando para trás para se certificar de que não tinha sido seguida.

A escuridão estremeceu, e Dorothy ficou tensa.

Mas ninguém veio.

Um instante se passou e ela continuou sem se mexer. Foi só quando percebeu que estava esperando Ash aparecer na escuridão que ela praguejou mentalmente e se virou.

Vem comigo. Ela pensou no rosto de Ash na noite anterior, as bochechas coradas, o olhar procurando o dela.

Ela não poderia ir com ele. Claro que não, era loucura que ele sequer tivesse aparecido. Era melhor procurar Roman e tentar fazer com que ele ouvisse a voz da razão, mas seu coração parecia pesaroso quando passou pela porta do Fairmont, e a voz de Ash pareceu continuar com ela por muito mais tempo depois que tentou afastá-la.

A porta de Roman estava entreaberta, e um feixe de luz amarela iluminava o corredor. Dorothy ergueu a mão para bater...

Então parou, franzindo o cenho.

Ele estava falando com alguém.

Dorothy nunca espionara Roman antes. Durante o último ano, ele fora seu maior aliado, seu melhor amigo, até. Ela confiava nele — tanto quanto conseguia confiar em alguém —, então sempre respeitava sua privacidade.

Mas ela passara seus primeiros dezesseis anos de vida sendo uma golpista. Uma dissimulada. Uma ladra. A mãe era sua única família, e Loretta acreditava que era estupidez se importar com bobagens como amigos.

Dorothy mordeu o lábio. Ela sabia perfeitamente o que a mãe faria naquela situação.

E assim, prendendo a respiração, ela se aproximou mais e encostou o ouvido na porta de Roman.

— Higgens está do jeito que eu lembrava — dizia Roman. O tom caloroso surpreendeu Dorothy. Normalmente, só soava dessa forma quando falava com ela.

Ela se aproximou mais.

— Graças a Deus que não vi aquela cadela horrível — continuou Roman. — Acho que não teria resistido a dar uns bons chutes nela. Lembra quando ela entrou numa briga com Freddie e ele voltou com um pedaço do pelo faltando? E aí Higgens tentou fingir que sua preciosa Abóbora *nunca* faria algo do tipo.

Dorothy franziu o cenho. *Higgens? Abóbora?* Ela vasculhou a memória, tentando lembrar onde ouvira aqueles nomes...

E logo tudo voltou. Emelda Higgens era a mulher do passado, a de cabelos brancos, cujos painéis solares eles tinham roubado naquela manhã. E Abóbora... era o nome de sua cachorrinha.

Só que Roman falava dela como se a conhecesse. Será que tinha morado na mesma rua que eles saquearam? Dorothy supunha que isso fazia sentido. Afinal, ele escolhera o bairro, e compilara uma lista de nomes de todas as pessoas que morreriam no terremoto. Dorothy não se dera ao trabalho de perguntar onde tinha conseguido aquilo.

Porém, por que ele não teria simplesmente contado?

— Não se preocupe, Cassia, eu não teria chutado ela *de verdade* — continuou Roman. — Foi meio esquisito ver ela de novo. Sabe, agora que eu sei o que vai acontecer.

Cassia? Não havia ninguém com esse nome morando no Fairmont. Dorothy tentou lembrar se tinha visto Roman com uma menina desconhecida no Coelho Morto na última semana, mas não conseguiu se recordar de ninguém.

Um pensamento horrível ocorreu a ela. Mac já havia se oferecido para deixar que o Cirko Sombrio usufruísse de seus serviços. Não de graça, claro, mas com desconto. Dorothy ficara enojada pela ideia, mas e se Roman tivesse aceitado? E se ele conhecesse uma das meninas que Mac mantinha naquele motel horroroso?

O pensamento fez seu estômago revirar, e ela rapidamente o afastou. Roman não faria isso, com certeza. Mas então, com quem mais estaria conversando?

Ela se aproximou, e o chão de madeira sob seus pés soltou um rangido alto.

Roman ficou em silêncio de repente.

Maldição.

Dorothy olhou para trás, tentando calcular se conseguiria correr rápido o suficiente pelo corredor e virar a esquina. Antes de se decidir, Roman abriu mais a porta e ela foi pega.

— Dorothy. — Roman parecia surpreso. — O que está fazendo aqui?

— Eu... queria ver se está tudo bem com você — disse Dorothy. Ela nunca se importara em mentir antes, mas parecia estranho mentir para

Roman, assim como era estranho espioná-lo. Ela teve dificuldade para se lembrar do motivo de estar ali, para começar. — Você parecia chateado no bar.

Roman a analisou por um instante, então ofereceu um sorriso confuso.
— Certo.

Ele sabia que Dorothy estava ouvindo a conversa? Ela não teria como dizer. Ficou na ponta dos pés, torcendo para que o casaco comprido disfarçasse o movimento, e tentou espiar sutilmente por cima do ombro dele.

As sobrancelhas dele se ergueram.
— Procurando alguma coisa?

Dorothy voltou o olhar para o rosto de Roman, corando.
— Claro que não. Só achei... achei que tinha ouvido vozes.

A expressão de Roman endureceu, dando a Dorothy a impressão de alguém pego numa mentira. Antes que ela pudesse insistir, ele deu um passo para o lado, abrindo a porta para que Dorothy visse o quarto.

Cama desarrumada. Fotos velhas espalhadas pela cômoda. Poltrona coberta por roupa suja. Porém, nenhum sinal da pessoa com quem Roman estivera falando.

— Não tem mais ninguém aqui — disse ele, mas a luz se refletiu em seus olhos escuros, parecendo revelar que faiscavam.

Ao encará-lo, Dorothy se lembrou da banda de um homem só que ela e a mãe viram de passagem quando estavam morando em Chicago. O músico usava uma máscara, e Dorothy o viu retirá-la. Sob a máscara, usava outra. Dorothy não continuou olhando, mas sempre que pensava naquele momento, imaginava que ele usava outra máscara por baixo da segunda, e ainda outra, e mais outra.

Roman era assim. Máscaras sob máscaras sob máscaras. Ela se perguntou se algum dia viria seu rosto verdadeiro.

Ela se apoiou de volta nos calcanhares, decepcionada.
— Devo estar imaginando coisas — disse ela.

Mas, claro, ela sabia que não estava.

26
ASH

Ash tomou o caminho mais longo de volta para casa. As ondas marulhavam na lateral do barco, e o ruído raivoso do motor rompia a noite. A única coisa que quebrava a escuridão ao redor dele eram as árvores esbranquiçadas que saíam das águas, paradas como sentinelas esqueléticas nas sombras. Ele mal notava. A cabeça estava cheia de Dorothy, dos registros desaparecidos do Professor e da possibilidade de viajar no tempo sem um veículo.

Ele nem notou o prédio escolar até parar perto das docas que ficavam ao lado, fazendo um movimento automático para desligar o motor. Ele amarrou o barco e abriu uma janela, grunhindo enquanto entrava, e caiu com um baque forte no chão. Uma luz estava acesa no corredor.

Ash a seguiu até a cozinha e encontrou Zora na mesa, as anotações e livros do pai espalhados diante dela, um pé firmado no apoio da cadeira e o joelho subindo e descendo, agitado.

— Zor.

— Você voltou — suspirou ela, levantando tão rápido que a cadeira caiu para trás. — Faz horas que eu estou esperando.

Fazia horas mesmo?

— Pois é, desculpa por isso. — Ele afastou o cabelo molhado da testa, tentando pensar em como explicaria aquela interação estranha com Dorothy. — Escuta...

— Senta aí — disse ela, afastando uma segunda cadeira da mesa. A madeira rangeu no assoalho, e o som fez Ash se encolher.

— Tá tentando acordar todo mundo?

— Não sei. — Zora massageou a ponte do nariz e então soltou uma risada estranha. — Meu Deus, talvez a gente devesse? Dá pra você sentar?

Ash se sentou, franzindo a testa.

— Zor — disse ele, cauteloso. — O que foi?

— Acho que tive um momento de epifania. — Ela balançou a cabeça, como se não conseguisse acreditar, e então se apoiou na mesa da cozinha, tirando uma folha solta de papel debaixo de uma pilha de cadernos borrados e guardanapos cobertos de rabiscos do Professor. — Não mostrei para Chandra ainda porque não sei se ela... Eu só preciso que mais alguém veja antes. Pode olhar? Por favor?

Ash apertou os olhos para os rabiscos. Poderiam estar escritos em grego antigo e ele não saberia a diferença, mas mesmo assim franziu a testa, pensativo, e coçou o queixo. Conseguia sentir o olhar de Zora, praticamente vibrando enquanto esperava. Por fim, ele disse:

— Pode só me falar o que é pra eu ver aqui?

— Ah, certo. Tá, tá vendo esse número aqui? — Ela apontou para uma linha rabiscada de dígitos que parecia um número de telefone. Ash assentiu. — Foi registrado logo depois das primeiras viagens no tempo do meu pai. E esses aqui, tá vendo como o número continua aumentando? Tem a ver com a frequência e duração das viagens que meu pai fez. Nunca me ocorreu fazer a conexão antes, mas olha isso. — Ela fez uma pausa, esperando que Ash visse o que ela estava vendo. — São correspondentes perfeitos. Tá vendo?

Ash franziu o cenho.

—Zora, eu preciso que você só diga de uma vez o que está tentando dizer.

— Seattle fica na falha de Cascadia, certo? Que é mais ou menos assim, ó. — Zora colocou uma das mãos em cima da outra, os nós dos dedos alinhados. — Cada vez que voltamos no tempo, ocorre um tremor. — Ela mexeu as mãos para que os nós dos dedos se juntassem. — Os tremores fazem isso com a falha, certo? Então, quanto mais acontece, mais energia se acumula ali, e a falha fica mais debilitada, e então…

Ela cerrou as mãos em punhos.

— Terremoto.

Ash sentiu o estômago revirar.

— Comecei a pensar nisso quando vimos a *Corvo Negro* entrar na fenda — disse Zora, apressada. — Lembra como o chão tremeu? Como se fosse um terremoto?

— Os tremores acontecem o tempo todo agora — disse Ash.

— Exatamente — disse Zora. — Porque o Cirko Sombrio está usando a fenda com mais frequência. E se você verificar quais terremotos eram os maiores, historicamente, todos se conectam com os padrões das viagens do meu pai. Nunca tinha percebido isso antes, porque não é como se voltássemos no tempo e de repente, *bam*, um terremoto. Mas cada viagem no tempo nos aproxima mais do próximo terremoto. *Entende?*

Ela apontou para as anotações de novo e, dessa vez, os rabiscos e números faziam um pouco mais de sentido. Ash reconheceu as datas de quando voltaram no tempo, os números de magnitude usados para quantificar a escala do terremoto. A cabeça dele começou a doer, um latejar firme que fez os olhos ficarem vermelhos.

— Não pode ser — disse ele. — O Professor teria notado.

— Meu pai sempre estava dentro da máquina do tempo quando viajávamos, então ele nunca notou os tremores. E é como eu disse, esse tipo de coisa demora um tempo para acumular energia. Quando os terremotos finalmente aconteciam, pareciam aleatórios, mas… mas não são. — Ela fez uma pausa para respirar, e então: — Os terremotos são causados pela *viagem no tempo*. São causados por nós.

27
DOROTHY

Dorothy entrou no próprio quarto, sentindo-se inquieta e gelada. A cabeça estava cheia das mentiras de Roman, dos subornos de Mac e das lembranças do futuro morto e sombrio que vira, então ela duvidava de que fosse conseguir dormir. Ela se pegou desejando ter tomado mais alguns goles do Bourbon de Mac para abafar as preocupações da mente.

Ela hesitou na porta, se perguntando se havia sobrado alguma coisa no bar, considerando se deveria voltar para procurar.

No fim das contas, acabou fechando a porta, decidindo ficar. Logo o sol nasceria, e ela e Roman precisariam subir de novo na máquina do tempo para a segunda missão. Mal havia tempo para dormir.

Ela tirou o casaco e as botas molhadas e afastou o cabelo branco do rosto.

E então tocou o pequeno medalhão prateado pendurado no espelho, como sempre fazia quando voltava para o quarto, e ele balançou como um pêndulo.

28

ASH
8 DE NOVEMBRO DE 2077, NOVA SEATTLE

Era quase de manhã, e Ash estava com os olhos vidrados, repassando as anotações do Professor mais uma vez.

Se o x é correspondente a y no tempo de uma tempestade, então a fórmula para calcular a estabilização da fenda (S) seria:

$S = P0 + \rho xy$

Ele praguejou baixinho, massageando a ponte do nariz. Conseguia reconhecer frases e palavras familiares, mas no segundo em que tentava compreender o sentido, tudo desmoronava.

Porém, Zora era muito mais inteligente do que ele. Bem mais. Se ela achava que aquelas anotações significavam que a viagem no tempo causava os terremotos...

A cabeça dele doía, uma pulsação firme e profunda que deixava os olhos vermelhos. Isso significaria que eles eram responsáveis pelas mortes de milhares de pessoas — que poderiam ser responsáveis pela morte de *milhões* se não encontrassem uma forma de impedir o Cirko Sombrio de viajar no tempo de novo.

Ele ouviu um ruído no assoalho às suas costas e se virou, os dedos agitados na cintura, tentando alcançar a arma que acabara de enfiar na parte de trás do jeans.

Mas era só Zora. Ela estava apoiada no batente, os olhos gentis observando-o.

— O que você acha? — perguntou ela.

Ash hesitou.

— Você entende mais do que eu.

— Sim, mas eu queria uma segunda opinião. — Ela se aproximou mais da mesa. — E aí?

Ash ficou quieto. Os números oscilavam na frente dele, mas até mesmo ele conseguia ver que faziam algum sentido, que contavam uma história na qual ele não queria acreditar. Ash ergueu os olhos para Zora.

— Tem certeza sobre essa equação?

— Mais certeza do que já tive sobre qualquer coisa. — Zora suspirou e se sentou na cadeira ao lado dele, passando a mão na testa. — Sabe, se meu pai estivesse aqui, ele faria um monte de experimentos para provar. Elaboraria uma pergunta, formularia uma hipótese, testaria a hipótese e tudo mais.

— Não temos tempo pra isso — Ash interrompeu, os olhos disparando para a janela do outro lado do corredor. O céu lá fora estava começando a clarear, uma névoa fantasmagórica pairando acima da superfície da água escura parada. — Só... me explica como se eu fosse burro, tá? O que exatamente vai acontecer se o Cirko Sombrio viajar no tempo de novo?

Zora pensou por alguns segundos e então pegou algumas engrenagens e as empilhou no meio da mesa da cozinha.

— É mais ou menos assim: cada vez que você volta no tempo, é como se estivesse empilhando outra engrenagem. — Ela demonstrou. — E quanto mais empilha, mais a torre fica desequilibrada. — Ela adicionou mais engrenagens. A torre começou a balançar. — Está vendo isso? Como a torre balança? São os tremores que estamos sentindo. Só que nunca dá para saber qual engrenagem vai fazer a torre cair. Depende do formato da engrenagem, se você tem tempo o suficiente para estabilizar a torre antes de colocar mais uma no topo...

— E se alguém bater na mesa? — perguntou Ash.

— Não é uma metáfora infalível — disse Zora. — Só estou dizendo que cada viagem no tempo nos aproxima mais do terremoto que pode destruir o mundo. Da próxima vez que o Cirko Sombrio entrar na fenda...

Ela colocou mais uma engrenagem na torre, que desmoronou.

Ash suspirou, exausto.

— Você acha que a próxima viagem do Cirko Sombrio vai causar um terremoto gigantesco?

— Não só um terremoto gigantesco, mas *o* terremoto gigantesco. — Zora apertou o nariz. — E eu não sei. Os cálculos do meu pai de quando o terremoto atingiria a cidade eram baseados em um uso bem menos frequente da fenda do estuário de Puget. Mas ele também estava usando as métricas para a *Estrela Escura*, e a *Corvo Negro* é uma nave bem menor, então é possível que esteja causando um dano menor.

— O tamanho da nave importa?

Zora assentiu.

— Pense em uma nave menor como uma engrenagem menor na torre. Quanto menor a engrenagem, menos probabilidade de fazer a torre cair, certo? Só que não importa o tamanho, cada engrenagem faz a torre ficar menos estável. O mesmo acontece na fenda. Ainda é perigoso, mas não dá para saber o quanto...

— Eles vão viajar ao amanhecer — disse Ash.

Zora se atrapalhou com o relógio no pulso.

— Isso é só daqui a... Ah, merda.

Ash já estava pegando a jaqueta pendurada na cadeira.

— Se formos agora, talvez ainda dê tempo de impedi-los.

29

DOROTHY

8 DE NOVEMBRO DE 2077, NOVA SEATTLE

Era cedo, e a garagem do Fairmont estava fria e escura, só com um minúsculo raio de luz prateada atravessando o vidro sujo. Dorothy estava parada ao lado de uma janela, os dedos revirando os bolsos internos do casaco.

Ela fechou os olhos, respirando fundo enquanto a náusea a tomava. Imaginou que conseguia ouvir o som da multidão além do rugido do vento e das ondas que se chocavam nas paredes de concreto. Conseguia imaginá-los aplaudindo e batendo os pés enquanto esperavam que ela e Roman os sobrevoassem, e viu a imagem com tanta clareza que quase conseguiu sentir a vibração se espalhar pelo chão de concreto da garagem, fazendo suas pernas tremerem.

Aquilo a deixava nervosa. Ela e Roman deveriam voltar no tempo para buscar suprimentos médicos para ajudar as pessoas doentes da cidade, mas para que servia salvar a cidade se seria destruída de novo?

— Você está um bagaço — disse Roman, chegando atrás dela. — Não dormiu?

Dorothy olhou para ele, vendo o tom esverdeado da pele, os lábios pressionados.

— Você conseguiu?

— O suficiente — disse Roman, a voz em um tom de alegria falso.

Mentira, pensou Dorothy, amarga. Quando tinham começado a mentir um para o outro?

Ela fixou um sorriso no rosto.

— Que bom, eu também.

Outra mentira. Ela não dormira nem um minuto. Ficara sentada na beirada da cama, olhando pela janela e esperando o nascer do sol, sentindo um pavor gélido a consumir por dentro.

Efeito borboleta, dissera Roman. Um único instante com o poder de mudar todo o curso da humanidade. Por que não estavam tentando descobrir o que era? Mesmo que fosse uma missão impossível, parecia que deveriam ao menos tentar.

Ela se sentiu entorpecida enquanto seguia Roman até adentrar a *Corvo Negro* e se acomodar no assento de passageiro ao lado dele, os dedos rígidos enquanto colocava o cinto.

Ela pensou nas paredes pretas e nas janelas quebradas do Fairmont.

— *Corvo Negro* entrando em posição de decolagem — avisou Roman.

Dorothy cerrou as mãos.

Um instante depois, a máquina do tempo despertou com um ronco sob eles.

30
ASH

Ash se agachou na frente do barco a motor bambo, o coração pulsando na garganta. Ele se inclinou para a frente, como se pudesse fazer o barco ir mais rápido apenas com a força de vontade. Ondas de água o atingiam, encharcando a camisa, batendo no seu rosto.

Ele só tinha olhos para o túnel ao longe. A fenda.

A *Corvo Negro* já estava lá, uma praga naquele cenário, uma mancha escura e sombria na luz da manhã. Ash cerrou os dentes.

Ele se virou e gritou por cima do ombro:

— Não dá para ir mais rápido?

— É um barco, não um avião — respondeu Zora. — Dá pra você sentar?

Ash virou de costas para ela, ignorando o pedido. A garganta estava seca, e ele sentia o nervosismo à flor da pele, o corpo vibrando. Ele segurou a lateral do barco com força.

— Vamos — murmurou ele. Ele não rezava havia anos, mas parecia querer fazer isso agora, como se oferecesse uma esperança feroz a qualquer um que pudesse ouvir.

Ainda estavam a metros de distância da fenda quando a *Corvo Negro* subiu.

— Não — disse Ash, a voz abafada. Tudo dentro dele retesou.

A máquina do tempo entrou em posição.

Ash sentiu o sangue fervilhar.

Não.

Viu o rosto de Dorothy, como estivera no último encontro, nos fundos da Coelho Morto. O cabelo molhado e grudado no rosto, os dedos ansiosos remexendo o medalhão.

Não é possível viajar no tempo sem um veículo...

Sim, mas o Professor continuou fazendo experimentos para ver se encontrava um jeito.

Ash levantou, o barco oscilando embaixo.

— Ash! — berrou Zora. — Senta!

Ele mal registrou a voz dela. Ouviu um rugido nos ouvidos, mais alto do que o motor do barco, as ondas revoltas e todos os outros sons que compunham o dia. As mãos dele começaram a tremer e alguma coisa, uma pressão, parecia crescer dentro dele, fazendo tudo doer.

Ele não poderia deixar que isso acontecesse. Precisava fazer algo. Zora disse que uma nave menor não causaria tanto dano na fenda. Se isso fosse verdade, então *não* ter uma nave era o ideal para não causar danos, certo?

Se houvesse uma forma de viajar no tempo sem uma máquina do tempo, sem a ME...

A *Corvo Negro* estava na metade do caminho para a fenda quando Ash pulou do barco. No segundo em que atingiu a água, conseguiu sentir o impulso do túnel do tempo o puxando como se fosse água em um ralo. Ele não conseguia nadar contra a corrente, não conseguia lutar.

Tudo que podia fazer era ficar parado e deixar que o levasse.

Nenhum homem sobrevivera a uma viagem pela fenda sem um veículo antes. Aqueles que tentaram tiveram a pele arrancada dos ossos, os órgãos se liquefazendo. Mas Ash não estava com medo. Ele já vira a própria morte, então sabia que não seria ali.

A última coisa que ouviu antes de desaparecer no tempo foi o som dos gritos de Zora.

31

DOROTHY

10 DE JULHO DE 2074, NOVA SEATTLE

Dorothy se sentiu sem ar quando viu o hospital que se assomava diante deles. Já estava escuro, passava da meia-noite, e todas as luzes no prédio estavam acesas. O estacionamento estava lotado de carros e as pessoas se aglomeravam na calçada, descarregando macas de ambulâncias e gritando ordens.

Ela engoliu em seco. Já tinha ido ao hospital com Avery algumas vezes, em 1913. O pequeno centro médico de Providence de dois andares parecera enorme na época, e os médicos que andavam nos corredores davam a impressão de serem impossivelmente imponentes em seus jalecos brancos e toucas cirúrgicas.

Aqueles médicos não se assemelhavam em nada às pessoas diante dela agora. Era como comparar um jatinho à uma bicicleta velha. Enquanto os médicos da sua época eram aprumados, na maior parte homens mais velhos grisalhos usando óculos, esses eram jovens, rápidos e... *brilhantes*. Os uniformes exibiam um brilho metálico, e o equipamento era mais avançado do que qualquer outra coisa que Dorothy já vira.

É claro que seria. Estavam em 2074, e era o mais avançado que o mundo chegaria antes que o megaterremoto levasse tudo embora. Fazia sentido que Dorothy se sentisse intimidada.

Ela olhou para Roman e viu que ele estava com a mão pressionada contra o peito, os dedos tamborilando, nervosos.

Ela franziu o cenho.

— Tá tudo bem?

Roman abaixou a mão, como se estivesse preocupado por deixar transparecer algo.

— Claro — disse ele, mas havia um tom áspero na voz que entregava uma emoção mais sombria.

Dorothy engoliu em seco, inquieta. Não sabia se deveria insistir ou deixar que Roman guardasse seus segredos. Cada pergunta que conseguia pensar em fazer era uma versão de outra que já fizera.

— Tudo bem, então — disse ela, em vez disso. — Vamos acabar logo com isso.

Roman planejara esse golpe sozinho.

— Eu nem chamaria isso de golpe — dissera ele. — O hospital ficou uma bagunça nos anos após o primeiro terremoto. Pacientes demais, gente ferida demais, poucos médicos. Até uma criança conseguiria entrar escondida.

— Espero que seu plano seja mais avançado do que isso — respondera ela.

Ele revirara os olhos.

— Vamos entrar pelo necrotério. Ninguém vai checar dois paramédicos trazendo cadáveres. Vai nos fazer passar pela porta, e essa parte é mais difícil. Depois, só precisamos trabalhar rápido.

— Ca-cadáveres? — perguntara Dorothy, a voz rouca.

Roman apenas sorrira em resposta.

— Só os sacos — corrigira ele. — E não se preocupe, vão estar vazios.

Por mais que estivessem vazios, ainda assim eram *pesados*. Não eram exatamente sacos, e sim invólucros de plástico atados em macas. Dorothy cerrou os dentes enquanto empurrava o seu, tomando cuidado para segurar firme enquanto as rodas passavam por cima dos pedregulhos e do concreto.

Atravessaram o estacionamento em silêncio, cuidadosamente evitando cruzar o olhar com qualquer outro profissional que passava por eles. Roman conseguira os sacos e uniformes, que tinham o mesmo estranho brilho metálico do uniforme dos outros funcionários. Mas não conseguiram uma ambulância, e Dorothy ficara preocupada de isso parecer suspeito. Agora percebia que não havia motivo para preocupação. O estacionamento estava caótico, tantas pessoas entrando e saindo do hospital que era impossível ver de onde vinham. Ela e Roman se misturaram com facilidade ao cenário.

Chegaram à calçada que rodeava a entrada principal do hospital, e o terreno irregular sob as rodinhas da maca mudou para um cimento liso. O coração dela vibrava de ansiedade. Ela olhou para Roman, mas ele manteve os olhos firmes à frente, a mandíbula tensa com concentração.

As portas da frente se abriram, soltando uma lufada de ar frio. Dorothy sentiu o cheiro acre de antisséptico do hospital, ouviu celulares tocando e os sons mecânicos de alguém no alto-falante. Ela precisou se lembrar de não parecer impressionada.

Um jovem com uma prancheta estava parado ao lado das portas. Parecia estar verificando as credenciais das pessoas.

Ele os observou, desinteressado, voltando para a prancheta.

— Para onde vão?

Dorothy sentiu as palmas suadas.

— Nós...

— Dois pacientes vieram a óbito na ambulância — disse Roman, acenando para os sacos. — Viemos só deixar aqui.

O homem gesticulou com a mão, já acenando para os próximos da fila.

— O necrotério é no porão.

E foi só isso. Estavam dentro.

Dorothy acelerou um pouco agora que estava andando ao lado de Roman. Mais uma vez, tentou encontrar o olhar dele, mas ele se recusava a olhar para ela. Ela notou que havia suor brilhando na testa e um vinco entre as sobrancelhas: ele estava nervoso. Por quê? Eles já tinham entrado. A parte mais difícil tinha acabado.

Pegaram um elevador e Dorothy se sobressaltou quando começou a descer. Já estivera em um elevador antes, mas nunca estava preparada para a sensação surreal do chão se mexendo sob seus pés. Ela colocou a mão na parede, o estômago revirando. Preferia escadas, com certeza.

Desceram para as entranhas do prédio e pararam no porão. As portas se abriram em um corredor vazio. Luzes piscavam — para Dorothy, de uma forma sinistra — e as paredes exibiam um tom de verde doentio. Dava a sensação de que estavam embaixo d'água.

Roman indicou a placa: ESTOQUE DE MEDICAMENTOS, NECROTÉRIO.

— Aqui estamos — murmurou ele, seguindo em frente.

Dorothy engoliu em seco, sentindo um gosto amargo na boca. Ao olhar para o estoque, viu prateleiras cheias de ataduras e embalagens de vidro brilhantes. O plano era entrar nessas salas e encher os sacos vazios com o máximo de suprimentos que conseguissem, e então levar tudo de volta para Nova Seattle.

Roman empurrou a maca e passou pela primeira sala de estoque, grunhindo baixo.

Dorothy hesitou. Era para ele *entrar* na sala de estoque e começar a pegar os medicamentos, mas ele seguiu adiante, empurrando a maca mais ao longe no corredor.

— Onde você vai? — perguntou ela.

— Preciso encontrar uma coisa primeiro — disse ele. — Não se preocupe, nós vamos voltar.

Dorothy sentiu um aperto no peito. Ele parecia ansioso. Nunca vira Roman assim.

As rodinhas da maca guincharam contra o chão de linóleo do hospital. Roman estava na metade do corredor, mas ele não desacelerou nem se virou.

Engolindo em seco, Dorothy o seguiu.

32

ASH

10 DE JULHO DE 2074, NOVA SEATTLE

Algo áspero e duro pressionava a bochecha de Ash. A chuva molhava sua nuca.

As costas dele se arquearam enquanto a água do mar era expelida dos pulmões com um forte acesso de tosse. Tudo em seu corpo doía, e o chão parecia se mexer sob ele.

Ash se forçou a abrir os olhos, mas a chuva obscurecia sua visão, e então, por um instante, tudo que viu era preto e cinza. Conseguia sentir a água batendo nos pés, o frio que entrava pelas botas.

As últimas coisas de que se lembrava era de pular do barco e do grito de Zora. Ele pensou que a fenda o estava puxando, que, de alguma forma, teria seguido a *Corvo Negro* para dentro do túnel do tempo, mas devia estar errado. A maré provavelmente o arrastara de volta para a margem.

Bom, esse foi um experimento fracassado, pensou ele, levantando-se. Ele piscou para ver além da chuva, torcendo para que Zora não estivesse longe, para que ela pudesse levá-lo para casa. Ele ergueu a cabeça...

E congelou.

O horizonte da cidade de Seattle se esparramava diante dele, escuro e brilhante. Não eram as silhuetas dos arranha-céus que restaram em

Nova Seattle, com as quais Ash já estava familiarizado, e sim a cidade iluminada e deslumbrante de antes da enchente. As ruas estavam secas e os prédios se erguiam no ar, as janelas acesas. A velha estrada se curvava no meio, e Ash conseguia ver as luzes dos faróis de carros e caminhões e motocicletas que rugiam por lá.

E havia o chão. Ele estava na praia, numa praia de verdade. Ash riu, enterrando os dedos na areia, espantado por não ter notado antes. Não havia mais praias em Nova Seattle. Todas estavam embaixo d'água.

Ele voltara ao passado. De alguma forma, inacreditavelmente, ele viajara no tempo sem um veículo. Sem matéria exótica.

Não deveria ser possível. Ash balançou a cabeça e levantou, tentando entender o que acontecera. Já haviam tentado antes. O Professor tinha feito experimentos e mais experimentos. O que ele acabara de fazer deveria tê-lo matado, mas não matou. *Por quê?*

Ash desejou que Zora tivesse vindo junto com ele, que estivesse ali para oferecer alguma explicação para o que acabara de acontecer. Só que ela não estava, o que significava que ele precisava descobrir o que fazer agora sozinho. Era uma perspectiva mais assustadora do que deveria ser.

Em pé, ele fitou a cidade, protegendo os olhos contra o brilho feroz das luzes. Na transmissão, Dorothy dissera que ela e Roman iriam voltar ao hospital para pegar suprimentos médicos. Ash pensou que seria esperar demais que não tivesse apenas viajado no tempo, mas também que tivesse acabado no mesmo instante em que Dorothy e Roman encontravam-se. No entanto, coisas mais estranhas já tinham acontecido naquele dia.

Ele conseguia ver os andares mais altos do hospital de onde estava na praia. Ficava no centro, era um dos maiores prédios da cidade. Devia ficar a no máximo uns dois quilômetros de distância.

Aprumando a jaqueta de couro nos ombros, Ash começou a caminhar em direção a ele.

33
DOROTHY

Eles percorreram corredores escuros e sinuosos. Passaram por mais salas cheias de equipamentos médicos e remédios que deveriam estar roubando.

Roman não parou, apenas disse:

— É por aqui.

E agora, a pele na nuca de Dorothy se arrepiava. A voz dele soava… Febril. Desesperada.

Ele parou em uma sala que parecia idêntica às outras, deixando o saco vazio na porta.

— Vamos — murmurou ele, parecendo falar consigo mesmo.

Dorothy ficou no corredor, atenta.

Sem querer, com o cotovelo, Roman derrubou uma garrafinha que rolou pela estante, explodindo com o impacto contra o chão de azulejos e manchando a ponta das botas dele. Ele pareceu nem notar.

As palmas de Dorothy começaram a suar. Algo estava muito errado.

— Vamos — murmurou Roman, passando a mão pelo cabelo. Dorothy apareceu atrás dele, lendo os rótulos dos remédios por cima do ombro dele.

— Insulina? — Ela leu.

A mão de Roman se impeliu para a frente, pegando algumas garrafinhas da estante, derrubando outras. Ele as enfiou nos bolsos, os movimentos frenéticos.

E então ele estava correndo de novo, procurando a saída.

Dorothy o seguiu pela escadaria, passando por portas pesadas de metal. Sentiu a água nas bochechas e piscou ao perceber que estavam lá fora e tinha começado a chover. A rua estava escura e cintilava, e até mesmo as sombras pareciam contornadas pela luz.

— Roman, espera! — pediu ela, mas Roman não se virou.

Ele estava correndo pelo asfalto preto, as botas colidindo contra o chão molhado. Deviam ter saído pelos fundos, porque não havia sinal da multidão e do caos lá da frente. Praguejando, ela desceu a rua atrás dele...

O som de uma buzina cortou a noite, e ela se sobressaltou. Dorothy parou assim que um carro passou de raspão por ela.

— De-desculpa! — disse ela, apesar de não ver quem era o motorista atrás do para-brisa encharcado.

Roman tinha se esgueirado no meio de dois prédios. Ela iria perdê-lo. Com o coração a mil, ela se apressou pelo resto do caminho na rua.

Prédios altos. Árvores espalhadas. Dorothy não tinha tempo de parar e se maravilhar com o mundo por onde estava correndo. Mal conseguia manter Roman à vista. Ele era mais rápido do que ela imaginava e não dava sinal de que ia parar para esperá-la. O vento rugia em seus ouvidos. A chuva caía com mais força, grudando o uniforme nos ombros.

Ela viu tijolos vermelhos. Pétalas de cerejeiras cor-de-rosa. O concreto preto virou grama e os arranha-céus viraram árvores altas e predinhos pitorescos de tijolos.

Ainda assim, Dorothy não sabia onde estavam até ver a primeira barraca.

Ela desacelerou, o peito doendo. Primeiro era só uma barraca, acomodada embaixo das árvores, a porta sacudindo ao vento. E então mais meia dúzia, cada uma parecendo surgir das sombras como mágica, e então as barracas eram tudo que Dorothy conseguia ver.

O coração dela pareceu ficar imóvel dentro do peito. Aquela era a Cidade das Barracas. Roman contara a ela sobre esse lugar havia muito tempo.

Os abrigos de emergência foram erguidos no gramado da universidade, logo depois do primeiro terremoto. O Cirko Sombrio tinha se originado ali, uma pequena gangue perambulando pelas barracas, procurando por comida. Tinham ganhado aquele nome porque as barracas lembravam um pouco velhas tendas de circo. Apesar de o tecido parecer preto na escuridão, Dorothy sabia que na verdade era roxo. Ou tinha sido, quando elas foram erguidas. Agora estavam velhas e rasgadas, cobertas de mofo e sujeira. Havia algumas placas na frente:

O passado é nosso direito! Junte-se ao Cirko Sombrio!

Era fascinante ver aquilo em primeira mão depois de ouvir tantos relatos, mas Dorothy ficou confusa. Por que estavam ali agora?

Ela passou entre as barracas à procura de Roman. Não havia muitas pessoas por causa da chuva, e cada movimento a fazia se sobressaltar, nervosa. A maioria dos barulhos vinha de esquilos e roedores perto das barracas, os olhos vidrados refletindo na escuridão.

— Roman? — chamou ela baixinho, os olhos apertados. Ela entrou numa clareira rodeada por barracas. — Cadê...

Ela parou de falar, trombando com as costas dele. O cabelo escuro e as roupas se misturavam facilmente à noite, e ela não o vira até estar bem ao seu lado. Ele encarava alguma coisa à frente, não parecendo notar a presença dela.

Dorothy acompanhou o olhar dele e viu que não estavam sozinhos na clareira. Ali em frente estavam as duas crianças que eles viram na viagem para coletar os painéis solares, as que estavam brincando na casa ao lado. Estavam crescidas, mas Dorothy reconheceu imediatamente a menina com o rabo de cavalo e o menino magrelo. Alguma coisa estava errada.

O menino estava ajoelhado na clareira entre as barracas, chorando, os olhos escuros como poços de sofrimento. A menina estava em seus braços, os olhos arregalados e encarando o nada, com braços rígidos.

Ela estava... morta.

Um gemido escapou de Roman. Ele ficou de joelhos. O frasco de insulina escorregou dos dedos dele e caiu na lama.

A alguns metros, o menino abaixado na grama reproduziu o mesmo som.

— Aguenta firme, Cassia — sussurrou ele, acariciando o rosto da menina. — Você tem que aguentar, tá? A ajuda vai chegar logo.

Dorothy congelou. Ela conhecia a voz. Soava mais jovem, mas sem dúvida nenhuma pertencia a Roman. O menino abaixado na lama era Roman, dois anos antes. E a menina só poderia ser...

— É a... sua irmã? — perguntou Dorothy, entorpecida.

Ela não conseguia pensar em mais nada a dizer. Roman conhecia todos os segredos dela, mas nunca confiara os seus.

Será que já havia confiado em alguém? Ou tinha guardado aquele luto para si durante anos, sofrendo sozinho?

— Eu achei que... Talvez, se eu conseguisse chegar a tempo. — A voz soava estrangulada. — Mas cheguei tarde demais.

Os olhos encontraram os de Dorothy, um apelo silencioso na expressão. A pele estava quase tão pálida quanto a da menina na lama.

Dorothy abriu a boca, e então a fechou, percebendo que não conseguia falar. A imagem que ela formara no último ano foi destruída em sua mente. Todas as vezes que Roman pareceu engolir o que disse, todos os olhares sombrios e os segredos. Tinha sido isso. Estava tentando bolar um plano para salvar a vida da irmã.

Ela se abaixou ao lado dele, colocando a mão hesitante em seu ombro. Ela esperava que ele a afastasse, mas ele não o fez. Em vez disso, pegou a mão dela e a segurou.

— Você... você nunca me contou — disse ela, a voz rouca. — Por que...

Então, Roman viu algo atrás dela, e a expressão dele ficou sombria. Ele soltou a mão dela e ficou em pé.

— O que ele está fazendo aqui? — cuspiu ele, azedo.

Dorothy acompanhou o olhar dele e viu a figura encharcada do outro lado da clareira, observando os dois. Viu o couro ensopado, o cabelo loiro-escuro e a pele bronzeada. Apesar de reconhecer essas coisas, não conseguiu compreendê-las ali, não até Ash dar um passo à frente, os olhos fixos nela.

Ela foi tomada por um misto de empolgação e pavor.

Ah, não, aqui não.

Ash pareceu entender que seria um erro falar com ela ali, e então se virou para Roman, esticando as mãos diante dele em um gesto de rendição.

— Roman — disse ele, dando mais um passo. — Eu não...

Dorothy jamais saberia o que ele ia dizer. Antes que pudesse terminar, Roman saltou em cima dele, a expressão demonstrando um ódio profundo. Ele se jogou sobre Ash com um grunhido e os dois foram ao chão.

34
ASH

Ash voou para trás, a cabeça atingindo o chão com um baque molhado. Ele ficara tão surpreso com o ataque que não tinha conseguido se preparar para a queda. Os braços e pernas estavam abertos como em um desenho animado, e ele não pôde fazer nada para impedir o impacto repentino.

Piscou, atordoado. Por um instante, tudo que via era lama e um céu cinzento.

Então Roman estava em cima dele.

— Velho amigo — murmurou ele, fechando as mãos em punho na jaqueta de Ash, empurrando-o com mais força na lama. — Como você chegou aqui, cacete?

Ash não respondeu, mas agarrou Roman pelos ombros e o empurrou. Roman caiu para trás na lama, um sorriso cínico nos lábios. Ash estava vagamente atento a uma pequena figura pálida parada nas sombras atrás dele. Dorothy.

Ele aguardou um segundo, esperando que ela aproveitasse a oportunidade para contar sobre o encontro dos dois no Coelho Morto, quando ela mencionara a possibilidade de viajar no tempo sem usar matéria exótica. Porém, ela apenas o encarou com uma expressão confusa, em silêncio.

— Eu segui vocês — disse Ash, sem saber como explicar.

Ele havia chegado ao hospital rapidamente — era mais perto da praia do que ele se lembrava —, mas ficara intimidado demais pela multidão da equipe médica para tentar entrar pela frente. Em vez disso, se esgueirara pelos fundos, raciocinando que aquela era a forma mais fácil de invadir um lugar na maioria das vezes.

Ele sequer tinha conseguido testar a teoria. A porta se escancarara e Dorothy e Roman haviam saído de lá correndo. Ash não soubera o que mais fazer, então os seguira.

Passando pelos carros, debaixo da chuva, finalmente haviam chegado à Cidade das Barracas, encontrando um Roman mais jovem ajoelhado na clareira com a irmã morta nos braços.

Ash se sentira entorpecido ao observar a cena. Aquele Roman era mais novo do que quando Ash o conhecera, mas não tanto. Talvez um ano. Ainda assim, Roman nunca mencionara a irmã. Nem uma única vez.

— Por que não me contou sobre ela? — perguntou Ash.

Roman bufou, rindo.

— E o que exatamente você teria feito a respeito, *Asher*? — ele cuspiu o nome, como se deixasse um gosto amargo na boca. — Você teria tentado ajudar? Ou teria feito igual ao Professor, uma hora me dizendo que não usamos as viagens no tempo para mudar o passado e logo depois voltando para salvar quem *ele* amava?

Algo pesado se assentou sobre os ombros de Ash. Ele sabia exatamente do que Roman estava falando. Depois da morte da esposa, o Professor voltara no tempo várias vezes tentando salvá-la, mesmo que sempre dissesse que a viagem no tempo não deveria ser usada para mudar o passado, que ainda não sabiam os efeitos que causariam no mundo. Só que, quando se tratava da mulher que ele amava, ele não havia se importado.

Ash sempre se perguntava o motivo da traição de Roman. É claro que se perguntava. Ele tinha sido seu melhor amigo. O Professor pensava nele como um filho. Porém, havia também a raiva, e a raiva era facilmente usada para ofuscar o resto. Era tão mais fácil acreditar que Roman só tinha ido embora porque era egoísta, porque havia algo de errado com ele. Ash nunca havia considerado que talvez ele também quisesse salvar alguém.

Ash olhou de volta para a clareira onde a irmã morta de Roman estivera havia pouco. Ela não estava mais ali, e nem o Roman mais novo; provavelmente ele tinha ido embora, assustado pela briga, mas Ash ainda distinguia o pedaço do chão onde estiveram.

Ele conseguia entender o motivo da presença dele ali ter atiçado Roman. Roman era uma pessoa incrivelmente fechada, e Ash o vira em seu momento de maior vulnerabilidade. Era um segredo que ele guardava havia anos, e agora estava às claras.

— Roman — disse Ash, com a voz rouca. — Eu não sabia, eu juro...

Pedir desculpas foi a coisa errada a fazer. Com um grunhido, Roman saltou de novo sobre Ash, os punhos prontos. Ele errou o primeiro soco, roçando no braço de Ash, mas o segundo acertou o queixo, e ele cambaleou para trás. Ash piscou, vendo estrelas. *Droga*.

— Pode me bater — Roman cuspiu, furioso. — Vamos, Asher. Você não vai se defender?

— Não era meu plano — disse Ash, tocando o queixo machucado. Conseguia sentir os ossos tremendo no lugar onde Roman o acertara. A dor não era tão ruim por enquanto, mas logo pioraria. — Mas preciso admitir que esse último soco não ajudou.

Roman o fuzilou com o olhar. Os olhos eram poças escuras de luz refratada.

— Eu mal toquei em você.

— Doeu mesmo assim.

— Foi mal.

Ash ergueu o olhar, esperando ver algum remorso, mas os olhos de Roman estavam gélidos. Ele se mexeu, mas dessa vez Ash estava preparado e se esquivou para a esquerda. Roman caiu em cima de uma das barracas, o tecido envolvendo-o.

Em um segundo, ele já estava em pé de novo, a cabeça baixa, tentando agarrá-lo. Ash ouviu o som da voz de Dorothy, gritando para que parassem, mas era difícil compreender qualquer coisa com o sangue pulsando em seus ouvidos. Roman acertou Ash no peito, mas levou um soco no estômago antes de conseguir completar o golpe — um lampejo brilhante de dor —, e então cambaleou para trás, xingando.

— Você está lutando melhor — disse Roman. — A Zora finalmente te ensinou a bater?

Ash sentiu o gosto de sangue na boca. Aprumando o queixo, ele cuspiu na lama.

Era uma piada, ou quase isso. Na primeira vez em que ele veio ao futuro, realmente era ruim de briga, pior do que Roman e Zora, apesar de ser o único entre eles que já estivera em uma guerra.

— Bom, você sabe como ela é mandona — respondeu Ash, a garganta seca.

— Ela não fez um trabalho muito bom. Você ainda fica com os ombros abaixados.

Roman estava se aproximando dele, as mãos fechadas em punhos.

Os músculos na perna de Ash ficaram tensos. O coração batia forte e rápido.

— É difícil deixar velhos hábitos pra trás — murmurou ele.

A voz de Dorothy rompeu a escuridão:

— Ash, só *vá embora*.

— Sim, Ash — ecoou Roman, zombeteiro. Ele tinha sangue na bochecha, mas Ash não sabia de qual dos dois era. — Só vá embora.

Ash reprimiu uma careta. A pior coisa era que ele não sabia *como* poderia voltar. Não tinha certeza de como chegara ali e não tinha ideia de como voltar.

Se eles não oferecessem uma carona, talvez acabasse preso naquele tempo.

35
DOROTHY

Se aqueles idiotas não matassem um ao outro, Dorothy é que mataria os dois.

— O que vocês estão pensando? — Ela explodiu. Roman estava indo na direção de Ash, provocando-o. — Estão tentando fazer com que sejamos pegos?

Os lábios de Roman se curvaram em um sorriso de escárnio, e ele não respondeu. Aquilo fez Dorothy querer estapeá-lo. Ela ficara chocada demais com os primeiros golpes para fazer qualquer coisa além de gritar. Aquilo a envergonhava, que aquela tivesse sido sua reação, mas não conseguira evitar. Sempre odiara brigas.

Dorothy esticou a mão para segurar o ombro de Roman, e ele finalmente se virou, encarando-a. Uma sobrancelha estava erguida, demonstrando toda a sua frieza e irritação, mas fora isso, ela não conseguia entender a expressão no rosto dele.

— Vai ficar do lado dele? — perguntou Roman, uma voz que parecia mais magoada do que irritada.

Do lado dele?

— Tá falando sério? Vocês dois estão agindo feito crianças, e eu quero saber como ele chegou aqui.

Tinha bastante certeza de que Ash não tinha embarcado escondido na *Corvo Negro*. A nave estivera na garagem do Fairmont desde a última viagem, protegida pelas Aberrações mais competentes. Ela escutaria se ele tivesse conseguido se esgueirar para dentro da nave.

Um instante se passou, então Roman relaxou os ombros como uma criança que levara uma bronca.

— Foi ele que começou — murmurou ele, mas abaixou os braços.

São uns moleques, pensou Dorothy.

Aquilo deveria ter sido o fim da história. Dorothy pensou que *seria* o fim, mas...

Ash se jogou sobre Roman e o derrubou no chão. Dorothy se virou e encontrou os dois rolando na lama mais uma vez.

Ela fechou os olhos por uma fração de segundo, sentindo-se consumida pela irritação.

Ah, pelo amor de Deus.

Na última vez em que os três estiveram juntos, as coisas também tinham acabado mal. Ela se lembrava daquela briga nas docas do lado de fora do Fairmont. Ash e Roman teriam lutado até a morte se ela não tivesse interferido.

Desde que aparecera em Nova Seattle um ano atrás, ela nutria essa fantasia de que seria possível trancar os dois em uma sala e forçá-los a se entenderem, mas agora percebia que não seria assim tão simples. Naquele instante, ela odiou ambos.

Mas não poderia deixar que se *matassem*. Não aguentaria perder nenhum dos dois.

Ela esperou até que eles se afastassem e agarrou Roman por trás, usando uma técnica que ele lhe ensinara meses antes: pegou o braço e o puxou para trás, o pulso virado para cima, provocando dor no antebraço. Era um golpe que usava a força de um agressor contra ele mesmo.

Roman arfou de dor e a encarou, furioso, a acusação de traição nos olhos.

— *Ash* — disse Dorothy, e ficou surpresa ao ouvir a própria voz, baixa e suplicante. — Por favor. Só vá embora.

Então foi a vez de Ash de encará-la, magoado. Dorothy sentiu algo dentro dela estremecer. Ele olhou de novo para Roman.

— Tudo bem — cuspiu ele. O lábio sangrava. Ele olhou para Dorothy, abriu a boca como se fosse dizer algo mais, então sacudiu a cabeça, aparentemente decidindo ficar calado. Com os ombros encolhidos, ele se virou para ir embora.

36
ASH

Ash deveria ter simplesmente pedido uma carona a Dorothy e Roman, mas não conseguiu se obrigar a fazer isso. Abriu a boca, flexionando a mandíbula. O rosto doía onde Roman o acertara.

— Babaca — murmurou ele, apesar de ninguém poder ouvi-lo. Estava parado na praia, encarando a fenda na água, as ondas batendo em seus tornozelos. A única coisa que conseguia pensar em fazer era nadar até a fenda e ver se era possível que a força que tinha permitido que ele viajasse no tempo pela primeira vez fizesse o mesmo na volta. Ele estava... bastante nervoso.

Ash se balançou nos dedos dos pés e abriu e fechou as mãos, sentindo a adrenalina. Então, mergulhou na água.

Nadar até a fenda foi difícil. As ondas quebravam em sua cabeça e a maré o puxava, querendo arrastá-lo para baixo. Precisou usar toda a adrenalina que restara da briga, toda a raiva e frustração que tinha para se impelir para a frente.

Ele não conseguia distinguir a fenda com tanta água nos olhos. Era um brilho prateado, e então um líquido amarelo eclodindo nas ondas. Relâmpagos azuis. Prendendo o fôlego, Ash mergulhou. Sentiu o mesmo puxão de novo, mas dessa vez não achou que era o mar. Era a fenda o puxando, chamando por algo em suas profundezas. Ele sentiu a bile subir à boca. Havia uma estranha eletricidade estática faiscando em seu estômago, a começar pelo pedaço da *Segunda Estrela* que se alojara dentro dele, quatro semanas antes.

O ar ao redor dele ficou mais espesso, e a água parecia dissolver-se a ponto de ele não estar mais flutuando nas ondas, e sim pairando, suspenso naquele ar pesado. Era como cair e voar ao mesmo tempo. Abriu os olhos e viu a escuridão. Ao longe, pensou identificar o brilho das estrelas.

O pedaço da nave dentro dele doía. Os pulmões ardiam. Ele deu um impulso para cima com os braços, batendo as pernas.

Estava submerso de novo. A mente a mil, tentando entender o que acontecia. Tinha funcionado?

Ou… será que estava se afogando?

Você não morre desse jeito, disse uma voz no fundo da sua mente.

A água era fria e impiedosa. Batia nas têmporas de Ash e fazia seus olhos arderem. Ele conseguia ver o cintilar distante de uma luz acima dele.

Reunindo suas últimas forças, ele nadou para cima até irromper a superfície, arfando. Tinha consciência da água que marulhava ao redor dele, carregando o corpo através das ondas.

NOVA SEATTLE, 8 DE NOVEMBRO DE 2077

Ash conseguia ver a bolha da fenda à distância, a luz rodopiando com névoa e fumaça. Lançava um brilho na água escura, iluminando…

Aquilo era um barco?

Ele apertou os olhos na escuridão, nadando para manter a cabeça acima da água. *Era* um barco. Era o barco dele. E a figura agachada dentro era…

— Zora — chamou, nadando com força. Os músculos ardiam, protestando, mas Ash ignorou. Cuspindo água, chamou de novo, mais alto:

— Zora!

Ela se virou, e o barco sacudiu sob seu peso. Na luz da fenda, Ash percebeu que a pele dela estava pálida, as lágrimas marcando seu rosto.

— Ash? — disse ela, incrédula. — Mas você acabou de... Como você... Cacete, você está sangrando?

Ash agarrou a lateral do barco. Tentou dar um impulso para subir, mas os braços ardiam de dor, e Zora teve que puxá-lo.

Foi só quando já estava agachado no barco com Zora inclinada sobre ele que notou uma mancha escura de sangue abaixo das próprias costelas, ensopando a camiseta. A sua velha ferida estava aberta. Tossindo e cuspindo água, ele disse:

— Você não vai acreditar no que acabou de acontecer.

DIÁRIO DO PROFESSOR — 31 DE JULHO DE 2074
12H16
A OFICINA

Viajei para aquele futuro terrível mais três vezes, em três ocasiões diferentes. Os horrores que testemunhei não mudaram.

Fico pensando no que vai acontecer com a ATACO. Minha vida inteira está naquela faculdade. Quando vi Natasha pela primeira vez, ela estava atravessando o gramado entre o prédio de física e a biblioteca, cheia de livros nos braços. E então, dois anos depois, nos casamos — no pátio da ATACO, em abril, com as cerejeiras florescendo. Ela ficou me esperando terminar um seminário sobre o tempo-espaço e mecânica quântica para me contar que estava grávida da nossa filha.

E não são só coisas pessoais. Meu primeiro emprego foi na ATACO. Os professores ali me ajudaram a desenvolver os primeiros conceitos do que no fim se tornariam as bases do meu interesse por viagem no tempo.

Dentro de poucos anos, tudo estará destruído.

Acho que estou me concentrando na universidade porque meu cérebro não consegue processar o que mais isso vai significar: a destruição da cidade em que passei a vida toda, a morte de todos que já conheci e amei. É demais para mim.

Parece que o que estou testemunhando é o resultado de um efeito borboleta.

Se esse for o caso, significa que, na minha própria linha do tempo, entre a última vez que viajei para o futuro e o dia 12 de julho de 2074, algo mudou. Algo que provavelmente parecia pequeno na época.

Mas o quê?

Queria que Roman estivesse aqui. Não dei valor, durante todos esses anos, ao quanto era fácil conversar com ele, repassar minhas ideias e ver sua opinião sobre os pontos falhos na minha lógica. Mas agora ele está passando muito tempo fora. Suponho que vou ter que me virar sozinho.

37
DOROTHY

10 DE JULHO DE 2074, NOVA SEATTLE

Dorothy levou Roman a um restaurante vinte e quatro horas a algumas quadras de onde haviam estacionado a *Corvo Negro*. O nome do restaurante era Miniestrela, e o lugar provavelmente já vira dias melhores. Os assentos estofados estavam rasgados e as luzes fluorescentes piscavam. Dorothy pediu panquecas, ovos e bacon, apesar de duvidar de que algum dos dois conseguiria comer, mas o simples ato de pedir era reconfortante. Pelo menos por um instante, ela se permitiu pensar que seu maior problema era escolher entre ovos fritos ou mexidos.

Ela analisou a expressão de Roman depois que a garçonete trouxe o café. Ele parecia sem vida, com a pele pálida e olheiras. Deu um gole no café aparentando não perceber que estava fazendo isso, os olhos vazios encarando o nada.

— Você quer explicar o que foi aquilo? — perguntou Dorothy, depois de um momento longo de silêncio.

Roman voltou os olhos para ela.

— Se não fizer diferença pra você, prefiro não explicar.

— Roman — disse ela, áspera.

Ele esfregou os olhos, suspirando.

— Tudo bem. — Roman colocou o café de volta na mesa e cruzou as mãos. — Como você adivinhou, a menina na clareira era minha irmã. — Ele hesitou, e então acrescentou: — Cassia.

— Nome bonito — murmurou Dorothy.

— Eu… falo com ela, às vezes. Com a foto dela, quero dizer. Foi isso que você ouviu ontem à noite. — As bochechas de Roman coraram e ele tomou outro gole de café, constrangido de repente.

— O que houve com ela?

— Ela nasceu com diabetes tipo 1. O que você viu… A glicemia dela subiu de repente, e ela entrou em choque. A insulina tinha acabado na semana anterior, já que os hospitais estavam lotados por causa do terremoto, e não podíamos pedir a ajuda de ninguém, e… — Roman encarou Dorothy, e depois desviou o olhar. — Bem. Você viu o que aconteceu.

— Ela morreu — disse Dorothy, e Roman fechou os olhos.

— Sim — concordou, baixinho. — É por isso que não posso ir embora desta cidade. É o último lugar em que ela viveu. Seria como deixá-la para trás.

— E você achou que ainda conseguiria salvá-la. Por isso voltamos para aquele dia, então? Não era para trazer os suprimentos médicos para a cidade?

— Não foi só isso. — Roman se inclinou para trás. As luzes fluorescentes refletiram em seus olhos, transformando-os em um azul profundo e tempestuoso. — No Forte Hunter, você me perguntou por que eu os traí. Ash e os outros.

— Você disse que não me conhecia há tempo o bastante para contar essa história.

— Então você se lembra. — Um sorriso passou rapidamente pelos lábios dele. — Eu sei o que Ash pensa de mim, provavelmente já te contou, mas eu só fui embora por causa do que aconteceu com Cassia. Queria voltar no tempo e tentar salvar a vida dela, mas o Professor disse que não era possível. Ele nem quis tentar. Achei que estava sendo só egoísta, mas aquele velho babaca estava certo. — Roman riu, sem humor, e balançou a cabeça. — Mas esse não foi o único motivo para eu querer voltar.

Dorothy estava confusa.

— E qual era o outro?

— Você me perguntou sobre o efeito borboleta antes, quando viu nosso futuro. Perguntou o porquê de eu não querer descobrir qual momento mudou toda a história da humanidade. Lembra-se disso?

— Lembro.

Roman ergueu o olhar, parecendo infeliz.

— O momento em que Cassia morreu foi o momento em que comecei a pensar em entrar para o Cirko Sombrio. Eu só fiz isso de verdade anos depois, mas... Se ela não tivesse morrido, eu teria continuado com a Agência de Proteção Cronológica e tudo seria diferente. O Professor nunca se perderia no passado e nós teríamos encontrado um jeito de impedir os terremotos. Tudo que aconteceu, o que ainda vai acontecer... é minha culpa.

O silêncio se estendeu entre eles. Parecia carregado. Dorothy sabia que qualquer coisa que dissesse a seguir representaria uma escolha.

Ela pensou nos céus escuros, nas cidades queimadas e no sol inexistente.

— Não é tarde demais — disse ela, por fim. — Vamos tentar de novo.

Voltaram ao crepúsculo, três horas antes da morte de Cassia. Eles se esgueiraram pelos corredores dourados do hospital enquanto o sol desaparecia no horizonte. Pegaram a insulina em silêncio e então escaparam pelos fundos, entrando nas sombras das ruas. Deixaram o medicamento na barraca de Roman enquanto ele e a irmã estavam fora. Não poderiam ficar por perto ou correriam o risco de serem vistos, então se esconderam nas árvores e ficaram observando a clareira.

Dorothy sentiu o pulsar do coração nas palmas, a respiração curta. Tinha certeza de que funcionaria. Precisava funcionar.

Três horas se passaram, e a cena se desenrolou exatamente como antes: um Roman mais jovem cambaleando para fora da barraca, segurando a irmã. Ela parecia um passarinho nos braços dele, a cabeça jogada para trás, o pescoço comprido e pálido.

Ele caiu na clareira. Os olhos dele fitaram o céu sem piscar.

— Ladrões — sussurrou o Roman mais velho, agachado ao lado de Dorothy. — Eu tinha me esquecido.

— Esquecido o quê?

— Naquele dia, ladrões entraram na nossa barraca e roubaram nossa comida. Achei que só tinham levado as latas que eu tinha guardado para o jantar. Devem ter levado os remédios também.

O rosto dele estava impassível enquanto encarava em frente, observando a irmã morrer. Dorothy tocou o ombro dele, o coração cheio de pesar.

— Vamos — disse ela suavemente.

Voltaram meia hora antes da morte de Cassia. Se viessem mais cedo, haveria o risco de os ladrões roubarem o medicamento de novo. Eles se esgueiraram pelos corredores. Roubaram a insulina. Foram para a escadaria dos fundos.

Um segurança corpulento que estava em uma pausa para fumar os interceptou a apenas alguns metros das portas pesadas que levariam ao estacionamento. Ele os deteve em uma sala dos fundos, e só conseguiram escapar quando Dorothy encontrou um grampo no chão e o usou para arrombar a fechadura. Quando finalmente chegaram na clareira na Cidade das Barracas, já era tarde demais.

Roman cambaleou para fora da barraca. A cabeça da irmã pendendo no seu braço. Os olhos abertos, vazios.

— Vamos — repetiu Dorothy, mas a garganta parecia seca.

Ela ainda não conseguia admitir — ela não queria nem *pensar* em admitir —, mas, em algum lugar em seu âmago, ela sentiu que estava começando a entender.

Voltaram quinze minutos antes da morte de Cassia. Dessa vez, Roman se lembrou de trazer uma garrafinha de insulina do seu último roubo, então pularam a ida ao hospital e voaram diretamente à Cidade das Barracas.

Estacionaram a *Corvo Negro* o mais perto do terreno da universidade que conseguiram, desligando o motor com apenas nove minutos de sobra.

Com sete minutos faltando, correram pelas barracas pretas, a chuva caindo.

Com três minutos faltando, conseguiam ver a clareira a distância. Dorothy observou o Roman mais jovem cambalear para fora da barraca, levando a irmã nos braços.

Com dois minutos faltando, ele caiu de joelhos. O Roman ao lado dela começou a correr mais rápido, passando na frente…

E então tropeçou. A raiz da árvore apareceu do nada, enganchando no tornozelo e o derrubando na lama. Ele arfou e se debateu para levantar, mas não adiantava. A lama era espessa e se espalhava por todos os lados.

— Não — disse ele, por fim, ficando em pé.

Dorothy acompanhou o olhar e viu o Roman mais jovem ajoelhado na clareira, a irmã morrendo mais uma vez.

Ela achou que entendia.

— Você se lembra de segurá-la nos braços? — perguntou ela.

Roman fechou os olhos.

— Não dá.

Ela tentou manter o tom gentil.

— Você *sentiu* ela morrer. Lembra-se disso?

Sacudindo a cabeça, ele falou:

— Não sei.

— Se fosse possível mudar isso, você não se lembraria dela morrendo, porque já teríamos voltado no tempo para impedir que isso acontecesse. — Ela segurou o braço dele. — O tempo é um círculo, lembra?

Ela pensou que Roman iria afastá-la, mas ele ergueu a mão e a pousou sobre a dela.

Por muito tempo, os dois ficaram ali, embaixo da chuva.

38

ASH

8 DE NOVEMBRO DE 2077, NOVA SEATTLE

Zora o encarava, boquiaberta.

Depois de um momento, disse categoricamente:

— Isso é impossível.

— Eu sei — respondeu Ash.

Eles haviam seguido de barco até as docas do lado de fora da Taverna do Dante, mas Zora se recusava a entrar e deixar Ash pedir uma bebida. Antes, queria terminar de atar a ferida aberta dele usando um pedaço da camiseta rasgada e entender tudo que acontecera.

Ela não acreditou.

— Você já leu a pesquisa do meu pai — disse. — Não dá para entrar na fenda sem matéria exótica. Só duas pessoas tentaram, uma morreu e a outra...

— Foi esfolada pelos ventos intensos do túnel do tempo — completou Ash. — Eu *sei*. Não vou discutir com você. Só estou dizendo que *eu* passei pela fenda sem matéria exótica.

— E mesmo se tivesse matéria exótica, teria que incorporá-la a um veículo de proteção, como uma máquina do tempo — continuou Zora, como se não o ouvisse. — Muito antes de meu pai inventar a *Segunda*

Estrela, ele achava que matéria exótica poderia ajudar a estabilizar os efeitos dentro da fenda, mas notou que, se o material não estivesse adequadamente incorporado ao projeto da nave, a tentativa fracassava.

Ash largou o rosto nas mãos com um grunhido.

— Zora. Você está sendo palestrinha.

Ela piscou, aturdida.

— Desculpa. É só que... bom, não faz sentido. Por que você é diferente do meu pai e de todos os outros cientistas que tentaram e fracassaram? Não deveria...

— Ser possível? — Ash soltou a atadura nas costelas e amarrou com mais força. O sangue já vazava, manchando-a de um vermelho escuro e profundo. — Você já disse isso.

Zora pareceu ter entendido a bronca.

— Desculpa — repetiu.

— E você está errada, de qualquer forma. Dorothy passou pela fenda sem uma máquina do tempo e sobreviveu.

— Verdade. Mas ela estava segurando a matéria exótica — argumentou Zora, pensativa. — E o cabelo dela ficou branco. Todos nós ficamos com mechas brancas no cabelo depois de cair na fenda sem um veículo. — Ela colocou a trança branca atrás da orelha distraidamente. — Mas o seu cabelo não ficou branco.

Ash ergueu as sobrancelhas.

— Não?

— Não. Loiro sujo, como sempre.

— Ei — disse Ash, mas não conseguiu fingir indignação, e a palavra saiu inexpressiva. Ele passou as mãos pelo cabelo.

— Tudo bem, suponhamos que você *de fato* tenha voltado no tempo. De alguma forma. Como é que foi parar *exatamente* na mesma hora que Dorothy e Roman?

— Não sei — respondeu Ash, frustrado.

— Alguma coisa não se encaixa. Suponho que seja possível que Roman e Dorothy tenham deixado algum tipo de... trilha.

Ash ergueu as sobrancelhas, e Zora continuou com um grunhido:

— Tá, imagina um barco passando pela água, deixando ondas pra trás. É possível que você tenha sido arrastado por elas, e foi assim que acabou na mesma hora que os dois. — Os olhos dela foram do cabelo de Ash até o abdome, logo abaixo das costelas. Ela franziu o cenho para a atadura. — E talvez...

Ash ergueu a mão de repente, impedindo-a de continuar. Tinha acabado de sentir um cheiro no ar — graxa de motor e fumaça —, e os pelos na nuca se eriçaram. Ele se virou, mas a manhã estava nublada e borrada e ele não conseguia ver onde a névoa se transformava em nuvens, nem onde a água se transformava em céu. O mundo parecia imóvel.

— Não deveríamos nem estar conversando sobre isso aqui — disse ele, sentindo-se exposto. Ele deu um passo na direção da taverna, e então...

Ali estava. Um rangido da madeira. Um passo. Ash pegou a arma que guardava na calça. Os olhos de Zora estavam atentos.

— Quem está aí? — disse Ash, esforçando-se para respirar com os pulmões pesados. Ele pousou o dedo no gatilho, mas não o apertou. Inquieto, vasculhou aquela luz cinzenta à procura de movimento, tentando ouvir alguma respiração.

Silêncio.

Zora indicou algo na água, além das docas.

— O que é aquilo?

Ash acompanhou seu olhar e viu um brilho atrás das árvores, ao longe. Conseguia ouvir um motor, baixo e retumbante, revirando a água escura. Um segundo depois, um barco se destacou nas sombras e na névoa.

Ele olhou para Zora no instante em que o barco se aproximou das docas e estacionou. Havia algo errado.

Com um passo em direção à beirada das docas, ele sacou a arma...

E uma mão atravessou a névoa, puxando o braço de Ash para trás, fazendo com que a arma caísse por entre os dedos.

— Calma aí — disse uma voz fria. A mão era pequena, mas forte, e o primeiro pensamento de Ash foi que Dorothy o traíra, que ela iria matá-lo agora, e que se danasse a pré-lembrança.

Porém, quando ele se virou, viu pele clara e cabelos escuros. Era uma garota que ele nunca vira antes, não Dorothy. Normalmente, ele teria conseguido resistir, mas ela o pegou de surpresa e torceu o braço dele para as costas. A dor faiscava pelo ombro sempre que ele se mexia.

Ela apontou a arma para a têmpora de Ash com um sorriso cruel.

— Não fomos apresentados — disse ela. — Meu nome é Eliza. E aquele ali é o Donovan.

Ash olhou para o outro lado da doca e viu que um menino segurava Zora do mesmo jeito, prendendo um braço dela nas costas, o bíceps dele apertando o pescoço dela.

— Não posso dizer que é um prazer conhecê-la — disse Zora, por entre os dentes.

O motor do barco foi desligado, mas o som ainda pairava pelo ar, como se lutasse para não se extinguir. O olhar de Ash passou pelas docas até que Mac saiu da névoa. As muletas faziam baques surdos nas tábuas. Conforme ele se aproximava, algumas outras Aberrações do Cirko também surgiram da névoa, os rostos sombrios. Ash contou quatro, e depois seis, rodeando ele, Zora, Eliza e Donovan em um círculo fechado. Ele sentiu uma pontada de medo. Era uma armadilha.

— Impressionante — disse Mac, os olhos passando de Eliza para Donovan. — Deveria ter recrutado as Aberrações do Cirko há anos.

— Fico feliz em ajudar, senhor — disse Eliza, segurando Ash com mais força. Ele fez uma careta.

— Bom ver você de novo, Mac — disse Ash, esperando que o tom leve escondesse seu nervosismo. — Mas os seus amigos estão sendo meio grosseiros.

— Achei que já estava mais que na hora de resolver aquele probleminha que você causou no meu motel. — Mac olhou para Zora. — Ela é mais bonita que a outra menina.

Os lábios de Zora se curvaram sobre os dentes cerrados, um sorriso feroz.

— Pode chegar mais perto pra dizer isso.

— Mas tem um temperamento ruim. — Mac alisou o queixo, balançando a cabeça. — Achou que eu ia deixar você sair impune pelo que você e aquela puta fizeram com a minha perna, é? Já matei homens por muito menos.

Ash sentiu um calafrio na espinha. Ele endireitou os ombros para não estremecer.

— Você não vai me matar — disse Ash. — Eu sei como vou morrer, e não é assim.

— Tem certeza? — perguntou Mac, e fez um gesto para Eliza.

Ash viu o golpe e tentou se preparar, mas o cabo da arma o atingiu na lateral do rosto. Ele ouviu algo rachando, e sua visão de repente ficou coberta de sangue.

— Bang — sussurrou Eliza em seu ouvido, rindo.

Ela o acertou com o cabo da arma de novo no rosto. E de novo.

As docas se inclinaram sobre ele.

E aí só havia escuridão.

DIÁRIO DO PROFESSOR – 7 DE OUTUBRO DE 1899
22H24
ARREDORES DE COLORADO SPRINGS

Isso é meio vergonhoso, mas posso explicar.

Eu estava me sentindo muito mal depois de tudo. Não apenas por causa do futuro horrível que certamente virá a acontecer, mas também por causa dos meus próprios fracassos nos experimentos.

Então, tomei uma bebida. Depois mais algumas. E aí pensei em como seria legal conversar com outro cientista, alguém que soubesse muito bem como é fracassar de forma tão espetacular em algo que você tinha tanta certeza.

Por isso, entrei na *Segunda Estrela* e voei até o passado para fazer uma visitinha a Nikola. Ficamos na estação de experimentos dele, e aí bebemos um pouco mais e ficamos só... conversando.

Nikola ainda pensa que sou um marciano, mas mesmo assim entende minha frustração.

Eu não ia nem escrever nada sobre essa viagem, mas Nikola disse algo que me pegou de jeito. Vou registrar aqui da melhor forma que consigo lembrar.

Ele disse: "Talvez exista alguma coisa parecida com destino, ou Deus, trabalhando em cada um de nós, determinando nossos caminhos e nosso futuro. Alguém pode até conseguir alterar o próprio caminho, mas não pode alterar o dos outros."

Isso me pareceu muito profundo. Ou talvez fosse só o Bourbon.

Antes de eu ir embora, Nikola perguntou se iria visitá-lo mais uma vez, antes de ele morrer. Eu perguntei o motivo, mas ele só sorriu e não me contou.

— Tem uma coisa que eu gostaria de lhe dar.

Foi tudo que ele disse.

PARTE TRÊS

Como ficou tarde tão cedo? Já é noite antes do entardecer. Dezembro já está aqui antes de junho. Meu Deus, como o tempo voa. Como ficou tarde tão cedo?
— *Dr. Seuss*

39
DOROTHY

9 DE NOVEMBRO DE 2077, NOVA SEATTLE

O vento rugia contra as laterais da *Corvo Negro*. A chuva castigava o para-brisa. E, em algum lugar ao longe, as estrelas piscavam, surgindo e sumindo da existência.

Dorothy encarou as paredes da fenda, procurando pelo exato tom de roxo que significava 2077, e então pelas mudanças ainda mais sutis na cor que significavam que estavam se aproximando do 8 de novembro. Era a primeira vez que pilotava a *Corvo Negro* pela fenda sozinha, e esse era o momento que ela mais temia. Ela era péssima em procurar os sinais nas nuvens pretas e cinzentas da parede do túnel. Para ela, tudo parecia igual.

— Você acha que isso parece certo?

Ela olhou para Roman, mas ele só encarava a janela do passageiro, a testa franzida, os olhos vazios.

— Deve ser — disse ele vagamente.

— Certo. — Dorothy soltou o ar e, estremecendo, fez a *Corvo Negro* atravessar as paredes revoltas e nebulosas da fenda.

A chuva ficou preta e espessa, se transformado em ondas, e então a *Corvo Negro* estava voando alto, atravessando a água escura e rompendo a superfície no crepúsculo familiar de Nova Seattle, 2077.

Dorothy afrouxou o aperto no volante da máquina do tempo e se recostou no assento, soltando um suspiro de ansiedade. Ela achou que tinha ido bem. A viagem não fora tão tranquila quanto seria se Roman estivesse pilotando, mas ela mantivera a máquina do tempo firme sob o vento forte, então considerava isso um sucesso. Ao menos, não tinha batido.

Ela verificou o relógio no painel da máquina do tempo. Ela piscou com força, e então olhou novamente.

— Roman — disse ela, se inclinando de repente. — Isso está certo? Diz aqui que aterrissamos um dia depois de irmos embora.

Roman se virou para ela. Ele não parecia ter notado que haviam chegado em casa. A última viagem o sobrecarregara. Ele parecia mais velho.

— O quê? — perguntou.

— Olha. — Dorothy apontou para o relógio. — Chegamos vinte e quatro horas mais tarde. — Ela olhou para a fenda tempestuosa atrás dela. — Será que eu deveria... retornar e tentar de novo?

Roman voltou a olhar pela janela.

— Se você quiser.

Dorothy tentou pensar em algo para dizer, mas qualquer coisa parecia estupidez. Ele passara o dia vendo a irmã morrer inúmeras vezes. Ela não conseguia pensar em nada mais doloroso do que isso, e o fato de que não conseguisse encontrar as palavras certas para reconfortá-lo a enfurecia. Ela também perdera toda sua família, mas não achava que era a mesma coisa.

Ela olhou para a fenda uma última vez. Que diferença um dia poderia fazer?

A máquina do tempo pairou no ar, e então voou acima das ondas, voltando para casa.

O Fairmont se erguia ao longe como uma montanha dourada, iluminada e brilhando contra o céu cada vez mais escuro. Ao vê-lo, Dorothy sentiu a ansiedade desaparecer. Estavam *em casa*.

Então, ela notou as sombras montando guarda na entrada principal e franziu o cenho. Aquilo era estranho. Ela não reconhecia metade das Aberrações que estavam a postos.

Dorothy se virou no assento quando voou por cima deles, tentando ver uma última vez antes de virar a esquina.

— Não era o time de Donovan que estava de guarda? — disse ela, quase para si mesma.

Demorou bastante tempo para Roman registrar a pergunta. Ele piscou, como se acordasse de um transe.

— O quê?

— Donovan — disse Dorothy, mais firme. Ela voou a *Corvo Negro* pelas janelas escuras da garagem, esperando até aterrissar para explicar. — O time dele estava de guarda quando saímos hoje de manhã, não? Achei que você tinha dito para ele aguentar firme até voltarmos?

Roman assentiu devagar. Sempre deixavam o Fairmont nas mãos dos times mais confiáveis quando viajavam no tempo, só por precaução, caso algo os atrasasse na volta.

— Eu não o vi lá na frente — disse Dorothy.

— Ele deve ter trocado — murmurou Roman, mas Dorothy viu que ele franziu as sobrancelhas. Donovan não faria isso. — Acho que foi um turno longo demais. Já estamos fora há mais de um dia.

Dorothy se encolheu, sentindo-se culpada de novo por errar a hora da volta.

Saíram da máquina do tempo e encontraram a porta do porão do Fairmont entreaberta, uma luz amarela fraca emanando da escadaria. Dorothy conseguia ouvir ruídos de trabalho sendo feito. Parecia que havia um time inteiro de pessoas do outro lado.

Isso... também era estranho. Já era quase noite, e o hotel geralmente ficava silencioso a essa hora. A maioria das Aberrações do Cirko saía com os barcos depois do entardecer para patrulhar a área ao redor do Fairmont, enquanto os sortudos que estavam de folga iam beber no Coelho Morto.

— Você mandou fazer algum trabalho e não me contou? — perguntou Dorothy.

Roman sacudiu a cabeça. Os olhos dele haviam perdido o brilho e agora ele parecia tão ansioso quanto ela. Franzindo o cenho, Dorothy abriu a porta com cuidado.

A princípio, ninguém os viu. Os garotos reunidos ali eram recrutas novos, e Dorothy não reconheceu a maioria. Estavam vestidos com roupas de trabalho em vez das roupas pretas que o Cirko sempre usava, e estavam carregando os painéis solares de um canto onde haviam sido guardados no dia anterior para um carrinho para levá-los...

Para onde?, Dorothy se perguntou, os olhos estreitando sob o capuz. Ela não dera ordens sobre o que fazer com os painéis ainda. Ela olhou para Roman, e ele só sacudiu a cabeça. Ele também não dera ordens em relação a isso.

Um garoto mais velho ergueu o olhar naquele instante, limpando o suor da testa. Ela viu quando os olhos dele se arregalaram ao notar ela e Roman parados na porta.

— Quinn — disse ele, e o gogó subiu e desceu no pescoço. — E Roman. Vocês voltaram.

Dorothy ergueu o queixo.

— Para onde esses painéis estão sendo levados?

— E-ele não disse. — O garoto se apressou em responder, claramente preocupado de estar em apuros. — Nós só deveríamos preparar a entrega.

— Entrega — repetiu Dorothy, pressionando os lábios com força, permitindo que o olhar fosse até as pilhas, procurando qualquer sinal de um destino.

Havia uma porta aberta no canto do porão. Apesar de o corredor estar escuro, Dorothy sabia que aquele acesso conduzia a um antigo elevador de serviço. Os trabalhadores provavelmente estavam levando os painéis para o fosso do elevador pela garagem. Se houvesse um barco à espera, poderiam levar a mercadoria a qualquer lugar da cidade.

— Quem pediu para você preparar essa entrega? — perguntou Roman.

— Mac Murphy — disse o garoto, e então acrescentou rapidamente: — Mas ele disse que a ordem era sua.

— É mesmo? — perguntou Roman, a voz gélida.

Mac, pensou Dorothy, e a raiva pulsava em seu peito como se fosse um segundo coração. Que direito Mac tinha de dar ordens à gangue *dela*, dentro do hotel *dela*?

E agora os homens estranhos de guarda na entrada do hotel dela pareciam ganhar um novo significado, muito mais sinistro. Parecia menos um erro e mais uma mensagem.

Aquele hotel *ainda* era dela?

A raiva em seu peito se solidificou, transformando-se em medo. Mac estava dando ordens às Aberrações, Mac estava enviando seus painéis solares para Deus sabe onde. O que mais ele estava fazendo?

— Você sabe onde Mac está agora? — perguntou ela ao garoto, fazendo tudo para manter a voz sob controle.

— No quarto dele, acho.

No quarto dele? Quem ele pensava que era, pegando para si um dos quartos do hotel? Outro olhar de soslaio para Roman dizia a Dorothy que ele estava igualmente abismado por essa sequência de acontecimentos.

— Mais coisas aconteceram nas últimas vinte e quatro horas do que eu esperava — murmurou Roman.

— Mac trabalha rápido — disse Dorothy, amarga. — Talvez a gente devesse ir embora e tentar voltar um dia mais cedo, como planejado?

Porém, conforme dizia aquelas palavras, Dorothy já sabia que não era possível. Se sua última viagem no tempo a ensinara algo, era que ela não conseguia mudar o passado quando já fora determinado. Estavam presos naquele presente, para o bem ou para o mal.

Aquilo causava arrepios. As coisas mudavam tão fácil.

— Obrigada — disse ela, virando-se para o garoto. Ela passou os olhos mais uma vez pelo cômodo, deixando-os perdurarem em cada pessoa que estava ali. — Esses painéis não devem ser retirados do hotel sem permissão explícita minha e de Roman. Estamos entendidos?

Uma pausa. E então, todas as Aberrações assentiram.

40

ASH
9 DE NOVEMBRO DE 2077, NOVA SEATTLE

O céu do lado de fora da cela de prisão de Ash, improvisada em um quarto do hotel, lembrava um hematoma: roxo, com nuvens pretas espalhadas pelo horizonte e bordas amareladas. Ele grunhiu e se sentou. Não sabia quanto tempo se passara desde que ele havia sido levado. Algumas horas, pelo menos. Talvez um dia inteiro.

Seus pulsos foram amarrados nas costas, mas os pés e pernas estavam livres. Ele saiu da cama e andou até a janela, apoiando a cabeça de leve no vidro.

As janelas tinham barras de ferro. Não havia saída. Mesmo que não tivessem, mesmo que as mãos de Ash estivessem livres e ele conseguisse abrir o vidro, ele duvidava que teria coragem de pular. A água parecia tão distante. Oito andares, talvez mais.

Ele soltou um suspiro pesado, o hálito embaçando o vidro. Dorothy pulara. Estivera na mesma situação que ele e, de alguma forma, abrira uma janela e dera um jeito de chegar ao lado de fora. Ela havia olhado para aquela água escura violenta e saltado.

Sem aviso, a voz de Zora apareceu em sua mente: *Você precisa parar de pensar que ela é a mesma garota que você conheceu.*

Ash engoliu em seco. *Zora*. Estava sozinho ali, mas se perguntou se Zora estaria presa em outro quarto de hotel no Fairmont.

Atrás de si, ouviu um raspar de metal na fechadura. A porta se abriu, trazendo o cheiro de cigarro para o pequeno ambiente.

Ash ficou tenso.

Ele ouviu passos, e então mãos agarraram seus ombros, fazendo-o se virar. Mac tinha trazido quatro Aberrações do Cirko consigo. Apesar da infelicidade da situação, Ash sentiu os lábios se curvarem em um sorrisinho.

— Dois homens para cada braço — disse ele, flexionando os músculos. — Fico lisonjeado.

— Servimos bem para servir sempre — retrucou Mac, da porta.

— Cadê a Zora?

— Deixamos ela nas docas. Mulher que fala demais não tem utilidade pra mim. — Ele passou a língua nos lábios rachados, então gesticulou para os homens que seguravam os braços de Ash.

Ash engoliu em seco.

Que merda.

Como esperado, as Aberrações do Cirko bateram um pouco nele dentro do quarto. Ash teve dificuldade em acompanhar os movimentos exatos. Havia punhos e pés demais vindo na sua direção. Ele resistiu em pé durante os primeiros golpes que recebeu no rosto e na barriga, mas então uma das Aberrações chutou seu calcanhar e ele caiu no chão.

As mãos de Ash ainda estavam amarradas às costas, então ele caiu de cara no chão. Um jorro de sangue se espalhou pela madeira.

Ele conseguia se lembrar claramente da primeira vez que levara uma bota nas costelas, em como se curvara, tentando se preparar para absorver o impacto do golpe. A dor irrompeu pelo peito, tirando todo seu fôlego.

O terceiro, quarto e quinto chutes foram um borrão, mas o sexto foi memorável, já que foi no rosto. Ele ouviu o som do nariz quebrando um segundo antes de sentir a dor. O quarto se dissolveu em luz branca e sangue.

Finalmente, Mac disse:

— Já deu.

Ash lutou para continuar consciente. Não conseguia ver nada além do sangue jorrando nos olhos. A respiração ofegava, as batidas do coração, fracas.

Agachado, Mac tirou uma pilha de guardanapos do bolso e começou a limpar o rosto de Ash.

— Olha, desculpa por ter que fazer esse tipo de coisa — disse ele, em tom casual. — Mas entendeu por quê, né? Você entrou na minha boate, exibiu uma arma, fez exigências. Eu sou respeitado por aqui, filho. Não dá pra deixar passar.

Ash fechou os olhos. Bem, fechou um deles. O direito já estava inchado demais para sequer abrir.

— Você devia considerar isso uma sorte. — Um grunhido em resposta, e Mac limpou o sangue do olho de Ash com o dedão. — Se fosse qualquer outra pessoa, eu teria te dado um tiro nas docas mesmo e encerrado o assunto.

— Você quer que eu agradeça? — Ash riu, cuspindo sangue.

Mac franziu o cenho, e Ash sentiu que ele não tinha muita experiência com sarcasmo.

— Por que me deixar vivo, afinal? — Ash conseguiu dizer. — Você já está trabalhando com o Cirko Sombrio, e a máquina do tempo é deles. Não precisa de mim.

Mac o examinou, a ponta da língua escapando por entre os lábios.

— Deixa eu te contar uma história — disse ele, depois de um instante. — Um tempinho atrás, mais ou menos um mês, meu contato do Centro me ofereceu a maior grana se eu arranjasse uma máquina do tempo para eles. — Ele deu de ombros. — Acho que aqueles cientistas metidos a besta ainda não conseguiram construir nada. Cá entre nós, nunca pensei muito nessa coisa de viagem no tempo, mas sabe, esse tanto de dinheiro poderia me deixar no bem-bom por anos.

Eu conseguiria expandir os negócios, conquistar a Aurora inteira, viver que nem rei.

Mac sorriu, revelando os dentes manchados de nicotina.

— Era o bastante para me fazer questionar se esse lugar aqui vale a pena. Duas vezes num passado recente, teve terremoto chegando perto pra cacete de varrer Nova Seattle do mapa. Precisei perguntar a mim mesmo: será que realmente quero construir meu império sem algum tipo de garantia de que isso não vai acontecer de novo?

Ash piscou, os cílios ainda manchados de sangue.

— É por isso que de repente ficou interessado em viajar no tempo? Quer saber se um terremoto vai destruir os seus puteiros?

Mac estendeu as palmas da mão como se dissesse: *e o que mais você esperava?*

— O que posso dizer? Eu sou assim, gosto de planejar. E, quando cheguei no futuro, vi que tinha um bom motivo para ficar preocupado. O próximo terremoto não vai só destruir a cidade, vai destruir *tudo*, a costa inteira. Todo mundo que ainda estiver aqui vai morrer.

Durante um instante, Ash não conseguia ouvir mais nada além do sangue pulsando em seus ouvidos.

Todo mundo que ainda estiver aqui vai morrer.

Era exatamente o que temiam. O próximo terremoto ia destruir tudo.

— Não estou deixando você vivo só porque sou bonzinho — continuou Mac. — Tenho a sensação de que Roman e Quinn não vão deixar barato quando descobrirem que eu tomei o controle do precioso Cirko Sombrio deles. Tenho um plano para cuidar deles, não precisa se preocupar com isso. Só que, assim que estiverem fora da jogada, vou precisar de outra pessoa pra pilotar minha nova máquina do tempo. — Mac fungou. — Estou pensando em voltar no tempo. Usar meu dinheiro para fundar uma empresa de tecnologia em Seattle, em 2015, ou só brincar um pouco na bolsa de valores dos anos 1980. Sabe, alguma coisa divertida. Mas para isso preciso de alguém que pilote a máquina do tempo para mim. — Ele segurou o queixo de Ash, sorrindo abertamente. — É aí que você entra.

Ash engoliu, sentindo o gosto metálico de sangue.

— Prefiro morrer a te ajudar.

Mac deu de ombros.

— Também podemos dar um jeito nisso.

41
DOROTHY

— Mac está ocupado agora. O que você quer?

Dorothy estivera parada no corredor com as costas viradas para a porta do quarto de hotel, fitando uma mancha de umidade no papel de parede, mas se virou ao ouvir a voz. Eliza estava com a cabeça e os ombros no corredor, segurando a porta.

Dorothy olhou do rosto da garota para o novo casaco que vestia e as botas brilhantes que calçava.

— Isso é novo — comentou, chocada.

Eliza sorriu.

— Mac me pediu um favor.

— Você trabalha para o Mac agora? — perguntou Roman.

— Não fiquem assim tão surpresos. Foram vocês que me deram a ideia — disse Eliza, fingindo inocência. — Ou não lembram da nossa conversinha no Coelho Morto?

Um grito abafado ressoou dentro do quarto de hotel. Roman enrijeceu, e Dorothy viu os olhos dele encararem algo além da cabeça de Eliza, estreitando-se, curiosos.

— Quem tá aí dentro? — perguntou Dorothy.

— Ninguém com quem você precisa se preocupar — disse Eliza. Dorothy estava imaginando coisas ou a garota tinha segurado a porta com mais força? — Mac pode encontrar vocês depois que terminar aqui.

Roman pigarreou. Mac não dava ordens no hotel, não importava com quais tesouros presenteasse as Aberrações. Já fazia tempo desde a última vez em que lembraram ao Cirko Sombrio quem eles eram.

Dorothy retirou uma adaga fina e comprida da manga. A lâmina tinha um diâmetro menor do que um lápis, e era tão afiada que Eliza precisaria apertar os olhos para ver onde a ponta acabava.

— Você sabe quanta pressão é necessária para romper um tímpano? — Dorothy ergueu a lâmina contra a luz, uma linha prateada reluzindo. — Eu mesma não sei, mas ouvi dizer que as pessoas faziam isso por acidente, com grampos e cotonetes. Imagina só o dano que *isso* aqui causaria.

Eliza encarou a lâmina e umedeceu os lábios. Dorothy achou que ela estava imaginando como o metal arranharia a membrana fina do ouvido, como poderia *estourar*, parecendo vazio no começo, e então úmido quando o pus e o sangue escorressem pelo pescoço.

Dorothy deu um sorriso ensaiado e lento que mostrava todos os seus dentes brancos.

— Diga a Mac que quero falar com ele agora.

Um lampejo de alguma coisa passou pelos olhos de Eliza. Medo? Nojo? Dorothy não saberia dizer ao certo.

— Sim, senhora — murmurou Eliza, empurrando a porta de novo até fechar, deixando Dorothy e Roman sozinhos no corredor mais uma vez.

— Mac virou um problema — sussurrou Roman.

— Está com a sua arma aí? — perguntou Dorothy, guardando a adaga na manga de novo.

Uma pausa.

— Óbvio.

Dorothy pressionou os lábios, a mente girando. Apesar de sua reputação, ela nunca matara ninguém antes, e não sabia se seria capaz de tirar uma vida, mesmo que fosse a de alguém tão desprezível quanto Mac.

Será que haveria outra solução?

Outro grito ressoou pela porta. Dorothy sentia como se o ar tivesse sido sugado do corredor. Ouviu o som abafado de vozes, e então passos.

Ela estalou os pulsos, sentindo o aço frio das adagas sob a manga.

A porta se abriu, e a voz de Mac ressoou no corredor antes que ele aparecesse. Estava cantando.

— *Fechem as janelas, crianças, que a Raposa e o Corvo arranham o vidro...*

Dorothy enrijeceu. Era a canção de ninar que os residentes de Nova Seattle tinham inventado sobre Quinn e Roman, e ela sempre sentira um orgulho mórbido disso. Parecia ser a prova de que ela se tornara alguém com quem deveriam tomar cuidado, mesmo que fosse apenas pela reputação. Mas agora parecia que Mac estava usando a música para tirar uma com a cara dela.

— Fico feliz que vocês tenham decidido dar uma passadinha aqui — disse Mac, alegre, como se Dorothy não tivesse acabado de ameaçar um membro da própria gangue para conseguir falar com ele. A perna ainda estava com uma atadura, e apesar de mancar um pouco, não parecia mais precisar de muletas. — Acho que é hora de darmos outra voltinha.

Ele estava segurando um pano nas mãos, e o usava para limpar o sangue da pele. Não estava funcionando. Havia sangue de mais e pano de menos.

Dorothy o encarou, momentaneamente aturdida.

Ele estava brincando?

Roman falou primeiro.

— E por que faríamos isso?

— Temo que você não esteja na posição de fazer exigências — completou Dorothy.

Mac piscou, surpreso, e disse:

— Não estou? Fiquei com a impressão de que estávamos nessa juntos. Uma mão lava a outra, sabe como é.

A ideia de tocar na mão de Mac fez Dorothy estremecer involuntariamente.

— Não se preocupem, vocês vão gostar do meu novo plano — disse Mac. — Eu já vi bastante do futuro. Se é assim que o mundo vai ficar daqui a alguns anos, não quero nada daquilo. Prefiro voltar no tempo e viver como um rei.

Ele ergueu o punho, estudando as unhas amareladas.

— Tudo que precisam fazer é me levar de volta no tempo. Quero ver algumas épocas antes de decidir onde ficar. E aí vocês podem só me largar lá, e vamos todos ser felizes. — Ele ergueu o olhar, sorrindo. — Que tal?

Dorothy hesitou. O desejo dele de voltar no tempo parecia ser verdadeiro, mas ela duvidava que ele simplesmente aceitaria ser deixado lá. Mac gostava de poder demais para deixar que a máquina do tempo escapasse do seu controle. Era uma armadilha.

Ela estava prestes a responder o que achava daquele plano quando ouviu outro grito estrangulado vindo do quarto. Os pelos da nuca arrepiaram.

— Quem você prendeu aí dentro?

Mac sorriu, e Dorothy se sentiu enganada. Claramente, ele queria que ela perguntasse.

— Veja você mesma — respondeu, escancarando a porta.

Dorothy não queria olhar, mas os olhos pareceram se mexer por conta própria, encarando a figura completamente imóvel no chão.

Ash havia apanhado, estava claro, mas não foi isso que causou o horror completo que a tomou. Foi a *forma* como havia apanhado, como fora chutado, socado e cortado. A pele estava pálida exceto onde ficara vermelha, coberta de sangue. *Meu Deus*, quanto sangue. De onde tinha saído tudo aquilo? Formava poças ao redor dele, manchando as roupas, as mãos e os pés. Dorothy sentiu um rugido tomar seus ouvidos.

O que tinha sido feito com ele tinha sido feito com extrema *satisfação*.

Primeiro, Dorothy pensou que ele estava morto. Aquele monstro o matara. Então, notou que ele tremia, talvez de choque ou perda sanguínea, ela não saberia dizer.

Não estava morto ainda. Mas quase.

Mac a estudava agora, os olhos apertados. Dorothy precisou se esforçar para impedir que alguma emoção perpassasse seu rosto. Ele sabia. De alguma forma, impossivelmente, sabia do passado dela com Ash. Sabia o que ele significava para ela. Mas *como*?

Não importava. Mac mataria Ash se ela não o impedisse. O estômago dela se revirou, os dedos curvando ao redor das adagas escondidas. Ela queria tirá-las dali e usá-las para arrancar o sorrisinho de Mac. Queria acrescentar o sangue dele ao sangue que já manchava suas roupas. O desejo era tão intenso que parecia queimar suas entranhas.

Ele está perto, pensou ela. Perto o bastante para que ela pudesse atravessar uma adaga em seu peito.

Mas será que ela conseguiria fazer isso? Conseguiria matar alguém?

Ela começou a tirar a adaga da bainha.

Sim, pensou ela.

Como se lesse a sua mente, Mac ficou fora de alcance. As Aberrações do Cirko dela o rodearam, tornando impossível que Dorothy o alcançasse, a não ser que estivesse disposta a passar por cima deles.

Será que ainda eram as Aberrações *dela*? Parecia que Eliza já tinha trocado de lado. E os outros? Também trabalhavam para Mac agora?

Dorothy sentiu a adrenalina pulsar no sangue, vibrando até as adagas. Ela não poderia arriscar.

Mac estendeu as mãos e, como se esperasse aquele sinal, uma das Aberrações entregou uma faca para ele.

— Deixa eu só acabar com esse cara e aí podemos discutir o resto — disse ele, sorrindo.

Acabar com esse cara?

O pensamento a fez querer gritar.

— Se quer mesmo voltar no tempo, deveríamos ir agora — disse Dorothy, a mente trabalhando rápido. Do canto do olho, pensou ter visto o olhar de Roman repousar sobre ela. Dorothy não olhou para ele. Naquele instante, tudo que conseguia pensar era em como afastar Mac de Ash. Não apenas cinco anos. Décadas. Séculos. — Antes que...

Porém, a mente congelou, e ela não conseguia pensar em nenhum motivo para ir agora, antes de Mac ter uma chance de matar Ash.

Roman pigarreou.

— Como deve saber, a pessoa que você está torturando é Jonathan Asher — explicou ele. — Não acha que ele merece ter uma morte pública?

Roman disse aquilo como se fosse óbvio, a expressão neutra.

Mac passou os olhos por ele, cheio de suspeita, mas abaixou a faca.

— Não é má ideia. — Olhando para trás, ele acrescentou: — Mantenham ele vivo até eu voltar.

Tremendo, Dorothy se virou e começou a andar pelo corredor, confiando que os outros a seguiriam. Ela encaixou a adaga de volta na bainha.

Ela havia perdido uma chance, mas haveria outras. Iria se certificar disso. Por enquanto, Mac queria voltar no tempo, e eles o levariam.

Só não poderiam deixar que ele voltasse.

42
ASH

— Ash... vamos lá, hora de acordar.

A voz veio da escuridão, arrancando-o da inconsciência. Era familiar. Ele se esforçou para abrir as pálpebras pesadas.

— Dorothy? — murmurou.

Foi assim que soube que estava sonhando. Dorothy não poderia estar ali. Uma palma gelada tocou a bochecha dele. A voz falou de novo.

— Vamos. Você não tem muito tempo.

Mesmo assim, Ash não conseguiu abrir os olhos. Havia sangue encrostado nas pálpebras.

— Você não está aqui — disse ele. Era difícil falar. A língua parecia grande demais para a boca.

— Você precisa sair daqui — dizia Dorothy. — Mac não vai demorar e, se ainda estiver aqui quando ele voltar, vai acabar morrendo.

— Não vou morrer hoje — murmurou ele. Os pensamentos ainda pareciam embolados. — Eu sei quando vou morrer.

— Sorte a sua. Agora *vai*.

* * *

Um instante ou uma hora depois, Ash abriu os olhos e viu que estava sozinho no quartinho do hotel. Dorothy não estava ali. Nunca estivera ali.

Ele estava prestes a fechar os olhos de novo, voltar para a inconsciência, quando notou que as Aberrações de Cirko também não estavam ali.

E a porta do quarto estava aberta, o corredor escuro e sinuoso à frente.

E... sua arma encontrava-se no chão, na frente dele. Ash piscou para se certificar de que não estava vendo coisas.

A arma ficou no mesmo lugar.

Agora vai.

Seria possível? Será que ele conseguiria levantar?

Tenho um plano para cuidar deles, pensou, e recordar as palavras de Mac funcionou como um bálsamo, de alguma forma acalmando a dor que sentia e trazendo coragem e força. Ele apoiou as mãos e, com esforço, começou a levantar o corpo do chão.

Primeiro, ergueu-se nos antebraços. Então, com os braços tremendo, ficou em quatro apoios.

Foi um erro. A dor o invadiu, deixando-o tonto. Ele se inclinou para o lado e pensou que cairia de novo, mas conseguiu firmar-se contra a lateral da cama.

Ele respirou fundo. Sentar-se ficou mais fácil. Pegou a arma com as mãos pesadas e atrapalhadas. Precisou de algumas tentativas, mas por fim conseguiu ficar em pé e cambaleou até a porta, o coração batendo em pânico.

Tenho um plano para cuidar deles, ele se lembrou.

Seja lá qual fosse o plano de Mac, Ash precisava impedi-lo.

Ash seguiu o caminho tortuoso das docas de Nova Seattle sem parar para pensar aonde estava indo. Os pés pareciam saber a direção, levando-o por entre os prédios empoeirados e úmidos e de volta para a água. No centro, todas as docas convergiam e passavam uma por cima da outra, formando um estranho labirinto. Porém, ao chegar nas margens da cidade, não havia mais docas, apenas a água escura salpicada de árvores brancas.

Ele parou na beirada da última doca, respirando com dificuldade. Ainda havia pouco menos de dois quilômetros de água até a fenda. Ele estava razoavelmente certo de que conseguiria.

E então...

O quê?

Qual era o plano? Ele não fazia ideia de quanto tempo fazia desde que ouvira Dorothy, Roman e Mac planejando a viagem de volta no tempo, mas estava certo de que era tarde demais para alcançar a *Corvo Negro*. O que significava que ele precisava tentar seguir pela fenda sozinho e torcer para ser puxado pela trilha deixada pela nave.

Aquilo funcionaria?

Gritos ecoaram nas ruas atrás dele. Ash olhou para trás e viu as luzes piscarem entre os prédios, silhuetas se mexendo. Ele engoliu, sentindo o gosto de sangue. O Cirko Sombrio não estava muito longe. Não era como se ele tivesse outra escolha.

Ele tirou a jaqueta, a dor atravessando seu corpo enquanto a largava nas docas. Era uma jaqueta boa, e ele ficava triste de perdê-la, mas o peso do couro encharcado só o atrasaria.

Tiros irromperam atrás dele.

Ash pulou.

Afundou na água escura, o frio comprimindo a pele e inundando os ouvidos, bloqueando todos os outros sons e provocando uma dor profunda no crânio. Ele emergiu, arfando, e começou a nadar, torcendo para que o exercício trouxesse algum calor de volta ao seu sangue.

Seus braços e pernas começaram a enrijecer depois de alguns minutos, e a pele ardia de frio. As calças rapidamente ficaram encharcadas, puxando-o para baixo. Mais dez minutos e tudo sob o pescoço começou a ficar dormente. Ele tinha a vaga noção de que estava ficando mais lento, de que era mais difícil atravessar a água.

Não deve estar muito longe, ele disse a si mesmo. O peito doía, e ele mal respirava. Ouviu um motor rugindo à distância e o som de risadas. Não demoraria muito para o Cirko encontrá-lo.

Ele sentiu uma pontada de dor logo abaixo das costelas, onde o pedaço da *Segunda Estrela* estava alojado. Estremecendo, apertou a barriga com a mão espalmada. Conseguia sentir a ponta dura do metal logo abaixo do umbigo, movendo-se dentro dele, e percebeu que a ferida deveria ter se aberto de novo.

Ele ergueu a mão. Estava molhada... mas não de sangue. A substância em seus dedos era mais grossa do que água, e prateada.

Ash piscou e a substância mudou, endurecendo, virando uma massa preta e sólida que cobria sua mão como uma luva.

Então, mudou de novo, dessa vez tornando-se gasosa e esverdeada. Ash observou, fascinado, enquanto aquilo voava na direção do céu azul-escuro e desaparecia.

Ele sabia que matéria exótica se comportava dessa forma. Mudava e se transformava no recipiente que o Professor construíra para ela, então nunca sabia o que estava olhando. Mas Ash não tinha matéria exótica nenhuma no corpo.

Ou tinha?

Era verdade que, quando eles tinham arrebentado a *Segunda Estrela*, um pedaço da nave se alojara na barriga dele, abaixo das costelas. Ele achou que era parte da nave, mas e se estivesse errado? E se a matéria exótica estivesse dentro dele, enterrada profundamente, junto com o pedaço da *Segunda Estrela*? Aquilo explicaria o motivo de ele ter conseguido viajar pela fenda sem uma máquina do tempo?

Era possível que *ele* fosse uma máquina do tempo?

Ash fechou os olhos, nadando com força na direção da fenda. O som dos gritos ecoou acima das ondas, mais perto. Ele sentiu o jato do motor de um barco nas bochechas.

A fenda estava a poucos metros de distância. Conforme Ash chegava mais perto dela, sentia algo, uma pressão leve entre as costelas, impelindo-o adiante. Era tão fraca que poderia estar imaginando. Só uma dorzinha, como a picada de agulha. Um puxão ávido. Ele ficou sem fôlego.

Ash achava que entendia de viagem no tempo, mas em todos os anos que voara pela fenda, primeiro na *Estrela Escura* e depois na *Segunda Estrela*, nunca sentira algo como aquilo.

Era como o destino, como mágica.

Ele mergulhou na água, e através do tempo.

43

DOROTHY

Dorothy ergueu a mão, os dedos trêmulos pressionando o volume sob o tecido em torno de seu pescoço. Ela vestira o velho medalhão prateado sob a roupa, e agora se reconfortava com a frieza da prata contra a pele. Era familiar. A sensação mais próxima à de um lar que ela conseguia evocar.

O medalhão viera com ela em sua primeira viagem ao futuro. Parecia justo que agora também voltasse com ela.

Estavam na *Corvo Negro*, sobrevoando baixo a água e seguindo para a fenda. Dorothy e Roman estavam sentados na frente enquanto Mac relaxava na cabine de passageiros, a perna machucada apoiada no assento oposto, polindo cuidadosamente uma de suas armas. O ritmo era quase hipnótico. Ele erguia a arma no ar para que o cano refletisse a luz verde do painel de controle, então balançava a cabeça e abaixava a arma, cuspindo no metal e esfregando com a barra da camisa manchada de sangue.

Roman, na cadeira do capitão, olhou para Dorothy, depois desviou o olhar. As mãos estavam firmes no volante, os ombros rígidos.

Não houvera outra chance para matar Mac. As Aberrações que ele trouxera para seu lado o rodearam enquanto percorriam os corredores sinuosos do hotel, descendo as escadas até a garagem onde a máquina do tempo aguardava. As Aberrações tinham ficado paradas do lado de fora das portas da máquina enquanto os três entravam, e assim que sentou, Mac tirou a arma do coldre e começou a polir o cano.

Tudo parecia cuidadoso e perfeitamente planejado, e agora Dorothy olhava fixamente adiante, preocupada de ter tido apenas uma chance, lá no hotel. Ela deixara aquela passar, e agora não haveria outra.

Não, disse a si mesma, se concentrando nas adagas escondidas na manga. Assim que os três chegassem ao passado, ela encontraria outro momento... ou criaria um.

A fenda do estuário de Puget se estendia diante deles. A luz dançava sobre as ondas. Era uma grande bolha que refletia tudo. Uma mistura de fumaça e cores inconstantes.

Roman direcionou a nave na direção do túnel. Dorothy engoliu em seco.

— *Corvo Negro* em posição para a partida — disse Roman, adentrando a fenda do tempo. A nave estremeceu, e eles atravessaram.

Os relâmpagos piscavam nas paredes curvadas do túnel, e um vento feroz uivava do lado de fora, mas o suprimento cheio de ME manteve a nave firme.

Mac cutucou os dentes com o polegar.

— Quero ver primeiro a era de ouro dos piratas. Isso foi quando, no século XVIII? Ou no XVII? Sempre pensei que eu daria um ótimo corsário.

— Muito bem — disse Roman, enigmático. Ele puxou o volante, impelindo-os para a frente.

Dorothy notou, com algum interesse, que ele não virou para a esquerda para levá-los para o passado.

Ele virou à direita, em direção ao futuro.

Mac, que ainda cutucava os dentes, não notou.

44

ASH

2 DE MAIO DE 2082, NOVA SEATTLE

Quando Ash acordou, estava agachado no meio da sujeira. Uma perna estava dobrada debaixo do corpo, a outra, apoiada no chão, os braços tocando a terra ao lado dos pés.

Na terra, pensou ele, vagamente. Terra sólida. Ele curvou as mãos no chão, os dedos cavando além da sujeira e encontrando algo duro e reto.

Não era terra. Era madeira.

Onde ele estava?

Depois, ele notou o frio. Parecia adentrar a pele, apertar os ossos até os dentes baterem e a respiração ofegar. Ele nem percebeu que tinha aberto os olhos até sentir o frio pressionando as órbitas, secando-os tão instantaneamente que precisou piscar depressa para impedir que congelassem.

Ele não via nada. A escuridão ao seu redor era completa.

O nervosismo fazia a pele coçar. Ele ficou em pé, os dedos duros de frio enquanto procurava nos bolsos o pacote de fósforos à prova d'água que tinha pegado no Coelho Morto. Ele conseguiu tirar um único fósforo e o riscou contra a caixa — uma, duas, três vezes —, flexionando a mão para manter o sangue fluindo. A luz faiscou entre os dedos.

Não iluminou muita coisa. Parecia estar em pé em um pequeno caminho de terra batida. Uma única montanha se erguia além dele, preta, decadente e coberta de destroços.

Ash continuou o caminho, tremendo. Estava vestindo só os jeans e a camiseta, e não duraria muito se não encontrasse algum tipo de abrigo. O vento ali era feroz, soprava para fazê-lo recuar, quase o derrubando. Carregava o cheiro de fogo, sujeira e podridão. Ele tentou manter uma das mãos em torno da chama do fósforo para mantê-la acesa, mas a chama bruxuleou e morreu. A escuridão o engoliu novamente.

— Que inferno — disse Ash, em voz alta. A voz soava estranha. Mais próxima. Como se ele falasse em seu próprio ouvido.

Acendeu outro fósforo, e depois outro. Lentamente, a paisagem ao redor começou a mudar e ficar mais em foco. A montanha não era uma montanha, e sim um prédio com mato cobrindo as paredes e se esgueirando pelas aberturas. Pelo brilho do fósforo, Ash via que o prédio era apenas pedras e destroços. Ele apertou os olhos sob a luz vacilante e...

Meu Deus. O prédio era o hotel Fairmont. Ele reconheceu as velhas colunas na frente, os detalhes arquitetônicos acima das janelas. O que significava que aquilo era a Nova Seattle, e aquela... aquela *podridão* era o que sobrara do seu lar.

Ele sentiu um calafrio na espinha.

Como?

Ash se lembrava com clareza da primeira vez em que saíra da *Estrela Escura* e chegara a Nova Seattle, em 2075. Era uma de suas lembranças favoritas, a luz irradiante que quase queimara seus olhos, a dor no pescoço ao se inclinar para trás e ver o topo dos arranha-céus. Para todo canto que olhasse, via alguma coisa fantástica: carros que pareciam rápidos e esguios como aviões, pessoas vestidas com roupas estranhas e extraordinárias, prédios tão colados que praticamente se amontoavam um em cima do outro. O hotel Fairmont era o centro de tudo, um prédio antigo que fazia um contraste elegante com tudo que era sofisticado e moderno.

Ele havia colocado a mão sobre os ouvidos, porque tudo era tão *barulhento*, mas ainda assim sorria. Porque o futuro era impressionante, bagunçado e incrível. E assustador, claro, mas também empolgante. A vida parecera muito maior do que ele jamais pensara ser possível.

O sentimento agora era o oposto, vendo aquela cidade escura e morta. A vida não estava maior.

A vida havia apodrecido e morrido.

A certa altura, Ash encontrou uma porta. Erguia-se em meio à escuridão de forma tão abrupta que ele bateu nela e cambaleou alguns passos para trás, a testa doendo pelo impacto. Tateando dessa vez, ele encontrou o metal gelado de uma maçaneta.

Ele puxou, e a porta inteira se soltou das dobradiças, rangendo e batendo no chão na frente dele em um baque que fez a terra vibrar.

Ash hesitou, fitando a escuridão. Ele tentou calcular onde estava parado em relação ao velho hotel Fairmont e percebeu, assustado, que deveria estar nas docas do lado de fora do Coelho Morto.

A sensação era de que tinha acabado de se sentar no bar, observando a balconista empilhar as caixas de fósforo. Ele sentiu um calafrio ao pensar nisso. Deveria entrar? Será que estaria seguro?

Ele olhou para trás, vasculhando a escuridão sinistra daquele mundo morto e futurístico. Pelo menos, lá dentro, poderia procurar alguma coisa para queimar.

Engolindo em seco, Ash passou pela porta. O cheiro de coisas velhas e mofadas pesava no ar. Tentou ao máximo respirar pela boca, mas o fedor persistia.

E havia alguma coisa pingando. O som vinha em intervalos regulares, quase como se fossem cronometrados. Batia nas paredes e ecoava até Ash não saber mais se vinha de perto ou de longe.

Então, do lado de fora, ele viu uma luz.

Ash congelou no lugar enquanto o brilho se aproximava.

45

DOROTHY

2 DE MAIO DE 2082, NOVA SEATTLE

Roman aterrissou a *Corvo Negro* nas docas do lado de fora dos restos mortais do Fairmont. Dorothy sentia uma curiosidade mórbida, o olhar concentrado nas paredes decrépitas e nas janelas quebradas. Foi um alívio quando a nave ergueu uma camada de cinzas pretas que escondeu os faróis, deixando-os mais uma vez imersos na escuridão. Qualquer coisa serviria para impedir que ela olhasse para o Fairmont.

Em vez disso, os olhos dela pararam no espelho retrovisor. O rosto de Mac estava coberto de sombras, mas a arma prateada no colo refletia as luzes verdes do painel de controle, um brilho ameaçador no meio da escuridão.

Dorothy estava encarando a arma quando a voz dele atravessou o escuro:

— Bom. Isso aqui não parece o século XVIII.

Fez-se um silêncio, e então Roman disse com facilidade:

— Deve ter algum problema com o sistema de navegação da nave. Vou dar uma olhadinha.

Então, com um suspiro pesaroso, ele abriu a porta e saiu.

Dorothy abriu a porta do seu lado e o seguiu. Não queria passar nenhum instante ali sozinha com Mac.

Roman estava esperando por ela no círculo dos faróis da máquina do tempo. Um vento frio soprava nas bochechas, entrando pelo casaco. Ela cerrou os dentes, puxando mais a gola.

Roman parecia apavorado. Ele passou a mão suada pela testa, sussurrando:

— Não sei no que eu estava pensando. Achei que seria mais fácil tirar ele de jogada aqui, quando ninguém poderia interromper.

— Fica calmo — sibilou Dorothy. As adagas roçaram nas mangas, inquietas.

A sombra de Mac chegou ao círculo dos faróis um segundo antes dele, e foi assim que Dorothy soube que estava com a arma apontada para os dois. O formato da arma se esticava pelo chão, maior do que na vida real.

Em um instante, as mãos de Dorothy estavam segurando as adagas escondidas. Ela se virou, o coração batendo forte.

— Deixe as mãos onde eu possa ver, srta. Fox — avisou Mac, e ela congelou, os dedos tremendo.

A arma estava apontada para o rosto dela. Ela era rápida com suas adagas, mas duvidava que fosse mais veloz que uma bala.

— Acho que você não pensou direito no que está fazendo — disse Roman. — São dois contra um, meu velho.

— Já fiz o cálculo, obrigado — retrucou Mac. — Pelas minhas contas, sou o único segurando uma arma.

Parecia haver um sorriso escondido nos lábios de Roman, como se o pensamento de que estava prestes a morrer o divertisse.

— Você sabe que não vamos sair dessa sem lutar.

— Lutar? — Mac riu, virando a arma para Roman. — Quem disse alguma coisa sobre lutar? Eu poderia só largar vocês dois aqui apodrecendo. Estava planejando fazer isso só quando chegássemos no passado, mas isso também funciona.

E com isso, ele deu um passo na direção do painel da máquina do tempo. Estava mais próximo do que eles. Ele chegaria primeiro.

— Você não sabe pilotar — disse Roman, mas não parecia tão confiante quanto antes. Nervosos, os dois lançaram um rápido olhar para a arma apontada para o peito.

Mac olhou de Roman para Dorothy, o sorriso virando uma careta.

— Bom, só preciso de um de vocês pra isso, né?

Dorothy ouviu o clique do dedo de Mac no gatilho. O ar pareceu estremecer.

É agora, as adagas pareciam sussurrar.

Aquela seria a única oportunidade.

Ela virou os pulsos e as adagas pularam em suas mãos, as lâminas cintilando sob o farol da máquina do tempo.

Mac manteve a arma apontada para Roman. Ele claramente não a considerava uma ameaça.

— Acha mesmo que vai me matar, meu bem?

Meu bem. Dorothy sorriu para ele, grato por ele tornar as coisas mais fáceis.

— Sim.

E ela teria feito isso. Teria perfurado o pescoço de Mac com a adaga e gargalhado enquanto observava a vida esvair de seus olhos.

Porém, naquele momento, uma bala zuniu pela sua orelha, perto o bastante para que a pele sentisse a queimação da pólvora. Ela cambaleou para trás, arfando, e só teve tempo de erguer a mão ao rosto, a adaga caindo e se perdendo em uma nuvem de cinzas.

46
ASH

Mac estava entre Roman e Dorothy, iluminado pelos faróis da *Corvo Negro*. Ash poderia dar um tiro certeiro. Ele pegou a arma e ficou de joelhos, apertando os olhos para mirar.

Ele soltou o fôlego, a tensão nos ombros esvaindo enquanto ele apertava o gatilho.

Aqui vai.

E então, Dorothy se mexeu, entrando na frente de Mac enquanto tirava alguma coisa do casaco. As duas coisas aconteceram quase simultaneamente: Ash puxou o gatilho e Dorothy se mexeu. Ele não teve tempo de impedir o tiro, mas levantou o braço no último segundo, e a bala passou nela de raspão.

Também não acertou Mac e ricocheteou na lataria da máquina do tempo, sem causar danos.

Ash se escondeu atrás da parede novamente, o coração pulsando como um canhão. *Droga*.

Ele conseguia imaginar os três do outro lado, empunhando as armas, vasculhando a escuridão em busca do intruso. Ele fechou os olhos e soltou o fôlego, silencioso, respirando pela boca.

Então, do outro lado da parede: o barulho de uma bota.

A voz de Roman.

—Ash?

A respiração de Ash soltava fumaça. Ele não queria brigar com Roman, mas as coisas estavam diferentes agora, não estavam? Os dois queriam acabar com Mac. E, de qualquer forma, era melhor não ser encontrado se escondendo como uma criancinha.

Ele mal deu um passo para sair de trás da parede quando Roman o jogou no chão.

47
DOROTHY

Mac tinha sumido.

Dorothy se virou, a mente a mil. Ela não sabia quando isso tinha acontecido. Uma fração de segundo tinha se passado desde que Ash atirara neles, mas em algum instante entre ele sair de trás do esconderijo da parede e Roman ter ido em busca dele, Mac tinha simplesmente...

Sumido.

Ela segurou a adaga com mais força.

Para onde foi aquele desgraçado?

Não havia muitos lugares nas docas onde poderia ter se escondido. A máquina do tempo ainda estava ali, as portas escancaradas, e Dorothy via que a cabine estava vazia. Os faróis iluminavam um pedaço do chão, mas deixavam o resto das docas escuro como breu.

Dorothy examinou as sombras. As palmas da mão suavam, a respiração, ofegante. Ela deu um passo, olhando pela lateral da máquina do tempo.

Então, uma mão saiu da escuridão e a segurou pelo peito, puxando-a para trás.

— Encontrei o melhor lugar pra assistir a esse teatrinho — murmurou Mac, a respiração quente fazendo cócegas na orelha dela. Ele encostou o cano da arma na bochecha dela, o metal gélido suave como um beijo.

— Me solta.

Dorothy conseguiu desvencilhar o braço e se virou, mas o aperto de Mac não era tão forte quanto imaginava que seria. Ele se afastou no instante em que ela deu um puxão, e ela cambaleou contra a máquina do tempo.

Mac deu um risinho e Dorothy se virou na direção do som, as adagas erguidas. Os dois estavam fora do brilho do farol, e o contraste da luz contra a escuridão era tão forte que escondia Mac por completo. Mesmo a poucos centímetros, encarando o lugar onde seu rosto deveria estar, Dorothy era incapaz de separar a linha da mandíbula e do nariz do restante das sombras.

Ela passou a lâmina de uma adaga contra a outra, o som ecoando ao redor deles.

— Está com medo da luz?

— Está com tanta pressa assim de me matar, raposinha? Achei que poderíamos conversar primeiro.

— Já cansei de conversar.

— Então tá bom. Fica escutando. Você escolheu o time perdedor. — Mac estalou a língua. — Mas olha, não sou tão ruim assim. Ainda dá tempo de mudar de ideia.

Dorothy o encarou com frieza.

— É mesmo?

— Você realmente acha que pode vencer essa? — O nariz dele se destacou das sombras primeiro, e depois os lábios grandes e grossos. — Já subornei o resto da sua gangue. E foi barato. Eliza virou as costas pra você por um par de botas. Donovan foi mais caro. Ele queria uma faca.

Dorothy sentiu o estômago revirar.

— Você está mentindo.

— Bennett foi o mais fácil — continuou Mac, sorrindo. — Ele só queria um pêssego. Só uma porcaria de um pêssego. — Ele riu, balançando a cabeça. — Eles devem te *odiar*. E, assim que aqueles dois idiotas se matarem, você vai ficar sozinha de novo. O que é que eu vou fazer com você?

Dorothy inclinou a adaga, deixando-a cintilar na luz.

— Chega mais perto e me conta.

Agora, ela via os olhos dele. Eram pretos e vazios, como os de um tubarão, e passaram por ela e repousaram sobre a cena que se desdobrava um pouco mais longe.

O canto da boca dele se curvou em um sorriso.

— É sério. Eles vão se matar. Aí nós dois vamos ter uma conversa bem diferente.

Se matar?

Dorothy hesitou, um som abafado preenchendo seus ouvidos.

Com as adagas ainda em mãos, ela se virou...

48
ASH

Ash caiu com tudo no chão, os dedos estremecendo, a boca cheia de poeira e terra. As pedras pretas e afiadas rasparam suas bochechas e os restos de vidro estilhaçado se fincaram em sua pele.

Ele tossiu com força e tentou se levantar, mas Roman estava nas costas dele, um braço ao redor do pescoço e o outro na base do crânio.

Fez-se um clique que poderia ser um dedo puxando o gatilho de uma arma — e provavelmente *era* —, e o metal gelado foi pressionado na nuca de Ash.

Ash fechou os olhos. Tudo dentro dele congelou.

Um segundo se passou, e então outro. Roman praguejou baixinho, ofegante. Mas não atirou.

Ash estava suando, tremendo, tentando pensar. O som em seus ouvidos parecia ensurdecedor, e havia sangue nos olhos.

Por que ele não atirava?

A resposta veio em um vislumbre: *um garoto de joelhos em uma clareira lamacenta, rodeada de barracas pretas. Uma menininha nos braços dele, o corpo rígido, os olhos encarando o vazio...*

Ash sentia como se ainda estivesse naquela clareira, as botas afundando na lama e a chuva caindo, observando enquanto a irmãzinha de Roman morria à sua frente.

— Por que não me contou sobre ela? — perguntou, a voz saindo com dificuldade. Era a mesma pergunta que fizera na clareira, em 2074, e ele achava que não dava para deixar isso para lá. — Achou mesmo que eu não teria entendido?

Roman respirava com dificuldade. Entredentes, ele disse:

— Não ouse falar sobre a Cassia.

— Você era meu melhor amigo — continuou Ash.

Agora, era outra memória que invadia sua mente, apagando as imagens da morte de Cassia.

A manhã do dia seguinte à traição de Roman. Ash acordara e descobrira que sua arma tinha sido roubada, e uma folha amassada de caderno estava em seu lugar. No papel, as palavras *Adeus, velho amigo* estavam escritas na caligrafia inclinada e familiar de Roman.

Ash levara o bilhete nas mãos o dia todo, os dedos apertando o papel enquanto observava as águas escuras e paradas, esperando que Roman voltasse. Ele o teria perdoado. Naquela época, teria perdoado qualquer coisa que Roman fizesse. Mas ele nunca voltou.

Roman fechou os olhos. A mão tremia, ainda segurando a arma.

— Não começa.

Ash se perguntou quanto tempo havia que ele estava alimentando aquela dor. Já fazia dois anos desde a morte de Cassia, e um ano desde que Roman largara tudo para se juntar ao Cirko Sombrio. Passara esse tempo todo planejando e tentando encontrar uma forma de voltar até ela.

— Eu teria te ajudado — disse Ash, e era verdade. Ele teria feito qualquer coisa que Roman pedisse sem precisar de explicação, assim como faria para Chandra, Willis ou Zora. — Se tivesse me dito o que queria, eu teria ajudado. Poderíamos ter tentado salvar sua irmã juntos.

— Mentira — disse Roman, a voz estrangulada. — Não teria feito nada disso.

— Deixa eu te ajudar agora — disse Ash, e depois de um momento de hesitação, lentamente, muito lentamente, com os olhos ainda fixos em Roman, ele se inclinou para a frente e colocou a própria arma no chão entre os dois. — Não deveríamos estar brigando. Deveríamos estar lutando contra ele.

Não havia vestígio de raiva no rosto de Roman. A expressão era de dor, de desespero.

Muita coisa aconteceu, pensou Ash, sem esperança. Nunca poderiam voltar a ser o que eram. Ainda assim, queria mostrar a Roman que não eram mais inimigos. Que ele não o culpava pelo que precisara fazer.

— Eu já vi esse momento — disse Roman. — Eu sempre soube que ia acontecer assim.

Ele baixou a arma e estendeu a mão.

Quando Ash esticou a dele, um tiro ecoou pelo ar.

49
DOROTHY

O som do tiro ecoou pela cabeça de Dorothy, parecendo durar muito mais tempo do que deveria.

O tempo engasgou. Ela quase pensou que fosse algo como a viagem no tempo, como se o mundo ao seu redor estivesse desacelerando para que ela visse tudo que aconteceu em seguida em câmera lenta, de forma vívida e excruciante.

A bala atingiu Roman do lado direito do peito, e ele deu um passo para trás. Oscilou para a frente e caiu de cara no chão, erguendo uma nuvem de poeira e cinzas ao redor. A arma se afastou do corpo dele, os dedos trêmulos.

As cinzas que escondiam seu rosto se dissiparam, e então ele a encarava, os olhos desfocados. Engoliu com certa dificuldade. Dorothy observou o pomo de adão lentamente subir e descer. Um único fio de sangue escorria dos lábios, seguindo pelo queixo para manchar o chão onde ele caíra.

Mac ergueu a arma aos lábios e soprou a fumaça que ainda escapava do cano.

Ele mirou em Ash e atirou mais uma vez.

50
ASH

Dois anos antes, Ash havia chegado a Nova Seattle como um forasteiro. Ele já tinha sido um menino de fazenda e um soldado que pilotara caças a jato recém-lançados no céu de Alemanha durante a Segunda Guerra Mundial. A viagem no tempo era um conceito que ele achou que nunca compreenderia. Ele sequer tinha um diploma do ensino médio. Quem era ele para falar sobre física teórica?

Era um mundo do qual nunca deveria fazer parte, e ele se sentira como um impostor no instante em que saíra da máquina do tempo e vira aquela nova cidade se estender à sua frente.

Naqueles dias, o Professor e sua família viviam em um alojamento universitário, um andar inteiro de quartos em um prédio de tijolinhos, com um assoalho que rangia e grandes janelas que não vedavam corretamente. Ash colocara a mochila verde do exército em uma cama de solteiro em um daqueles quartos, mas não a desfizera. Toda a sua energia estava concentrada em tentar respirar como uma pessoa normal. Inspirar e expirar.

E então, ele ouvira um rangido no assoalho, acompanhado de uma voz:
— Você joga golfe?

Ash não sabia o que ele esperara ver ali na porta — se a viagem no tempo era real, isso significava que fantasmas eram também? E o pé-grande? —, mas era apenas Roman, a cabeça inclinada, aquele sorriso exasperante no canto da boca. Ele estava segurando uma bolinha de golfe suja nas mãos, revirando-a entre os dedos.

— Golfe? — Ash se lembrava de ter dito, franzindo o cenho. Ele nunca jogara antes, e parecia um esporte estranho e cheio de frescura. Seu pai gostava de futebol americano e boxe. Golfe era coisa de gente rica e esnobe.

Ele bufara, mas Roman ou não notou ou não se importou. Ele jogara a bola para Ash, e então indicara o corredor.

— Vem — dissera ele. — Você vai gostar, prometo.

Ele levara Ash até uma porta no fim do corredor, e então subiram diversos lances de escada até o telhado. Ash não percebera como o prédio da universidade era tão mais alto que o resto da cidade até chegarem lá em cima. Seattle inteira se estendia diante dele, brilhando na luz branca enquanto as balsas cruzavam a Baía de Elliott, as luzes refletindo os arranha-céus, os bares e restaurantes ainda iluminados durante a noite. Ele havia conseguido distinguir a luz distante e azul da torre Space Needle e o brilho estonteante da água. Parecia estranho e futurista e alienígena, e a única coisa familiar era a lua acima deles, que dava a impressão de estar perto o bastante para Ash pensar que talvez fosse possível só esticar a mão e tirá-la do céu.

Roman entregara a ele um taco de golfe enferrujado, indicando um balde de bolinhas na lateral do telhado.

— Tenta mirar a Space Needle — dissera ele.

Eles haviam passado horas atirando bolinhas de golfe do telhado, tentando mirar aquele pequeno pontinho azul ao longe que era a torre. Não falaram mais do que isso, mas Ash se lembrava do quanto ficara grato por Roman naquela noite, por passar calma a ele naquele mundo novo e estranho.

Eles eram amigos antes de se tornarem inimigos. Era tão fácil esquecer disso, depois de tudo que acontecera.

Ash fechou os olhos um instante antes que a bala o acertasse e se jogou atrás do prédio. Passou pelas docas quebradas e caiu direto no gelo, atingindo a superfície congelada da água com força, um baque que pareceu percorrer todo o seu corpo.

Ele piscou, olhando para o céu, e por um instante tudo que viu foi a completa escuridão.

Então, ouviu passos. E a voz de Mac saindo do breu:

— Pode correr, garoto. Você não vai achar nada pra te ajudar aqui.

E então, dando uma risada, Mac foi embora.

Ash tentou levantar e acabou caindo, arfando. Estava ferido, e o primeiro pensamento que lhe ocorreu foi a imagem da arma de Mac, da bala disparada na direção dele um instante antes de ele desaparecer e acabar ali. Ash apertou a lateral do corpo, sem fôlego, mas quando olhou para baixo não viu sangue escorrendo do torso, e sim outra coisa.

Era um líquido leitoso, iridescente. Ash piscou, e então não era mais líquido, era sólido, uma ponta de aço saindo do meio das costelas. E então era uma eletricidade púrpura formigando sob sua pele. E então era algo espesso e pegajoso, de um vermelho profundo.

Ash fez uma careta e pressionou a ferida. Precisava voltar a seu tempo, precisava voltar para Zora.

Um barulho rugiu acima dele, e ele olhou bem a tempo de ver a *Corvo Negro* zunir sobre sua cabeça e desaparecer ao longe. Ao fitar a nave, Ash pensou em Dorothy e sentiu uma pontada profunda no peito. Ele sabia que deveria se preocupar apenas consigo mesmo agora. Estava gravemente ferido, sozinho em um tempo estranho. Ainda assim, não conseguia evitar pensar nela. Estaria bem? Estaria a salvo com Mac?

Ele suspirou e sacudiu a cabeça. Nada daquilo importava agora. Precisava arrumar um jeito de voltar para casa.

Ash achou que conseguiria distinguir a fenda, apenas um pontinho de luz, como uma estrela distante. Não era longe, e a água embaixo dele estava congelada. Ele tinha quase certeza de que conseguiria andar até lá.

Ele levantou e, mancando um pouco, começou a andar na direção do túnel que o levaria para casa.

DIÁRIO DO PROFESSOR — 7 DE JANEIRO DE 1943
13H44
HOTEL NEW YORKER

Nikola me pediu para visitá-lo uma última vez antes da sua morte. Então ali estava eu.

Ele ainda estava vivo quando entrei no quarto de hotel, mas foi por pouco. Acho que ficou feliz em me ver. Abriu os olhos quando entrei e disse, com a voz fraca:

— Estava com esperança de que seria você, meu amigo.

Eu me senti bem horrível nessa hora. Talvez devesse ter feito mais visitas ao longo dos anos. Só que, quando tentei pedir desculpas, ele apenas balançou a cabeça e apontou para uma pilha de malas no canto do quarto, dizendo que eram para mim.

— Eu só queria que você ficasse com elas antes que aquelas sanguessugas do FBI viessem — disse ele. — Com sorte, vão te ajudar nas suas pesquisas sobre viagem no tempo.

Fiquei bastante atordoado com aquilo. É claro que ouvira falar que diversas malas de Nikola haviam sumido depois de sua morte, mas nunca me ocorreu que seria eu que as levaria. Imediatamente fui até lá e abri a primeira, ansioso para ver o que ele pensava que seria útil para mim.

A mala estava cheia até o topo de anotações escritas na caligrafia pequena e apertada dele. E, quando li as primeiras páginas, mal pude acreditar no conteúdo.

Viagem no tempo. Nikola estava estudando *viagem no tempo*.

— Ninguém vai notar que estão faltando? — perguntei a ele, folheando avidamente todas aquelas páginas de anotações.

Ele só deu de ombros.

— Acredito que não. Todos pensam que estou trabalhando em um raio da morte.

Acho que era para ser uma piada. O que Nikola não tem como saber é que, durante séculos, o mundo acreditou que ele de fato tinha planos ultrassecretos para construir um raio da morte. Ele me explicara como tudo aquilo era mentira, com a intenção de espantar Edison e a mídia. Durante os últimos vinte anos, seu foco principal era viagem no tempo.

Havia vinte malas cheias de pesquisa sobre viagem no tempo. Vou demorar anos para ler todas essas anotações.

Mal posso esperar para ver o que ele descobriu.

51
DOROTHY

10 DE NOVEMBRO DE 2077, NOVA SEATTLE

Dorothy não se lembrava de ter voltado para a *Corvo Negro*, nem de ter sentado no assento do piloto. De repente, porém, ali estava ela. O couro frio sob as pernas. O painel brilhante diante dela.

Mac subiu no assento ao seu lado, a arma apontada para o rosto dela.

— Você sabe voar nessa coisa, né?

Dorothy engoliu em seco, os olhos percorrendo o painel.

Ela precisava verificar se os flaps estavam... Sim, estavam abertos. E o carburador precisava entrar em posição. Ela acelerou até chegar em 3.000 RPM, os olhos disparando para o indicador da ME. Estava em capacidade máxima. Que bom.

O coração dela parecia soltar rojões dentro do peito. Ela ia conseguir.

E então Dorothy ergueu o olhar, vendo o corpo de Roman estirado nas cinzas, iluminado pelos faróis da máquina do tempo, e sentiu um nó na garganta. Ela soltou o cinto.

— Não podemos simplesmente deixar ele aqui — disse, tentando alcançar a porta.

Mac a agarrou pelo ombro, colocando-a de volta no lugar. Ele ergueu a arma de forma quase preguiçosa, apontando para o espaço entre os olhos dela.

— O único motivo de você não estar caída ao lado dele é que eu preciso de alguém pra pilotar essa merda aqui. — Ele pressionou o cano frio da arma na pele de Dorothy. — Sacou?

Dorothy estava com dificuldade de respirar. Quais eram suas opções? Supunha que poderia se recusar. Poderia ficar ali, naquela cidade arruinada. Porém, aquilo não era bem uma escolha, certo? Não havia nada ali. Não havia *ninguém* ali.

Ela apertou o volante, os dedos acionando interruptores e apertando botões. Mac abaixou a arma.

— Boa garota — disse ele, a voz carregada de condescendência.

Dorothy fechou os olhos, sentindo a bile na garganta.

— *Corvo Negro* em posição para decolar.

De alguma forma, conseguiu fazer a nave pairar, então sobrevoou a paisagem estéril de volta para a fenda. Ela pilotou a *Corvo Negro* pelo túnel de estrelas, nuvens roxas e escuridão. Piscou com força, recusando-se a chorar quando o ar pareceu ficar mais espesso, úmido e pesado. A água batia no para-brisa, fazendo o vidro ranger.

E então eles estavam de volta, a linha do horizonte escura e sinistra de Nova Seattle diante deles.

Lar, doce lar, pensou Dorothy, entorpecida.

52

ASH

10 DE NOVEMBRO DE 2077, NOVA SEATTLE

— Ai, meu Deus, você está vivo.

Era Chandra. Willis estava do lado dela, lavando uma chaleira na pia da cozinha agressivamente, mas ergueu os olhos ao ouvir a voz da garota. Já era tarde, e Ash tinha acabado de voltar para o prédio escolar, depois de conseguir, de alguma forma, impelir-se pela janela e andar do corredor até a cozinha. Ele grunhiu quando Zora se lançou nos braços dele.

— Que droga, Ash — disse, abraçando-o com força. — Achei que tínhamos te perdido dessa vez.

— Eu estou bem.

— *Bem* não é a palavra que eu usaria — retrucou Chandra, franzindo o nariz. — Parece que você morreu e esqueceram de enterrar.

Ash ergueu a mão à bochecha, estremecendo ao sentir a pele sensível e o sangue seco. Ele tinha se esquecido de como Mac e os seus capangas tinham deixado seu rosto. Tanta coisa já tinha acontecido desde então.

— Vai sarar — disse ele, afastando-se de Zora. Ele aprumou a camisa, gesticulando para a ferida embaixo das costelas. — É com isso que eu estou realmente preocupado.

A ferida estava faiscando outra vez, a eletricidade azul pulsando sobre a pele. E então, transformava-se em uma substância escura e espessa. Ash desviou o olhar antes que mudasse de novo. Estava começando a dar dor de cabeça.

— Alguém pode me dizer que merda está acontecendo aqui?

Chandra estava sentada em um banquinho no canto da cozinha, trançando e destrançando o cabelo ansiosamente, e se inclinou para a frente para ver melhor.

— Que nojo — disse ela, mas parecia empolgada. — O que é *isso*?

— Matéria exótica — respondeu Zora, franzindo o cenho. Ela ergueu o olhar para Ash, e dava para ver que ela estava fazendo os mesmos cálculos que ele fizera nas docas. — Você acha que é por isso que consegue viajar no tempo sem um veículo e ME?

— Estava torcendo para você ter a resposta para essa pergunta.

Zora sacudiu a cabeça.

— Nunca ouvi falar disso antes.

— Não tem nada nas anotações do seu pai? — perguntou Ash com urgência. — Nada mesmo?

— Você leu os mesmos livros que eu. Ele nunca mencionou nenhum experimento do tipo.

— Você disse que algumas páginas do diário estavam faltando, não é? — perguntou Willis. — Essas páginas têm que estar em algum lugar.

— A gente poderia procurar nas anotações do escritório outra vez — disse Chandra, saltando do banquinho. — Eu posso ajudar.

— Esperem — pediu Ash, antes que todos se dispersassem. — Tem outra coisa.

Todos se viraram e olharam para ele, na expectativa. Ash sabia que agora era a hora de contar a verdade. De contar que o velho amigo e ex-parceiro de todos, Roman Estrada, estava morto. Ash vira o ferimento da bala. Ele o vira cair no chão.

No entanto, um nó se formou na garganta de Ash e ele percebeu que não conseguia dizer as palavras em voz alta. Ainda não. Então, balançou a cabeça com força, e disse em vez disso:

— Mas, hum, dá pra esperar.

Deixando-os ali, Ash voltou para o quarto que fora sua casa durante os dois últimos anos. Não era muito mais do que ele tivera em seus anos de exército: uma cama estreita e alguns cobertores, uma mala onde guardar seus pertences e uma janela com vista para a água. Naquele momento, o mundo além da janela estava escuro, ou por ser tarde da noite ou de manhã muito cedo. Ash não saberia dizer.

Havia um bilhete rasgado na cama, deixado sob os lençóis e cobertores emaranhados. Franzindo a testa, ele pegou o papel. Dizia:

Perto da fenda. À meia-noite.

53

DOROTHY

10 DE NOVEMBRO DE 2077, NOVA SEATTLE

Dorothy pousou a *Corvo Negro* na garagem do Fairmont e desligou o motor. Inquieta, passou os olhos pelas janelas encobertas por nuvens e pelos canos enferrujados. Era estranho que aquele lugar parecesse tão normal e familiar, quando tudo tinha dado tão errado.

Sem pensar, ela começou a tentar tirar o cinto de segurança. Queria voltar para o quarto e ficar sozinha para enfim poder se desmanchar em lágrimas, mas parecia que os dedos não se moviam rápido o bastante. A fivela parecia grande e estranha ao seu toque, e ela continuava profundamente consciente da arma de Mac apontada para na sua direção.

Então, de repente, eles não estavam mais sozinhos. As Aberrações do Cirko se reuniam ao redor da máquina do tempo, parecendo surgir da escuridão como baratas. Os dedos de Dorothy ficaram imóveis.

Será que Mac dissera a verdade? Todos tinham mesmo dado as costas a ela?

Estaria sozinha, mais uma vez?

— Que bom que estão aqui — disse Mac, empurrando a porta. — Vão querer saber o que aconteceu com o colega deles, não é?

Ele guardou a arma, e Dorothy respirou fundo, enchendo os pulmões com o cheiro familiar de sal e mofo. Endireitando-se, ela saiu da máquina do tempo.

— Cadê o Roman? — A pergunta surgiu antes de a porta se fechar. Eliza abrira caminho até a frente da multidão, fitando o casaco ensopado de sangue de Dorothy com desconfiança. — Ele não voltou com vocês?

— Ele... — Dorothy abriu a boca para explicar, mas notou que não conseguia falar. Ouviu o tiro em sua mente mais uma vez e viu o corpo de Roman girando, caindo no chão.

Ela fechou a boca e levou a mão ao peito, ofegante. Não conseguia dizer.

Estava vagamente consciente de que Mac levantara as mãos para acalmar a multidão. Ela ergueu o olhar para ele, perguntando-se como explicaria a morte de Roman. Realmente achava que poderia dizer apenas a verdade às Aberrações e torcer para que a aliança que tinham o protegesse?

Eles vão acabar com você, pensou Dorothy, feroz. E percebeu que estava ansiosa por aquilo. Todos gostavam de Roman. As Aberrações ficariam furiosas quando descobrissem o que tinha acontecido.

— Amigos — disse Mac, a voz soturna —, eu sinto muito dizer que uma grande tragédia aconteceu. Nosso Corvo, Roman Estrada, foi assassinado.

Os sussurros espalharam-se como fogo. O rosto de Dorothy ficou quente.

— Não podemos deixar uma coisa dessas passar em branco — continuou Mac, o olhar encontrando o da multidão. — Então ofereço uma recompensa para qualquer um que me trouxer o assassino de Roman.

Assassino? Dorothy sentiu os pelos na nuca se arrepiarem. Ele estava mesmo querendo fingir que não fora ele a apertar o gatilho?

Ela percebeu o que ele ia dizer um segundo antes de as palavras saírem da boca dele.

— Jonathan Asher matou Roman Estrada.

Aquilo enojou Dorothy, a enormidade da mentira, mas ela viu como seria facilmente aceita. A multidão ali reunida já estava assentindo, as bocas pressionadas em linhas firmes, os olhos cintilando de ódio. Aquilo fazia sentido, que o homem que haviam raptado matasse um deles. Já estavam clamando por vingança.

— Mentiroso — Dorothy sussurrou, mas a voz dela foi abafada pelos gritos das Aberrações.

Mesmo assim, Mac olhou para ela, como se tivesse ouvido. Ele deu um sorriso cruel. Era um desafio.

Dorothy engoliu em seco. A garganta estava áspera, e ela olhou para os rostos que a rodeavam. Se falasse agora, seria sua palavra contra a dele. Alguém acreditaria nela?

Talvez alguns acreditassem. Mas os outros iam querer o sangue de Ash mesmo assim. Sairiam naquela noite para procurá-lo. Para *caçá-lo*.

Alguém precisava avisar Ash.

Dorothy deu alguns passos para trás, e então começou a abrir caminho pela multidão de Aberrações. Estava quase do outro lado da garagem, na porta que levava — *felizmente* — até as docas, quando Eliza parou na frente dela, bloqueando seu caminho.

— Vai pra algum lugar, raposinha? — perguntou ela.

Dorothy congelou, sentindo um calafrio. Não soube dizer se Eliza estava zombando dela.

— Vou. — Ela explodiu, permitindo-se usar uma voz afiada. — Vou para o meu quarto. Foi um dia longo. Ou você não estava escutando?

Eliza inclinou a cabeça, avaliando-a com os olhos estreitos.

— Eu vi você — disse ela. — Vocês *dois*.

— Quem?

— Você e Asher. Duas noites atrás, você se encontrou com ele nas docas atrás do Coelho Morto. — Eliza a encarou, fria. — Parecia bem… íntimo.

Dorothy sentiu a boca seca.

Mas... mas ela *não* estivera com Ash nas docas naquela noite no Coelho Morto. Ela o deixara lá e fora atrás de Roman.

O que estava acontecendo?

Intencionalmente ou não, Eliza tinha causado uma comoção. As outras Aberrações estavam se virando para as duas, franzindo o cenho, *escutando*.

Dorothy corou, tentando pensar no que responder, mas a verdade — *não, você não viu* — parecia tão irrisória...

— E vi você de novo hoje de manhã — cuspiu ela, a raiva iluminando seu rosto. — Você se esgueirou para dentro do quarto onde Ash estava preso e o deixou sair. Se não fosse por você, Roman ainda estaria vivo.

Quê? Ela não tinha feito nada daquilo. Dorothy tinha ido direto para a *Corvo Negro*, com Mac e Roman. Não tivera tempo de libertar Ash antes.

Dorothy ainda estava franzindo a testa, tentando decidir como contradizê-la, quando Eliza se aproximou, invadindo seu espaço. Ela deu um passo para trás, batendo contra a parede.

Um sorriso cruel se abriu no rosto de Eliza.

— *Traidora* — sibilou. Ela avançou para Dorothy, a mão fechando ao redor do seu braço.

— Não encosta em mim — disse Dorothy, desvencilhando-se. Ela viu a multidão confusa, olhares nervosos passando de um lado ao outro, acompanhados de sussurros. Em voz alta, ela disse: — Você está mentindo.

— Já chega — veio a voz de Mac.

A multidão se abriu, e de repente ele estava vindo na direção dela. Com Eliza no cangote e as Aberrações em volta, Dorothy não podia ir a lugar nenhum. Um breve silêncio aturdido tomou conta do ambiente.

— Imagino que nossa Quinn esteja arrependida. — A voz de Mac era uma ameaça. — Afinal, o que Asher fez depois que você o soltou? Veio atrás de você. Matou seu único aliado.

— Não foi isso que aconteceu. — Dorothy cerrou os dentes. Poderiam mentir se quisessem, mas ela não desistiria sem lutar. — Você *sabe* que não foi isso que aconteceu.

Mac se inclinou para perto dela, falando diretamente em seu ouvido, baixo o bastante para que ninguém mais ouvisse:

— Olha só a sua posição agora, meu bem. Como é aquela expressão mesmo? Você estava… confraternizando com o inimigo. Quer mesmo inventar historinhas pra eles agora? Acha mesmo que vão acreditar em uma palavra do que disser? — Mac fez uma pausa e, quando Dorothy não respondeu de imediato, ele pareceu entender aquilo como concordância. — Talvez eu pudesse convencer esse pessoal de que é melhor para todos manter você por aqui se fizesse algo para provar sua lealdade.

Enojada, Dorothy perguntou:

— E como eu faria isso?

— Tudo que você precisa fazer é encontrar Asher por mim — disse ele, como se fosse óbvio. — E matá-lo.

54

ASH

PERTO DA FENDA, À MEIA-NOITE

Ash releu o bilhete, sentindo um calafrio passar pelo corpo. Ele pegou o relógio de bolso do pai que estava em cima do caixote de madeira ao lado da cama. Ainda não era meia-noite, mas quase. Ele perdera a noção de tempo na última semana, mas agora fez as contas na cabeça, raciocinando.

— Droga — murmurou ele. Tinha cerca de dez minutos até o dia 11 de novembro de 2077. Um ano atrás, naquela mesma data, as pré-lembranças começaram.

Ele deixou o papel cair de volta na cama, arrepiado.

Uma batida ressoou na porta, e então Chandra entrou no quarto.

— Ash, Zora pediu pra eu perguntar se...

Ash a interrompeu.

— Sabe, é pra você esperar até alguém dizer "pode entrar" para abrir a porta. — Ele tentou esconder o bilhete no bolso, mas Chandra já tinha visto.

Os olhos dela foram do bilhete para o rosto de Ash.

— O que é isso?

Faria algum sentindo esconder? Ash supunha que era tarde demais para isso. Ele conseguia sentir Chandra o encarando, querendo decifrar, e então entregou o bilhete para ela com um suspiro.

Chandra o leu rapidamente. Os olhos dela ficaram mais apertados.

— Então é isso? Hoje é o dia que você morre? — A voz de Chandra estava rouca. Ela se sentou na cama ao lado dele.

— Não vai tentar me impedir?

— Adiantaria? Bom, então *eu* acho que você deveria se esconder debaixo da cama e torcer para que Quinn Fox, ou Dorothy, ou seja lá quem for, nunca te encontre. Ah, ou a gente poderia fugir. Que tal?

Apesar de tudo, Ash sorriu.

— Não é má ideia.

— Então anda logo. Pega uma mala, vamos embora hoje à noite.

Um minuto se passou, e depois outro. Nenhum dos dois se mexeu. Chandra descansou a cabeça no ombro de Ash.

— É, foi o que pensei.

Ash esfregou as pálpebras.

— Não tem alguma pílula de sabedoria pra mim aí?

Chandra bufou.

— Pílula de sabedoria?

— Sabe, algum conselho. Como enfrentar a morte, esse tipo de coisa.

— Você precisa é do Willis pra isso. Quer que eu chame ele?

Ash balançou a cabeça.

— Que tal um conselho de filme, então? Se a gente estivesse em um filme, o que o herói faria agora? Ele iria, mesmo sabendo que vai morrer?

— Bom. — Chandra ficou em silêncio por um tempo, considerando a questão. — Em uma história de amor, sempre tem um momento antes do final do filme em que a protagonista precisa fazer uma escolha. Ou ela faz a escolha fácil e a vida continua igual, ou faz a escolha difícil e tudo muda. Ela encara seus medos e consegue tudo que sempre quis.

— Isso não é uma história de amor, Chandra.

Chandra ergueu o olhar.

— Não? Pois parece bastante.

Ela deu um beijo na bochecha dele, e então levantou e atravessou o quarto, saindo a passos rápidos e agitados, e Ash sabia que ela estava tentando chegar no corredor antes de começar a chorar.

Ela parou na porta e, sem se virar para ele, disse:

— Talvez eu tenha uma pílula de sabedoria, afinal. Já ouviu a parábola dos cegos e do elefante? — A voz estava rouca, embargada, mas ela continuou falando mesmo assim. — A história é sobre três cegos encontrando um elefante, certo? Só que nenhum deles tinha visto um elefante antes, então não sabiam o que era, daí ficaram tateando e tentando descobrir. Um deles tocou a trompa e disse, olha, esse negócio parece uma cobra grossa. Outro tocou a perna e disse, hum, na verdade, parece um grande pilar, não é? Daí o terceiro tocou a orelha e pensou que era tipo, um leque gigante. Só que nenhum deles sabia o que era de verdade, porque só estavam vendo um pedaço.

Ash pensou naquilo por um instante, e então disse:

— Não entendi.

— Essa pré-lembrança que você sempre tem dura quanto tempo? Tipo cinco minutos? — Chandra ergueu a mão e a passou pela bochecha, ainda encarando a porta. — Como você sabe que está vendo a coisa por inteiro?

Ash franziu o cenho.

— Você acha que tem mais coisa pra ver?

Ela deu de ombros.

— Sempre tem.

55
DOROTHY

Dorothy ficou sentada no quarto de Roman, a escuridão se assomando em volta dela como uma velha amiga. Ela não sabia que horas eram, apenas que o céu lá fora estava escuro e sem estrelas. Havia uma vela e fósforos em cima da mesinha de cabeceira de Roman, mas ela não conseguia se mexer para acendê-los. Achava que não aguentaria olhar para as coisas de Roman; estar ali já era doloroso o bastante. Se ela fechasse os olhos, poderia imaginar Roman ao seu lado. Os lençóis na cama ainda tinham o seu cheiro, e as paredes ainda pareciam ecoar a sua voz.

Você está tentando me dizer que viu o futuro?, ela se lembrava de ter perguntado, quando eles se conheceram.

Talvez, respondera ele. *Talvez até tenha visto o seu.*

Ela sentiu um nó na garganta dificultando a respiração. Conseguia perceber os soluços se formando no peito, e por um instante pensou em se permitir chorar. Seria um alívio tão grande. Porém, ela apenas piscou com força e focou em manter as mãos fechadas no colo.

Havia guardas do lado de fora da porta, pelo menos três deles, a julgar pelo som das vozes. Ela dissera que precisava de algo que estava no quarto de Roman, então tinham dado a ela um instante para pegar o que quer que fosse antes de a arrastarem para ir atrás de Ash.

Mas era mentira. Ela não tinha nada ali que precisasse pegar. Quisera apenas dizer adeus, e agora já fizera isso. Era hora de partir.

Ela passou os olhos pelo quarto, procurando algo que pudesse pegar para fingir que tinha sido o motivo para ir até ali, e então repousou os olhos sobre a mesinha de cabeceira. A gaveta estava entreaberta, e algo brilhava lá dentro.

Inclinando-se, Dorothy abriu mais a gaveta e encontrou uma adaga.

Ela sentiu a respiração fraquejar. Havia deixado as próprias adagas no futuro, ao lado do corpo de Roman, mas as dela eram lâminas compridas e finas, feitas para provocar dores agudas e deixar poucas marcas.

Aquela ali era diferente. Era mais pesada. A lâmina era quase da grossura do seu pulso. Dorothy a segurou, sentindo o peso. Era feita para destruir, para cortar osso e carne como se fossem manteiga.

Debaixo da adaga, ela encontrou um bilhete pequeno e dobrado, e a caligrafia de Roman parecia fitá-la.

Sem fôlego, ela pegou o bilhete.

Querida Dorothy,

É engraçado, eu nunca soube exatamente qual seria a melhor hora para te contar isso. Ou talvez eu não quisesse admitir que a hora finalmente houvesse chegado. Esse é o problema de saber quando e como você vai morrer, imagino. Você tem tantos meses para fazer tantos grandes planos, mas quando a hora chega, é difícil demais colocá-los em prática. É tão estranho o fato de que saber a hora da morte não a torna nem um pouco mais fácil de encarar.

Devo explicar. Desde que viajamos no tempo pela primeira vez, fui assombrado pelas lembranças da minha própria morte. Eu sei exatamente como e mais ou menos quando ela vai acontecer.

Nós vamos para o futuro. Ash e eu brigaremos, e eu vou levar um tiro. Vou sangrar até a morte nas cinzas de um mundo arruinado. Minha última lembrança é daquele céu preto, sem sol.

Nós planejamos salvar o mundo juntos, eu e você, e meu único arrependimento é não estar vivo para ver isso. Mas você, Dorothy... Você ainda tem tanta vida pela frente.

Use bem o seu tempo.

Roman

Dorothy fechou os olhos, e então as lágrimas finalmente caíram. Mas o choro não foi como havia imaginado. Parecia mais que estava reunindo forças.

Ela sabia o que precisava fazer.

Limpou as bochechas com as costas da mão e se levantou, segurando a adaga de Roman. Não achava que tinha sido intenção dele deixar a adaga para ela, mas decidiu levá-la consigo mesmo assim. Tinha uma ideia de como usá-la para salvar o mundo, exatamente como eles haviam planejado.

Estava na hora.

56

ASH

11 DE NOVEMBRO DE 2077, NOVA SEATTLE

Ash estava em um barquinho, mudando o peso de uma perna a outra para manter seu equilíbrio. Águas escuras ondulavam nas laterais, balançando o barco, mas Ash seguia facilmente com o movimento. Ele havia se acostumado com a água nos últimos dois anos.

As árvores pareciam brilhar na escuridão ao seu redor. Árvores fantasmas. Árvores mortas. A água pressionava os troncos brancos, movendo-se com o vento.

Ash contou as ondas para passar o tempo enquanto esperava. Sete. Doze. Vinte e três. Ele havia perdido as contas e estava prestes a recomeçar quando a luz apareceu no escuro distante. Era pequena, como um único farol de uma motocicleta, acompanhada pelo som pesado de um motor. Ele se endireitou. Uma parte dele não esperava que ela aparecesse, mas é claro que ela apareceria. Sempre aparecia.

Vá embora agora, disse a si mesmo. Ainda havia tempo. Ele tinha certeza de que ela não iria atrás dele se ele fosse embora. Sabia como aquela noite acabaria se ficasse. Havia presenciado aquele momento uma dúzia de vezes. Uma centena, se contasse os sonhos. Mas ele permaneceu imóvel, a mão se abrindo e se fechando ao lado.

Ele queria vê-la, mesmo sabendo o que aquilo significava. Precisava vê-la uma última vez.

O barco se aproximou. Ela estava escondida na escuridão da noite. Ash não saberia distinguir se havia alguém ali, não fosse pelo cabelo, as mechas compridas e brancas esvoaçando pelo casaco, dançando na escuridão.

Ela parou ao lado dele e desligou o motor.

— Não achei que você viria. — A voz dela era mais baixa do que esperava, praticamente um ronronar. Ela ergueu a mão e empurrou as mechas brancas do cabelo para baixo do capuz com um movimento rápido.

Ash engoliu em seco. Ele não viu a faca, mas ele sabia que estava com ela.

— Não precisa acabar assim.

A mão dela desapareceu para dentro do casaco.

— É claro que precisa.

57

DOROTHY

11 DE NOVEMBRO DE 2077, NOVA SEATTLE

Dorothy estava prestes a abrir a porta quando ela se abriu sozinha, batendo na parede com um baque.

Zora estava diante dela, empunhando uma pistola.

— Sua *filha da puta*. — Ela empurrou Dorothy contra a parede e pressionou o cano da arma na testa dela.

— O que... — Dorothy tentou se desvencilhar, mas o braço de Zora estava contra sua clavícula, comprimindo-a, aumentando a pressão em seu peito.

Dorothy registrou vagamente os corpos de três homens no chão do corredor atrás dela, inconscientes.

Os guardas, percebeu ela, horrorizada. Zora tinha apagado todos eles.

— O que você fez com ele? — perguntou Zora, e Dorothy ouviu o gatilho da arma. — Me diz, ou eu juro por Deus que eu vou arrancar o resto da sua cara com um tiro!

— Não sei do que você está falando — disse Dorothy, apesar do aperto na garganta.

Zora inclinou a cabeça e Dorothy conseguiu ver que, embaixo de toda aquela raiva, ela mal conseguia se manter em pé. A respiração estava acelerada, os olhos arregalados e úmidos, carregados de um desespero infeliz. Algo estava muito errado.

Dorothy sentiu um calafrio, e não tinha nada a ver com a arma ainda pressionada contra sua testa.

— Zora — disse ela, mais firme. — O que aconteceu?

A dúvida perpassou o rosto de Zora. Ela abaixou a arma.

— Você não sabe.

Não era uma pergunta, e ela tirou algo do bolso e colocou nas mãos de Dorothy antes que ela pudesse responder.

Era um bilhete.

Perto da fenda. À meia-noite.

Seja lá o que Dorothy esperasse, não era nada daquilo. Os olhos registraram as palavras rabiscadas no papel rasgado, a forma como se curvavam, levemente inclinadas para a esquerda.

Aquele bilhete fora escrito com sua própria caligrafia.

Dorothy respirou fundo e releu as palavras, tentando entender. Era sua letra, mas ela não tinha escrito nada.

E não era só isso. *Ali* — a mancha de tinta em cima da palavra *fenda* parecia-se demais com uma das canetas-tinteiro do escritório de Avery, muito diferente dos instrumentos de plástico que as pessoas usavam agora. Pelo que ela sabia, só havia sobrado uma única caneta como aquela no mundo todo, e ficava no porão do hotel, junto com o resto das coisas que ela e Roman tinham roubado do passado.

Ela ergueu o olhar para Zora, a mente a mil.

— Onde você arrumou isso?

Uma onda de fúria inundou o rosto de Zora.

— Você deixou esse bilhete no quarto de Ash faz uma hora, *Fox*. Encontrei na cama dele.

E, no entanto... ela não tinha feito isso. Não tinha. Estava prestes a responder quando...

Meu Deus. Dorothy levou a mão trêmula à boca. Na garagem, Eliza não dissera tê-la visto se encontrar com Ash nas docas, perto do Coelho Morto?

E então ela dissera ter *visto* Dorothy ajudar Ash a escapar de Mac. Dorothy não fizera nada disso e, portanto, presumira que Eliza estava mentindo. Nem sequer havia ocorrido que havia outra possibilidade, e agora ela se sentia uma idiota.

Ela vivia em um mundo onde a viagem no tempo era real.

Era possível que ela só não tivesse feito aquelas coisas *ainda*.

Dorothy deu um passo na direção de Zora, sentindo como se a respiração e o coração estivessem presos na sua garganta ao mesmo tempo.

— Você me perguntou o que eu fiz com ele. O que acha que fiz?

A voz de Zora era puro gelo quando ela respondeu:

— Deixa eu te mostrar.

A fenda parecia iridescente no horizonte, uma bolha de sabão incrustada nas ondas. E então parecia um rasgo no gelo, pontas afiadas subindo na direção dos céus. Era um túnel feito de névoa e fumaça. Uma estrela distante. O início de um tornado.

Dorothy piscou e desviou o olhar, o coração acelerado. Ela apertou a cintura de Zora, sentindo a respiração arfante.

Zora desligou o motor do jet ski, lançando ondas de água entre elas e a fenda. Quando a água assentou e o zumbido do motor se dissipou, ela indicou algo com o queixo.

— Veja você mesma.

Havia algo na água perto do túnel do tempo, oscilando tranquilamente nas ondas. Vagamente, Dorothy percebeu que era um barco. O barco de *Ash*. Algo profundo e vermelho manchava a água ao redor dele. Dorothy não teria visto nada se não estivessem tão perto da fenda, a luz do túnel do tempo brilhando sobre o sangue.

É tanto sangue, pensou ela, sentindo o pavor se assomar dentro dela. Para todo lugar que olhava, só via o vermelho. Cobria a água como um véu.

— Ele sabia que ia morrer assim — disse Zora, a voz soando distante. — Ele viu tudo isso acontecer.

Dorothy pensou no bilhete de Roman.

Fui assombrado pelas lembranças da minha própria morte.

Ela sentiu um calafrio.

— Eu não fiz isso — insistiu ela. Os dedos se curvaram nos ombros de Zora, mas a garota não se mexeu. — Zora, juro, *eu não fiz isso*.

Zora encarou a fenda. Os olhos escuros absorveram a luz sobrenatural, brilhando de forma animalesca.

Por fim, ela disse:

— Mas vai fazer.

DIÁRIO DO PROFESSOR – 6 DE AGOSTO DE 2074
17H41
A OFICINA

Eu não sei o que estava esperando encontrar nas anotações de Nikola, mas isso vai além dos meus sonhos mais loucos.

Aparentemente, Nikola nunca superou a viagem no tempo. Lembra como eu contei que uma vez ele levou um choque de uma das suas bobinas? Ele sempre disse que, naquele momento, tinha visto "o passado, o presente e o futuro, tudo ao mesmo tempo".

Depois que falamos do assunto, tive certeza de que aquela experiência fora só uma consequência de um curto-circuito no cérebro. Uma experiência de quase morte que ele interpretou como viagem no tempo. Como sabem, para uma viagem no tempo de verdade, é necessário:

A presença de uma fenda

Matéria exótica

Um veículo

Nikola não tinha nada disso quando levou o choque, então, apesar das minhas esperanças iniciais, precisei admitir que ele não tinha viajado no tempo de verdade.

Porém, agora, fico me perguntando se era isso mesmo.

O maior sonho de Nikola era provar que era possível extrair a eletricidade da Terra e usá-la para criar um tipo de "energia livre". Ao longo dos anos, essa teoria se provou falsa. As teorias dele sobre a transmissão de energia pela Terra simplesmente não eram verdade.

O mais estranho, no entanto, é que essas mesmas teorias se tornam verdade dentro de uma fenda.

E se ele realmente estivesse perto de provar alguma coisa? E se realmente existisse um jeito de viajar no tempo sem uma fenda, ou matéria exótica, ou um veículo?

As anotações de Tesla incluem informações detalhadas sobre como fazer isso. Tudo que preciso é injetar um pouquinho de matéria exótica diretamente no meu corpo.

Isso parece loucura... mas alguém precisa testar.

Lá vamos nós.

PARTE QUATRO

O presente pertence a eles, mas o futuro pelo qual eu sempre trabalhei pertence a mim.

— *Nikola Tesla*

58
DOROTHY

12 DE JUNHO DE 1913, ARREDORES DE SEATTLE

Dorothy hesitou do lado de fora da porta fechada do escritório, sem ter certeza de como prosseguir. Aquela era a sua casa — bem, teria sido, se tivesse se casado. Agora supunha que era só a casa de Avery.

Será que ela deveria só… bater na porta? Ela não queria interromper nada. Não sabia como os gênios funcionavam, mas parecia inteiramente possível que o homem dentro daquela sala estivesse à beira de uma grande descoberta, e ela estava prestes a quebrar sua concentração. Uma batida poderia alterar o futuro da humanidade, e, francamente, ela já causara problemas demais quando o assunto era esse.

Prendendo a respiração, ela levou a mão à maçaneta e entrou.

O homem encurvado sobre a escrivaninha de madeira ornamentada de Avery estava escrevendo em uma velocidade furiosa. Ele não ergueu o olhar quando Dorothy entrou, percorrendo o cômodo e parando diante da mesinha onde a adaga de Roman estava acomodada sobre um lenço manchado.

Ao olhar para a adaga, Dorothy sentiu o estômago revirar. O sangue de Ash ainda cobria a lâmina espessa, manchando o tecido branco. Já fazia dias, e ela ainda não conseguira se obrigar a limpá-la. Ela ainda se lembrava da sensação da adaga na palma da mão, a pele e o osso cedendo quando ela a enfiou no peito de Ash.

Com os dedos trêmulos, ela pegou a adaga.

— Querida?

Dorothy voltou o olhar para o homem encurvado na escrivaninha. Ele ainda não tinha se virado, mas agora erguia a mão, os dedos espalmados.

— Você sabe se já começaram a fazer aqueles brownies? Os de chocolate cobertos de nozes?

Dorothy embrulhou a adaga rapidamente com o lenço de sua mãe.

— Brownies? — perguntou ela, distraída.

— Aqueles brownies… Ah, espera. — O homem apertou o nariz com dois dedos, murmurando para si mesmo: — A Little Debbie só foi fundada depois de 1960, e na época só vendiam aquelas tortas de aveia horríveis. É fácil se esquecer dessas coisas.

— Que tal um café? — Dorothy ofereceu. Avery fazia um bom café, forte e carregado. Era uma das poucas coisas que ele sabia fazer bem. — Ou chá?

— Café seria ótimo.

O homem se virou na cadeira. Agora estava de costas para a luminária da escrivaninha, as feições cobertas de sombra. Dorothy conseguia ver apenas a parte inferior do nariz e o sorriso largo e brilhante.

Quando ele viu a adaga nas mãos de Dorothy, o sorriso desapareceu. Ele coçou o queixo.

— Ah, sim. Acho que é hora de lidar com isso.

Dorothy engoliu em seco.

— Ah, desculpa, você queria…

— Não, não, querida, você já provou ser muito boa. — Ele sorriu mais uma vez, mas havia um toque de tristeza.

Dorothy começou a virar na direção da porta.

— Espera — disse o homem, e Dorothy hesitou, sentindo o medo inundar seu corpo.

O homem pigarreou. Levou um momento para encontrar as palavras certas e, quando finalmente falou, soava hesitante.

— A minha… a minha filha sabe que estou vivo?

Dorothy fechou os olhos. As palmas da mão estavam suadas, o coração martelando nos ouvidos. Aquele nervosismo todo a envergonhava um pouco. Ela estivera esperando aquela pergunta desde que o trouxera até ali, e, sinceramente, parecia um alívio que o momento tivesse finalmente chegado. Mas isso não fazia com que fosse mais fácil responder.

— Não, Professor Walker — disse ela, erguendo o olhar. — Zora acha que você morreu no Forte Hunter, em 1980.

AGRADECIMENTOS

Como sempre, eu preciso agradecer a muitas pessoas! *Desvios do destino* teve uma equipe fantástica para apoiá-lo nos bastidores, então muito obrigada a todos na HarperTeen por tudo que fizeram para que este livro pudesse vir ao mundo. Obrigada a minhas editoras, Erica Sussman e Elizabeth Lynch, que lutam pela série desde o começo. Agradeço também a Louisa Currigan, Shannon Cox e Sabrina Abballe da equipe de marketing, Alison Donalty e Jenna Stempel-Lobell da equipe de design, Alexandra Rakaczki por fazer o copidesque e, por fim, a Jean McGinley, Rachel Horowitz, Alpha Wong, Sheala Howley e Kaitlin Loss dos direitos internacionais por cuidarem tão bem da Agência de Proteção Cronológica no mercado internacional. E obrigada a equipe de vendas da Harper por ajudar este livro a encontrar seu público!

E, é claro, muito obrigada a meu marido, Ron Williams, que me deixava ler os capítulos em voz alta para ele enquanto cozinhava, e que fazia ótimas perguntas e apontava os erros idiotas, e ainda diz a todo mundo que esta é sua série de livros favorita.

Impressão e Acabamento:
BARTIRA GRÁFICA